红军四渡赤水河第三渡渡口——茅台渡口（2006年熊洪潘摄）

鱼水情深

遵义红色故事

遵义市政协文化文史与学习委员会　编

中国文史出版社

编委会人员名单

主 任

汪海波

副主任

魏在平　范奇元

成 员

邱会儒　周远德　蒋长科　李良梅　何念玲

彭先亮　陈运洪　杨定刚　钱洪艳　郭　浪

郑玉兰　陆　梅　陈　俊　刘明友　饶小佳

杨江燕　袁佳能　费学卿

编辑部人员名单

主 编

周远德

编 辑

刘懋青　成晓旭　刘　杰　冯　义　张晓春

梁　忠　张小艳　张　玦　袁　勇　周超南

陈京文　魏　华　安红霞　袁兴忠　刘兴华

冯其伟　李　勇　罗文健

凡　例

一、为进一步贯彻落实好习近平总书记"传承红色基因，讲好遵义故事"的指示精神，努力践行社会主义核心价值观，用社会主义核心价值观铸魂育人。市内外文史专家、爱好者按照"讲好红色故事，传播中国好声音"要求，深入挖掘红色资源，展示红军长征与遵义人民鱼水深情及遵义酒在长征中发挥的作用，市政协文化文史与学习委员会组织并承担了此书的编纂。

二、本书以马克思主义、毛泽东思想、邓小平理论、"三个代表"重要思想、科学发展观、习近平新时代中国特色社会主义思想为指导，运用辩证唯物主义和历史唯物主义的观点和方法，反映红军长征在遵义期间与酒的一些故事与史实，力求资料性、科学性、思想性、故事性的统一。

三、本书境域范围为今遵义市范围。主要反映红军长征进入遵义境域后所发生的红军与酒的故事或遵义酒在红军长征途中所发生的故事。为了故事或史实的延续性和完整性，个别内容超出遵义境域范围。

四、本书按"军民鱼水情深""黔北地域硝烟起""红色遵义胜利酒""玉液琼浆祭英灵"四个栏目进行编排。

五、为实事求是反映遵义特色，内容中涉及的一些地方行政区划名称仍沿用当时名称，如：遵义专区、仁怀县、赤水县、遵义县等；为真实反映当时情况，涉及的一些语言采用地方方言。

六、数字的使用：部队番号一律大写；上万的数字一律以"万"为单位。"万"以下用阿拉伯数字，小数点后保留两位数。

七、一些史实、个别人物及故事因所参考的资料和口述人记忆的差别，与实际情况不一定吻合。为了给文史爱好者、研究者提供资料，也一并照录。

八、本书资料来源于亲历者文章、对知情人的采访、已出版的有关书籍。为了保留资料原貌，体现地方特点，一些地方原文照录，并注明出处。

九、图片资料来源于作者个人提供、摄影爱好者征集、已出版书籍或网络上选取，尽量注明出处，未能注明出处的也请谅解。为了展示地域特色，体现时代特性，文图不一定完全对应。

目　录

[黔北地域硝烟起]

［ 玉液琼浆祭英灵 ］

军民鱼水情意深

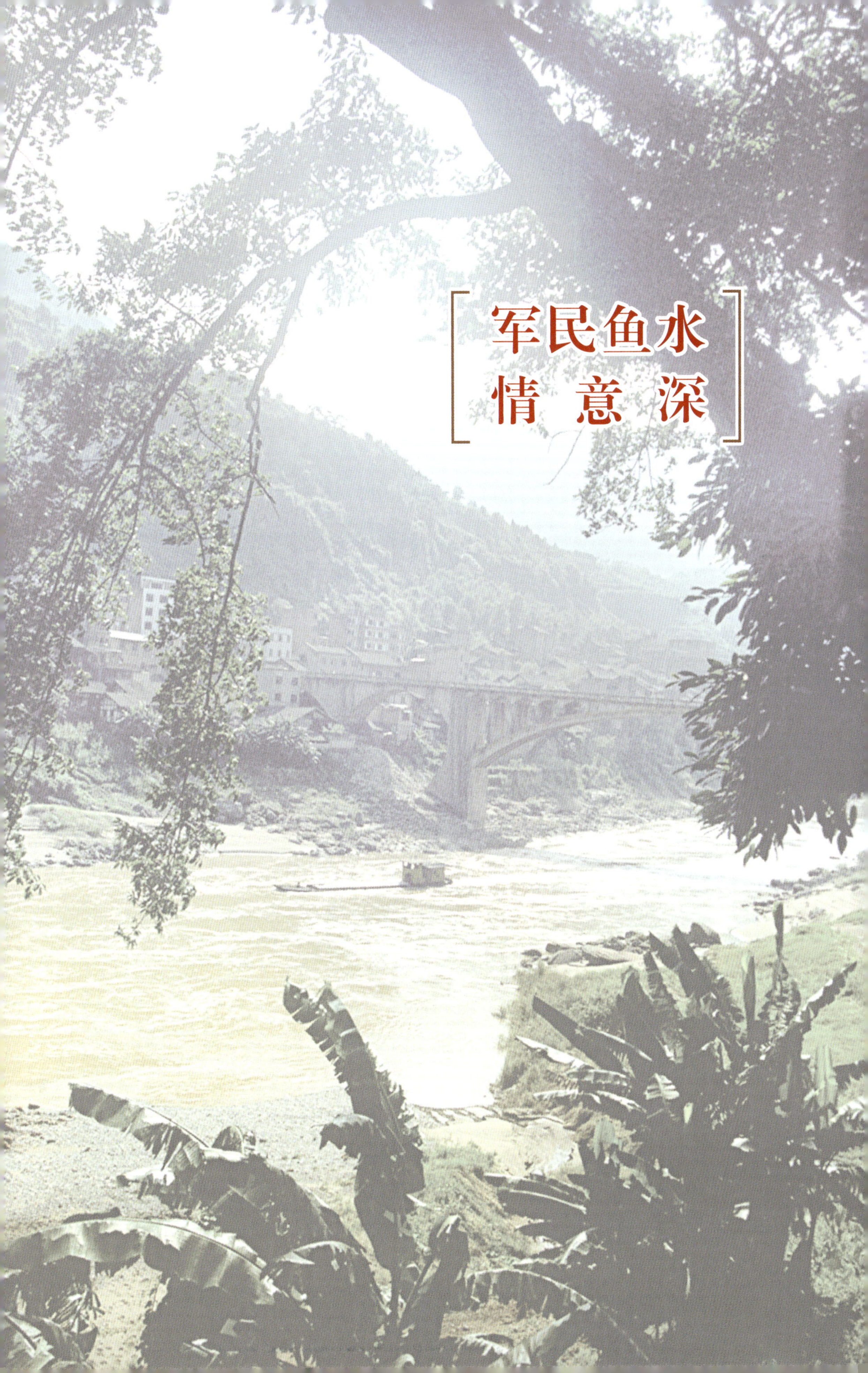

追寻红军在湄潭的足迹

谭庆荣　石忠孝　卢安银/口述　安守琴/整理

红军长征已经过去了80多年，当年红军在湄潭期间，究竟走过了什么地方，留下了哪些值得追忆的人与事呢？翻阅了《红军长征在湄潭》一书，书中标注着红军在湄潭时走的路线图，我们"按图索骥"追寻着红军曾经在湄潭的足迹。

2021年3月9日，一位驻村干部提供了一条信息："庙塘坝村有一栋红军曾经住过的房子，因年久失修已经快要倒了。"得知这个消息后，"湄潭长征工作专班"资料组的同志心里非常着急。我们深知，红军长征路过湄潭境地已经过去了80多年，80多年的光阴已是物是人非，机遇稍纵即逝，一定得抓紧时间去看看。

3月12日9时，我们租了一辆车，开始了寻找红军长征时留下的足迹。

红军曾住过的谭氏老屋

红军长征进入湄潭县境后，有一部分队伍从抄乐到过兴隆镇庙塘坝村和大庙场村。

鱼泉革命烈士陵园大门

我们到达兴隆镇时，联系了大芦小学现已退休的谭庆荣老师，通过谭老师带路，我们找到了当年红军曾经在庙塘坝村六塘湾住过一晚上的旧木房。这栋房子正是谭老师家的老房子，如今已破烂不堪，无人居住。中堂已无片瓦，只有堂屋两边还有几根柱子撑着，整个木房已经快要倒塌了。谭老师介绍说，这栋木房建于清代，他父亲从记事起就住在老房子里面（谭老师的父亲生于 1915 年，于 1994 年去世）。父亲在世时经常讲红军住在他家时的一些事。

红军来时，谭老师的父亲刚好 20 岁。当时，一支身穿灰色军装、头戴八角帽，帽檐上方缀有一颗红五星的红军队伍疾速从松烟经苦竹坝沿着崎岖不平的山路向庙塘坝走来。

天很冷，红军队伍中大多数只有 20 多岁，有 30 多人，一部分住在谭家的堂屋，一部分住在相邻的地主吴×洲家（吴氏一家听闻红军来后就跑了）。红军对老百姓很客气，他们杀了吴家的猪，开了吴家的粮仓，分了一些肉和米给当地的老百姓，开工钱请当地妇女们帮他们筛米。

红军煮饭是用盆蒸。他们说话当地人都听不懂，所以，在语言上与当地百姓没有多少交流。红军对生活常识也不是很懂，把捡的核桃、毛栗都用水来煮，这让当地人感到非常惊讶。从口音上来推断，这批红军应该是江西人。

饭熟了，红军请帮忙的群众一起吃饭，红军和气的态度让百姓没有了陌生感，都主动帮他们做事。一位姓郑的大爷拿出他家自酿的苞谷酒逐一倒进红军战士的土碗里，让他们喝了暖和暖和。虽然语言不通，但从表情上看红军战士还是很高兴的。

夜幕降临，红军住的屋子有人敲门，战士打开了大门，正是白天送他们酒的郑大爷，他手里提着一个瓦罐对红军说："你们要赶路，这点酒就带着喝。你们穿得单薄，酒可以挡挡寒。"红军几番推辞，郑大爷放下瓦罐就走了。

当天晚上，红军在住处附近设置了岗哨。第二天早上天刚亮，远处有吹军号的声音，红军集合后就向兴隆方向出发了。红军走时，遗落了一双粗纱袜子和一包干枇杷虫在谭家老屋。

我们与谭老师沿着木房处石板古道到当年红军站岗放哨的地方进行了实地勘察，并对站岗放哨的地方进行了定位标记。岗哨位于当年红军宿营的谭家老屋南面，距离约 200 米。以前这里是郑家酿酒的作坊，现在已经被农民用作耕地种庄稼了。

采访结束，我们对整个木房进行了拍照。

红军住过的周氏古宅

中午，我们驱车来到大庙场村云坝组，在一个叫周家坝的地方找到了一位老人。老人叫石忠孝，今年93岁。老人身体较弱，坐在轮椅上接受了我们的采访，由于老人听力不好，我们得用"喊"的声音向老人咨询红军当年来到周家坝的情况。老人说当年红军来这里时他只有6岁，1935年红军到大庙场周家住一晚的情况是听他父亲讲的。

"父亲石树成1892年（壬辰年）出生，当年43岁，父亲听说有军队来了，就把我们全家带到湄水沟二姨公岳志万家去躲藏。把全家安顿好后，父亲又返回家里。父亲回来时，红军正在杀周家的猪，他们把杀的猪割成大小不等的肉块分给穷人，这些肉都没有刮猪毛。还把周家的一顶'三丁拐'轿子烧了。红军说，妇女要翻身解放，坐什么轿子？当晚有几十个红军住在周家的房子里。周家一位姓李的长工将他家藏在地窖里的几斤苞谷酒都送给红军洗伤口，红军将伤员的伤口用酒冲洗、包扎后就说准备第二天出发。"

老人说的"周家"是当地的地主，名叫周×德，每年周家要收1000多挑谷子。听说红军来了，周×德一家老小就跑到云贵山半山腰他家的佃户家躲藏起来。

红军在周氏古宅住了一晚，第二天早上就走了。临走时，他们请周家那位姓李的长工和当地人石树成给他们挑担子，去了半个月后才回家。石树成回来给家里人说，红军是从大庙场到湄水沟，在湄水沟高占清（甲长）家煮了一顿饭吃后，翻唐家垭口下十里溪、过茅台石拱桥，从牛场下场口进入牛场。

石忠孝老人说，周家老房子的正房还在，曾经是四角天井（老人说的

天城烈士陵园

是一颗印）的木房。一听这话，我们很感兴趣，由于老人不能行走，我们在一位翁姓男士的帮助下找到了那栋老房子。这是一家地主的房子。远观，这栋房子已经有些年头了；近看，房子四周有围墙的痕迹。这是一座四合院，可惜只剩下正房了。上院坝处砌有石钻子凿刻的石阶，这是当年周姓地主立八字龙门的地方。正房大门上方有"福禄寿"三个大字，古色古香，正房砌的都是石条阶沿。在房子的左面还有较为完好的石墙。翁姓知情人说："这栋房子应该建于清代，土改时分给三家人住，翁家就是其中的一户，还有一户姓李，一户姓江。现在这木房还居住着两户人家，一家姓付，还有一家姓廖。有门牌号，分别是兴隆镇大庙场村云坝组 46 号、兴隆镇大庙场村云坝组 31 号。"

有一位失散红军曾在这里帮工

　　从周氏古宅出来，我们告别了带路的知情人，又驱车赶往大庙场村桂花村民组。在这里我们采访了88岁的卢安银老人，老人耳背，虽然耳朵有些不灵聪，一听说我们是来寻找红军在大庙场活动足迹的，很是热情。

　　在这里，红军进入大庙场后在周家坝地主周×德家住了一晚上的事得到卢安银老人的证实。他听父亲说过，至今仍记得很清楚。他还给我们提供了一条线索，当年有两个红军不知什么原因与部队失散了，分别在他家和周×德家当过帮工。红军到大庙场时卢安银才两岁，他说，他知晓红军到大庙场的事都是父亲后来给他讲的。

　　来到大庙场的红军离开后，天还比较冷，有一位外地人来到他家想当帮工。其时，卢家比较富裕，每年可收100多挑谷子。卢安银的父亲在县城做小生意，家里正需要帮工，就同意这个外地人来家帮忙干活。此后，这位姓刘的人就在他家帮工。不久，父亲就让两岁的卢安银喊这位外地人"大爷"。因为，父亲请人算过"八字"，他要找一位"长路人"（经常在外面走的人）做"保爷"（干爹），这位刘大爷给他取名叫"沉香"。由于语言的关系，他们与这位姓刘的帮工很少交流与沟通，他们只知道"刘大爷"是江西人，为人和气，当地人都称他"江西老刘"。老刘做事认真、勤快，不要工钱，写得一手好字，深得卢家人的信任。在慢慢的接触中，卢安银的父亲才知道"老刘"是一位红军，因他和另一位李姓战友与部队失散了，所以才留在这里当帮工，另一位李姓战友在周家坝地主周×德家当帮工。但由于是外地人，为了避嫌两人少有接触。"老刘"在卢家住了一年多后想回老家江西，由于说话的口音和路费问题让他一筹莫展，就请卢安银的父亲帮他一把。卢父当即答应送他路费，老刘又找到卢家的老二卢长海，因为自己是外地口音怕被抓，恳求卢长海送自己回去。其时，卢长海20多岁，很害怕被抓壮丁，也想出去躲拉兵，就同意送老刘回家。卢家通过关系在县政府开了通行证后，卢长海和老刘才得以出行。临走时，卢安银的父亲组织全家人为老刘送行，他特意将家里珍藏了多年的一罐陈年老酒拿出来为老刘饯行。后来据卢长海来信说，老刘历经千辛万苦终于找到了红军队伍。

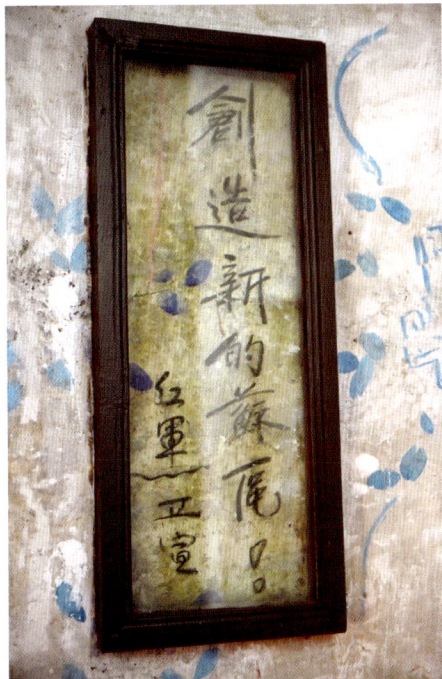

湄潭天主堂红军标语

红军长征在湄潭仅住了14天，但他们的足迹却遍布湄潭的兴隆、抄乐、牛场、永兴、天城等地。湄潭的山山水水记载着红一军团、红九军团在此艰苦卓绝的历程，记载着中国革命历史性转折过程。

（整理者系湄潭县市场监管局退休干部，现为县作协副主席）

《三杯美酒敬红军》背后的故事

钟金万

随着《三杯美酒敬红军》这首歌在播州区大街小巷不断传唱，多年前本人就一直试图解开这首歌的创作与演唱经过，哪怕是只找到词作者创作的心路历程也行。但是，除了搜集到一些极为感人的故事之外，本人一无所获。如今，将记忆中的几则故事及本人对民间创作这首歌词的一些理解记录下来，以飨读者。

红军战士刘炳云，原名樊守文，1908 年出生于河南省鹿邑县新集乡，1926 年参加革命，长征期间成为红一军团的一名军医。1935 年 1 月，随中央红军来到贵州遵义。中央红军二渡赤水，特别是"遵义战役"后，樊守文再次进入遵义城。3 月 7 日凌晨，樊守文随红一军团卫生队从鸭溪区（今鸭溪镇）荷莲庄水淋岩向枫香区花苗田（今枫香镇花茂）前进。10 时许，卫生队在鸭溪区洋汪水白岩沟（今仁合村七组）遭到一架从遵义方向飞来的敌机的轰炸，樊守文不幸负伤。当地"干人"群众赶到现场与红军一道将遇难红军遗体就地埋在母猪堰、当沟湾等地。为了不拖累红军主力部队继续前进，按照部队首长的指示，卫生队不得不将少数重伤病员留下，安置在附近"干人"群众的家里养伤。

为了躲避国民党地方反共武装的追捕与杀害，红军战士樊守文不得不隐姓埋名，说自己也是逃难来的难民"干人"，最后得到国民党军官、当地人刘树本的帮助。当樊守文听说刘姓在当地是一大家族时，就说自己也姓刘，他化名为"刘炳云"，与刘树本以兄弟相称。

就在这时，恰遇水洋沟一陈姓人家丈夫死亡，刘炳云就在家门刘树本的撮合下，上门去与那个寡妇成亲，一起生活了下来。1968 年，刘炳云的母亲从河南老家来鸭溪寻他，当地人才知道刘炳云的原名叫樊守文。后来，樊守文的妻子死亡，他又迁到乐山镇新桥去，与那里一位寡妇再婚，生育了一个儿子，名叫樊荣华。

在鸭溪、乐山两地，樊守文以行医为业。他医术高明，尤以外科见长，当地求医者不绝于门。1978 年 6 月，樊守文去世，葬于乐山镇新桥廖家湾。

值得一提的是，红军战士樊守文在 1935 年 3 月 12 日救助了一名红军战友。这名战友叫吴常然，1905 年出生于福建省长汀县，1922 年参加革命队伍。长征时，吴常然是红九军团的一名战士。那天，红九军团经过播州区（原遵义县）箩筛坝（今乐山镇）时掉队，经樊守文安排，吴就在洋汪水刘树本家住了下来。不久，恰遇邻近一高姓人家的丈夫亡故，经刘树本撮合，吴就上门去成亲了，后来生育了一个儿子。土地改革时，吴常然不仅分得了刘树本家的部分房屋，而且当地人还称他为"吴二爷"。可见，他与地邻的关系是多么地融洽。

在鸭溪众多的红色故事中，刘明清夫妇救治红军战士的事迹颇为感人。

刘明清夫妇居住在鸭溪街上，当他们听说红军在白岩沟遭到空袭后，主动前往白岩沟将几位红军伤员接到家里照顾，其中一个叫刘元兴，另一个叫刘文彬，其他的已经忘了姓甚名谁。照顾数日后，轻伤员刘文彬等人追赶大部队去了，刘元兴因伤势较重，不得不留了下来。

伤愈后，刘元兴在鸭溪街上留了下来，经人介绍跟莲花寺（今仁合村）一女青年结婚，就在仁合村九组定居下来。刘元兴为了感恩刘明清夫妇的无私帮助，就与刘明清结为了弟兄。

原来，刘元兴于 1914 年 12 月出生在江西省兴国县南坑乡，1927 年参加地方游击队，1931 年 2 月参加中国工农红军，1935 年长征到遵义。在土城战役中，刘元兴身负重伤，随红一军团卫生队转移到白岩沟时遭遇空袭再次身负重伤，不得不定居于洋汪水。1949 年遵义解放后，刘元兴曾任农协主席、村长、县水利辅导员等。1984 年 10 月 27 日去世，葬于洋汪水四湾赵家坟山。

宋同舟、何蔡氏二位老人救助红军的故事也非常感人。宋同舟家住鸭溪荷莲庄水源（今荷庄水源二组）。1935 年春，红军战士林华炳由于作战负伤掉队，当他乞讨到宋同舟家门前，得到救助。当时，宋以酿作小酒为业，家境尚好。他见红军伤员讨饭，非常同情，就将林请到家居住，给他饭吃，给他酒喝，还出钱请医生给他治病疗伤。林痊愈后，主动为宋同舟一家挑水、做工，几年后才返回老家福建。

1935 年春，中央红军某部驻扎于荷莲庄青山。离去时，红军伤员袁兴发藏于何家一睡柜里（长方形大木柜，装粮食用）。被何蔡氏发现后，袁兴发求何蔡氏救自己一命。何蔡氏当即就答应了，她让袁兴发安心住在家里治病养伤，袁痊愈后主动帮助何家做农活。几年后，何蔡氏听袁兴发说起，袁在江西老家还有妻儿，就叫他回去将妻儿接到荷莲庄居住。1949 年全国解放，袁兴发果然回老家将妻儿接到荷莲庄青山来落户。20 世纪 50 年代，袁兴发一家又迁到鸭溪街上。后来，又迁至县城南白镇。

在鸭溪这片红色的土地上，战斗过并留居下来的红军还有李兴发、胡德明、朱纪渊等 20 余人。他们不仅见证了 1935 年春中央红军长征三次经过鸭溪的革命历史，而且留居鸭溪后，还在这里落地生根，继续宣传革命道理、北上抗日的主张，跟当地群众同甘共苦、心心相印，命运与共、继续战斗，抒写了一曲又一曲鱼水深情"军爱民，民拥军"的时代颂歌。

在鸭溪这片红色的土地上，红军长征留下的辉煌历史可歌可泣，值得永

鸭溪老街（杨生国提供）

远牢记。听吧，1 月 10 日，红三军团一部进驻鸭溪，打开军阀侯之担的盐库，将食盐散发给赶集的群众，同时向群众宣传红军的革命主张。12 日，红三军团某部亲自搜查国民党鸭溪区长谢祝山的住宅，在文昌阁召开公审大会，将谢祝山当众枪毙，群众无不拍手称快。13 日，红三军团某部在鸭溪召开群众大会，成立"鸭溪临时苏维埃政府""鸭溪土地改革委员会""鸭溪区武装游击队"。3 月 2 日，红三军团在湖广庙前四块土召开"万人大会"，庆祝遵义大捷；红十一团政委临会赋词《西江月·遵义大捷》。3 月 5 日，中革军委前敌司令部在汪家屋基召开重要军事会议后，前敌司令部政委、司令员亲自签署《鸭溪作战命令》。3 月 6 日，红一军

团进驻鸭溪街上，军委纵队从遵义迁至乐门城、金刀坑。3月7日，红一军团卫生部从鸭溪水淋岩向花苗田进发，上午10时许，行至白岩沟（今仁合村）时，遭到敌机轰炸，伤亡百余人。3月8日，中央军委纵队由金刀坑进驻鸭溪街上；同日，中央军委纵队司令部在鸭溪发布《为粉碎敌人新的围攻，赤化全贵州告全党同志书》。3月28日，中革军委指挥军委纵队及一、三军团通过鸭溪至白腊坎向乌江逼近，红一军团从底坝出发渡过偏岩河直逼乌江。3月30日，红三军团从白腊坎、马蹄石出发南渡乌江，突破包围圈，直逼贵阳等。

正是因为这样那样的一些原因，留居下来的红军战士在鸭溪、乐山、石板等地扶危济困、乐于助人和互相帮助，跟当地百姓或结为兄弟，或结为夫妻，或结为父子、兄妹、亲戚，才得以在群众中隐蔽下来，继续革命。

鸭溪镇现存的红军标语（熊洪潘摄）

鸭溪"干人"群众出于感恩戴德、当家做主的情愫与目的，主动救治红军伤病员，帮助他们在当地安家落户。红军伤病员痊愈后，主动留居下来，秘密宣传红军开展土地革命的深刻道理和打土豪、分田地的革命主张，唤醒"干人"群众团结起来跟着共产党闹革命推翻"三座大山"，支持红军北上抗日救国救民，帮助当地百姓做一些力所能及的工作，这才形成了红军与"干人"鱼水情深的革命情谊、军民关系——这些原本不是一家人，如今却比一家人还要亲。

红军大部队离开鸭溪不久，经过留居红军多形式、多渠道的宣传发动，心明眼亮的鸭溪人民就自发编写、排练和演出了山歌《三杯美酒敬红军》。歌词是这样的：

> 一杯美酒敬红军，红军吃了有精神；
> 北上抗日决心大，展望前途更光明。
> 二杯美酒敬红军，红军吃了往前行；
> 临别之时握住手，英勇杀敌建功勋。
> 三杯美酒敬红军，红军百姓心连心；
> 今日分别把酒敬，不知何时才回程。
> 吃罢美酒就起身，红军弟兄把誓盟；
> 此番前去打日本，解放天下受苦人。

（作者系遵义市播州区乡村振兴局职工）

红军保护图书文物的故事

钟金万

1935 年 1 月，中国工农红军第一方面军（以下简称中央红军）在江西突围后，直入贵州黎平，然后兵锋直指黔北重镇遵义，准备取道川陕，北上抗日。

红军攻占遵义城后，主力部队在以遵义城为中心的大片区域进行短暂休整，一方面进行北上抗日的革命宣传，另一方面开展打土豪、分浮财的革命活动。中华苏维埃教育部徐部长又新当选为遵义县革命委员会文教委员。他不仅敬重有德才、有学问的每一个人，降低自己的身份与他们结交，而且对地方的历史文化，包括书籍、文物也特别进行保护。徐部长说："人的知识来自两个方面，一个是有字之书，一

个是无字之书。能够将这两本书融会贯通、灵活运用的人，不是圣人就是贤才。"

一天，当徐部长听到赵乃康先生的学生说起《续遵义府志》的两名总撰之一的赵先生，知道红军进入了遵义城，全家人仍然留住城内时，便萌生了特意前往赵先生家里亲自拜访的念头。不仅如此，滴酒不沾的徐部长还把组织分给自己的两瓶茅台酒作为礼物送给了赵先生。徐部长对赵先生说："苏维埃政府将在遵义建立一大型图书馆，图书馆设在遵义府学，希望赵先生具体负责这项工作，一定要勇挑重担啊"。徐部长还说："当下文化工作最为紧迫的任务就是把战争动乱中散乱的书籍及文物收集起来，妥善保存。"赵乃康先生对徐部长的真知灼见大为折服，对他的嘱咐当即答应一定照办。晚餐时，赵先生还诚恳请求徐部长吃餐便饭再交谈交谈，徐

1935 年的遵义（熊洪潘翻拍）

部长欣然接受。席间，赵先生取出自己收藏多年的一瓶茅台酒，邀请徐部长共同品尝。徐部长说他不抽烟不喝酒，每天只泡一杯清茶就满意了。赵先生再三邀请，徐部长才品了一小杯茅台酒。徐部长品了一口赞道："不愧是巴拿马的金奖啊！"

那餐饭，那杯酒，那席话，给二位文化名人徐部长、赵先生都留下了终生难忘的深刻印象。

有一天，徐部长漫步老城街头，猛然间看见一座民房的堂屋里火光闪闪，疾步走进去一看，几个年轻的红军战士正抱着几大捆图书，当作柴火正在那里烧火取暖。一贯慈祥和蔼的徐部长见了那个场景非常生气，他迅速制止正在乱烧图书的红军战士。其中一位战士说："这些'老古董'保存起来有什么用啊？"徐部长平静下来坐在他们身边，慢慢说道："怎么没有用？我们红军每到一个地方，都要保护好当地的书籍和文物。因为我们今天知道的东西，很多都是从书本上得来的。"几个战士在徐部长的耐心教育下，这才把书籍放回了原处。这次烧书，引起了徐部长的高度重视，他立即以遵义县革命委员会的名义，将城内单位和个人的主要藏书都打上封条，封存了起来，并把其他分散的图书集中起来，堆放到遵义府学的库房，请赵乃康先生代为管理。徐部长还建议红军总政治部通知各部队官兵，每到一个地方都要严禁损坏书籍及文物。从此，在长征前进道路上的宣传标语中又出现了许多醒目的"请爱护书籍"等标语。

一天，徐部长路过一户大门敞开、院内遍地是图书的人家。他走进去一看，在书堆中发现有《古逸丛书》《巢经巢诗文集》及《二十四史》等书籍。徐部长惊喜地拿着《古逸丛书》对陪同他的同志说："我读书的时候，要二两银子才能买到一本呢。"他还介绍说："清光绪初年，遵义人黎庶昌在担任驻日公使期间，和著名金石学家、版本学家杨守敬共同收购了不少流失在日本的中国书籍，其中不少是仅存的孤本。回国后，黎庶昌先生又选出一部分编为《古逸丛书》，由金陵书局刊行，曾引起国内外学者和藏书家的震动。"徐部长对黎庶昌爱护祖国文物的精神十分敬佩，并谆谆告诫周围的其他同志，一定要把书籍好好保存起来。徐部长当即请人把这些书籍搬到了遵义府学去封存，由赵乃康先生代为管理。

徐部长为什么如此信任和仰仗赵先生呢？

原来，赵乃康先生自号犟北生，又自称平叟，与礼部主事、安顺人杨恩元共同担任《续遵义府志》总撰工作。《续遵义府志》是民国时期贵州省唯一修成刊行的府志，共 35 卷，上自清道光二十二年（1842），下迄宣统三年（1911），让清朝晚期近 70 年的地方资料有史可稽。不仅如此，赵乃康先生一生极为崇拜西南巨儒郑珍，对阐扬郑学不遗余力。1935 年 1月，徐部长在赵乃康先生的家里当面称赞编写《遵义府志》的郑珍、莫友

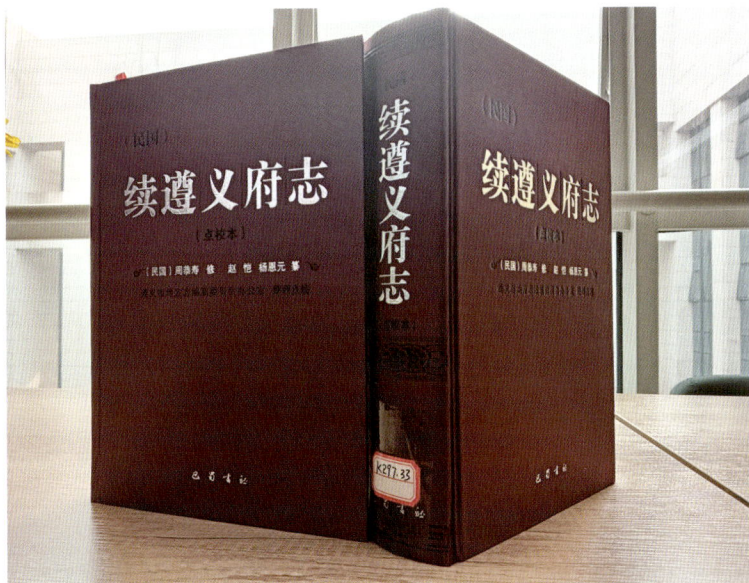

《续遵义府志》（周菁提供）

芝两位先生有学问，对抢救遵义历史文化遗产的功绩给予了高度评价，还高度评价赵先生是继郑、莫之后为遵义人民做了一件大好事的文化人。徐部长说："遵义的图书多，这些图书是很珍贵的。"他诚恳地建议赵先生把战时散乱的书籍收集起来，妥善保存。

赵先生不辱使命，没有辜负徐部长的厚望，较好地抢救保护了大量书籍和文物。

徐部长交办后，赵先生立即召集家中子弟和姚世达等人到有关人家去抢救、封存和搬运各种珍贵书籍及文物，集中到府学后仓去保管。因此，赵先生及李筱荃、李维伯、杨干之等先生家里的藏书后来都得以完善保存在遵义图书馆里。

一次，时住学街的杨干之先生正致力于郑珍（字子尹）诗笺注释，他搜集的藏书甚多。由于受国民党反动派的负面宣传，杨先生匆忙离家去了乡下，家里的门户大开，书籍散乱。徐部长知道此事后，立即与赵先生商量保护事宜。赵先生立即安排郑石钧、赵宗伟、赵世勋、姚世达、刘德修等随徐部长至杨宅逐一封存，搬运至遵义府学保管。

又一次，赵先生又嘱咐余选华随徐部长去老城周、宦两家查看所存典籍，逐一封存，然后搬运至府学仓库保管。

赵先生完成任务后，在呈徐部长的诗里记录了保护书籍与文物的事情。赵先生盛赞徐部长对遵义藏书的关怀、指导和功劳："军中忙无暇，积极救文化。维护文物功，当不在禹下。"

南白铁匠蒋锡臣为红军修枪的故事

钟金万

　　1935年1月，红三军团进驻南白，发动以张德元为首的百姓组织起一个"遵义县懒板凳区革命委员会"（今南白街道那时叫"懒板凳"），由张德元任主任委员。

　　红军有一个随军修械所，携有很多亟待修理的枪支，但技术力量极为薄弱且缺乏修枪的工具，就跟张德元主任商量，要他找一个会修枪的人来协助。懒板凳的蒋锡臣是一个专门修理枪炮，打造刀片、梭镖的技术工人，他自己又有一套修枪的工具，人称"蒋枪筒"。张德元主任与蒋锡臣素来相好，接到这个任务后，就去动员蒋锡臣帮助红军修理枪支。蒋锡臣是一个十分豪爽的人，当即就欣然答应了。

　　修械所设在懒板凳新街一户姓杨的人家里，张德元主任组织人把蒋锡臣的工具搬去后，就在杨家堂屋将三张方桌连在一起，上面安一台老虎钳，作为工作台就开始工作了。

　　有一支步枪的枪机已经生锈，机柄既退不下来，又按不下去。一名红军把它夹在老虎钳上上下左右进行拨弄，蒋锡臣在另一个方向坐着修理一机柄。不料蒋锡臣起来去取一件工具的时候，绕到夹在老虎钳上锈枪的枪口前，那支生锈枪机的机柄忽然倒下，顿时滑机就打响了，子弹洞穿了蒋锡臣的腹部。这一意外情况，把大家都惊呆了，蒋锡臣自己却没有感觉到。旁边一位红军战士看见他受了伤，赶忙上前去把他扶着，不让他摔倒，并立即将他抬到住在懒板凳老街的随军医院去进行抢救。这时，蒋锡臣手里还拿着一把手虎钳，手虎钳上还夹着一支汉阳枪的抓子簧。

正在这个时候，红军忽然接到上级命令，要立即出发。军令急如火，医院于是准备担架，要将蒋锡臣抬着随军医治，但他的爱人却不同意。红军只得给她20块大洋、一些药品和5瓶白酒，并委托街上的一名外科医生继续给他治疗。红军医生说，他们的酒精用完了，只能用白酒来替代，太对不起伤员同志了。红军走后，终因抢救无效，当天晚上蒋锡臣就死了。

红军接到出发的命令时，立即通知张德元主任，要他随红军一起走，可是张德元主任却没有去，他深感自己对不起蒋锡臣，一心要为蒋锡臣料理丧事。

安葬蒋锡臣的时候，发生了一个极其惊险的场面。正当棺材抬上山时，就有3架国民党的飞机从重庆方向飞来，看见有很长的一支"队伍"，就在上空盘旋着侦察。盘旋了两圈就飞到遵义城上空去了。其中一架好像有点不放心，又飞回来低空侦察了一圈。这时，送丧的人群赶忙举起那些纸幡摇晃，这回飞机上大概是看清了老百姓正在送葬，才又飞走了。那天，如果百姓惊慌失措，四处逃跑，可能就会造成更大的悲剧。

红军走后，当时的国民党区长要逮捕张德元主任，张德元主任在懒板凳站不住脚，就跑了出去。他是不是追上了红军，跟着一起长征了，当地人无从知道，只知道他下落不明。

张德元主任走时，把那颗"遵义县第八上区苏维埃懒板凳革命委员会"的木质图章交给了他的爱人保管。蒋锡臣的爱人也把那台老虎钳和蒋锡臣临死时手里拿着的那把手虎钳保存了下来。新中国成立后，北京军事博物馆曾派人来询问它们的下落。当时，张、蒋两户人家的后代都胆小怕事并没有交上去。后来，在"文化大革命"中，这几件文物就不知去向了。

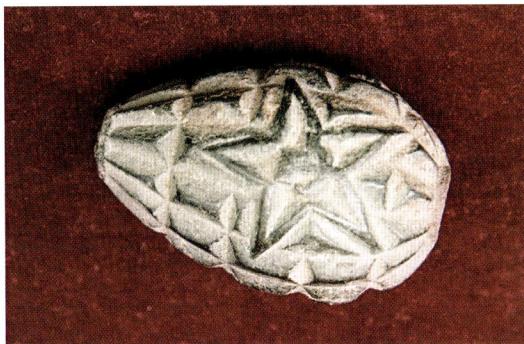

青杠坡上挖出的五星手雷（熊洪潘摄）

懒板凳区革命委员会的活动虽然不过十来天，但这是长征时期，红军在懒板凳帮助成立的革命组织，意义极为重大。蒋锡臣也是懒板凳一个为革命事业而牺牲的革命群众，永远受到懒板凳群众的深切怀念。

青杠坡上挖出的炮弹（熊洪潘摄）

后来查明，懒板凳区革命委员会主席张德元同志是跟着红军继续长征去了，新中国成立后留在了首都北京。

一柄七星刀

钟金万

在乌江岸边老人们的记忆里，那柄做工精致、闪闪发亮的七星刀一直是李向阳的宝贝。精致的黄铜手柄，一尺多长的刀片上还很有规则地嵌缀着七颗小小的五角星。

那柄一直烙在人们记忆里的七星刀，不仅是李向阳的宝贝，也是乡亲们的宝贝。它在播州区（原遵义县）乌江岸边的一个小村寨里，一直伴随着乡亲们走过了八九十年的岁月。提起那柄七星刀，它还有一段极其动人的美丽故事呢！

在乌江岸边一处只有七八户人家的村寨里，住着一户姓李的人家，他家只有母子二人。儿子还在母腹中的时候，他的父亲就被国民党抓了壮丁，一去就没有了音信。母亲被生活的重担折磨得像个瘦猴子一样，儿子由族中长辈给他取了一个比较向阳也比较风光的名字——李向阳。穷苦生活的磨炼，使年幼的李向阳很早就分担起了帮助母亲的重担，邻居们都夸他是个懂事能干的好孩子。

1935 年 1 月，中国工农红军长征期间强渡乌江进军遵义时，一支小分队住进了李向阳家所在的村寨，有位姓王的连长和几名战士准备在李向阳家柴房里过夜。李向阳母子看到红军衣被单薄，断定他们难熬过这么寒冷的冬夜，就热情地邀请他们住进了自家的房间，还生起了旺盛的炉火让他们烘烤被雨水淋湿的衣被。就在那个晚上，12岁的李向阳不

《一把七星刀》

仅第一次知道了大山外面的世界，也知道了中国工农红军是劳苦大众自己的军队，朦朦胧胧地懂得了"革命"这两个字的一些含义，而且还跟红军官兵进行了深度的沟通与交流。首先，李向阳把母亲劳累后用来活血、通络、疗伤的半瓶药酒倒给红军官兵擦伤，给外面站岗放哨、不能进屋烤火的战士喝两口御寒。其次，还把20里外黑神庙里的对子念给红军官兵听。李向阳说，方圆几十里最有威望的老先生是这样念那副对联的："（上联）问尔平生，所做何事，欺人懦，骗人财，奸淫人妇女，谋占人田产，阴机暗箭，害及一方，该不该，扪心想想，应当汗颜，为什么捏语横言，还来热膝跪冷地？（下联）令吾鉴察，果报无差，摘尔福，短尔寿，倾覆尔家业，绝灭尔儿孙，恶德余殃，遗臭万年，怕不怕，回头看看，纵是铁汉，有哪个悖情逆理，得免白骨现青天！"李向阳说完，顿时赢得了红军官兵的阵阵掌声。王连长还对李向阳说："红军的任务就是要打倒那些'阴机暗箭，害及一方'和'恶德余殃，遗臭万年'的恶霸地主、贪官污吏和地痞流氓。"

第二天早上，红军整队出发，12 岁的李向阳走在队伍的最前面带路。爬山崖，攀险道，过悬崖，经过两个多小时，红军官兵来到了通往遵义的团溪场。分手时，王连长拉着李向阳的手感谢说："小兄弟，谢谢你哪，你回去吧！"此刻，李向阳一句话也说不出来，只有热泪在眼眶里不停地打转。王连长的一双眼睛也湿润了，他从腰间抽出一把小刀递到李向阳的手里动情地说道："小兄弟，这把刀，你就收下吧。看到它，你就像看到了红军在你身边一样。要记住，红军是一定会回来的，穷苦大众总有一天要翻身解放，当家做主人。"

贫困的日子伴随着李向阳艰难地成长着，他常常在夜深人静的时候把那柄七星刀拿出来抚摸欣赏，回想着红军跟自己说过的那些暖心窝子的话，就给他的生活增添了无尽的勇气和力量。就在李向阳成长到 20 多岁的时候，也是在一个冬天，也是从乌江河的对岸，当年的红军——中国人民解放军真的打回来了。李向阳心中的喜悦就不用再提了。他先是被乡亲们推选为民兵排长，整天都把那柄七星刀挂在腰间，领着乡亲们清匪反霸，分田分地，总觉得浑身有一股子使不完的劲，用不完的力；后来，乡亲们又选他当上了贫协主席，他带着乡亲们一直奔跑在社会主义的阳光大道上，向着小康社会的目标不断前进。

四坛苞谷烧

梁绍先／口述　罗洪恩／整理

1935 年 3 月，周浑元率领的国民党中央军进驻坛厂设防。他们的到来和国民党的反动宣传，对坛厂人来说似乎是末日来临，平添了紧张的气氛，顿时家家自保、人人自危。无钱无势、没有被国民党拉去当兵的，不是跑去躲藏，就是投靠国民党地方民团胥泽生团伙。

3 月 12 日，周浑元部撤走鲁班场，接着到处都流传着红军要来的消息。有钱、没钱的人家，都把贵重物品、钱、猪、牛找地方藏了起来。

3 月 13 日，坛厂比较有学问的汪腾高先生到营上梁庆光家买酒。见梁庆光家还有猪、牛，汪腾高先生笑着问好友梁庆光："你为什么没有像其他人家一样，把财物、猪、牛找地方藏起来呀？"梁庆光正在蒸馏取酒，随口回答汪腾高先生道："我在四川学酿酒、学裁缝时，就听说过共产党了呀！"

在坛厂，梁庆光家虽是有钱人户，但其青少年时代是非常清贫的。他 1 岁丧父，10 多岁又丧母，兄弟二人相依为命长大。成年后，他在哥嫂的资助下到四川学艺，学成归来后，又靠勤劳的双手打拼，才有了今天的家业。

3 月 14 日，红军进驻坛厂。坛厂境域沿绑麻山、撞头、街上、枇杷、桑树等地的大庙、祠堂，孟家设在坛厂的几间粮仓，房屋宽敞一点的农家户，街上都住满了红军。红军驻进来后并没有像国民党宣传的那样，而是纪律严明，对百姓秋毫未犯，且买卖公平。这些都被梁庆光及未躲的坛厂人看在眼里。

3月15日，这天是农历的二月十一，是坛厂街上赶场的日子。天刚亮，人们发现，驻在集市两边屋檐下的红军换了一批。这些红军同昨天的一样不进屋，驻在屋檐下。街上的人们开始打开门面营业。吃早饭时，梁庆光叫儿子把头一天他刚酿好的两坛苞谷酒担到街上的自家小酒馆里出售，自己另有要事去办。

天黑了，街上开门卖酒的儿子才回到家中。看见自家屋檐下、堂屋内都住了红军。一进屋，看见一家人都在等他吃饭，就开心地说个不停："今天的酒好卖喔，这些红军真是耿直！个个都是现钱。今天还一个赊账的都没有，就是这些红军都很穷，每个都买的不多。"梁庆光接过话茬问道："那你为啥子这个时候才回来？下这样大的雨！""我卖完酒，到处看红军写标语，看他们怎样煮饭，看样子今晚要开走。"

这时，梁庆光的儿子看见父亲正看着窗外，眉头紧锁。自言自语地说："好一支穷人的队伍啊！要是能得天下，真是利国利民哦！"他的声音非常的低，但还是被一旁的家人听见了。接着他大声对儿子嚷道："走！儿子，饭一会儿回来再吃。家里不是还有几坛上好的酒没被中央军找到嘛！我们把它担到街上去。"

他儿子还以为是自己贪玩，出了差错不敢多问。梁庆光呢，也不管天上雨大雨小，担着酒打着火把就出门，沿着虞家河岸赶场大路向街上走去。当到坛厂街巷口时，他远远就看见两个红军正在整队，似乎要出发的样子。他加快脚步，顾不上喘气高声大喊："等等，等等啊！红军们。"

酒魂（1991 年熊洪潘摄）

　　整队的红军还以为发生了什么情况，一扭头，原来是个担着东西的老头。忙迎了上去问道："什么事？老乡什么事？"梁庆光一个趔趄，差一点跌倒，两个整队的红军忙一个箭步跑过去伸手扶住了他，所幸人和坛子均无事。"这样大的雨，天寒地冻的，送点酒给你们暖身子。"他大口大口地喘着粗气说道。

放下担子，一回头看见自己儿子也到了眼前："爹，你走得太快了，我都追不上！"他儿子喘着气说道。整队红军让梁庆光缓了缓气，才对他们父子说："部队有纪律，我们不能乱收百姓的东西。"梁庆光一听，急得声音都沙哑了："什么？你们是穷人的队伍，这几坛酒一定要收下，路上暖暖身子，这天寒地冻的驱驱寒。"站在一旁的儿子，看到父亲着急，也跟着急了，插话道："这几坛酒是我爹冒着被中央军杀头的危险才藏起来的，要是被中央军搜到，早就不在了！请你们收下，这是我爹的一点心意。"梁庆光忙用手指着风雨中的红军战士，又补充道："看看，一个个都冻得发抖呢！冻坏了，谁来打天下？这酒是我自愿送的，与纪律无关。"

整队红军看了看雨中的战士，又看了看冒雨送来酒的梁庆光父子。终于伸出了双手，紧紧握住梁庆光父子的手，随即另一位整队红军的手也加进来，最后八只手紧紧握在了一起。整队红军自我介绍道："我是萧劲光。""我是莫文骅。"他们眼里都含着感动的泪花。

同红军打了一天交道的梁庆光儿子，这时也学会外交语言："首长好！""首长好！"一一握手，再握手。

风雨中，战士们喝了梁庆光父子送的酒，一个个浑身是劲，犹如猛虎般，经怀阳洞、酸草沟，向守在仁怀县城中枢两路口的国民党军侯汉佑部奔去。

是晚，侯汉佑部溃退茅台。

（整理者系仁怀市坛厂街道人）

甜 酒 情

谢伦绪　谢猛绪／口述　梁隆贤／整理

　　甲戌年腊月初的一天，家住桐梓县沙嘴（今娄山关镇娄山村）街背后小地名叫王家湾的谢华普保长，突然听到家里"咚咚咚"的敲门声，躲在离家屋不远草笼里的谢保长的妻子，看见背着刀枪的六七个红军在敲自家的门。敲了一会儿后，屋内脚跛没有躲藏的谢保长的妹妹打开了堂屋大门。

　　谢保长的跛脚妹看到这群年轻疲惫饥饿如叫花子一样的红军，立即去床底下抱出甜酒坛，红军们有的去拿碗，有的直接用手抓起就吃。

　　红军们见这家是才修造的新屋，家里的钱粮可能耗得差不多了，就只对屋里唯一没有躲藏的跛脚妹进行了教育，并叫她一定要转告家里的人"不要欺压百姓，要善待穷苦；红军是去北上抗日救国救民，要支持红军……"

　　一个月后，红军返回桐梓攻打娄山关时，谢保长一家都没有躲藏，谢保长的妻子甚至在灶里架好了干柴，等红军一进屋就煮饭给他们吃。

　　可是，红军再也没有来她家，只听见敌机"嗡嗡"低飞的声音和在狗中田（又叫万家田，现在桐梓县沙嘴氧气厂一带的小地名）丢炸弹的爆炸声。

娄山关红军战斗遗址（熊洪潘摄）

14年后桐梓县解放，谢保长家来了一位叫杨孟宇的解放军，他叫谢家参加农协会，叫谢保长的孙子谢伦绪给他们背枪带路剿匪。于是，谢保长家人及周邻就问解放军，"你们就是14年前在谢保长家吃过两坛甜酒的红军吗？"解放军以笑作答，军民两不相忘的甜酒情传颂至今。

（整理者系桐梓县人民医院退休职工）

红军驻扎牛场

李芝惠

2021 年 7 月 1 日，是伟大的中国共产党 100 周年诞辰，举国上下响彻一段难以忘却的旋律："没有共产党，就没有新中国。"这是时代的最强音！7 月 2 日，在我老家牛场的小院，听到四哥们的土乐队欢快地奏出这首曲子，心中莫名的激动。

四哥们的土乐队成员有十余名，大都是农民，其中拉二胡的一位还是残疾人，看着他们陶醉的样子，我们也陶醉其中。欢乐的歌声，欢乐的氛围，欢乐的人群。休息时，我和他们聊起 1935 年 1 月红军长征在牛场驻扎的历史。

蒋显文有条不紊地说："红军驻扎牛场时，我虽然没有出生，但多次听老辈人说起。红军是分成两路进的牛场，一路从唐家垭口到下场口进入牛场；另一路由赵家沟到上场口进入牛场。这些人有的穿军装，有的穿青布长衫，有的穿老百姓衣服，反正服装不一样。他们来后办的第一件事就是将富人家的财物分给穷人，杀猪不去毛就割成块分给群众。红军和老百姓一样，杂粮当顿、辣椒当菜，有的还喜欢喝点酒。"

"红军长征时期生活艰苦，还要打仗，喝酒可以解乏壮胆，只是纪律严明，不敢毛起喝。"向志明家在下场万寿宫附近，他排行老十，其父母亲眼见过红军，因此知道一些红军的事。"听我母亲说，红军访贫问苦时到过我家。"

"红军就住在我们下场，隔我家和向志明家都不远。可能好多人家都去过。"冯德芳补充说。

向志明接着说："牛场街上的人，都爱喝酒。我父亲几乎每顿饭都要喝两杯。那天，红军到我家时正吃饭。来了红军那样重要的客人，我父母哪能轻待，赶紧让座，端茶倒水，并拿来碗筷，要客人一起吃饭。红军见状，本想退回，但我父亲既耿直又热情，一句话就把红军将在原地，'你们是穷人的队伍，穷人家的饭都不敢吃吗？'红军解释说，他们有纪律，不拿群众一针一线。我父亲说，'我们牛场人豪爽，喝点酒不算拿针线。'红军见解释不通，只好端起茶杯说，'我们以茶当酒行不？'父亲一听红军以茶代酒，赶紧让母亲拿来酒杯，要红军喝一杯才算数。就这样，红军没吃我家饭，喝过我家酒。"

"怪不得，向伯娘在世时，我们去你家喝浓茶，老人家都爱唠叨红军的事，原来红军和你家还有点缘分啰。"我四哥说。

向志明说："你家和红军还不是有缘分。我听你父亲说过，当年红军来的时候，他和一帮积极分子组织起来负责巡夜，尖坡顶和大云堡都有碉堡，他们就在尖坡顶上巡夜守护。"

当年红军在牛场驻扎，经过宣传发动，人们从接受红军到支持红军，并积极参与了红军组织开展的一系列活动。

蒋显文又说："中街有一个姓陈的人，一直说自己是地下党，当年曾给红军带路、帮助红军办事，红军还送给他一盏马灯。红军离开牛场时，他也参加了红军，跟随红军走了好远。后来，红军劝他留下，继续开展地

下工作，他才回到老家。回家后一直
用开茶馆的方式掩护地下党。为这事，
前些年他一直上诉，还说自己多次到
北京，中央统战部曾经还接待过他。
因为没有确凿证据，未能落实。"牛场
属黔北重镇之一，人烟稠密、商贾辐
辏，茶馆酒肆遍布，鱼龙混杂，用茶
馆掩护地下工作也有可能。

"不知马灯还在不在？"这让我一
下子想起红军长征路过石莲沿江渡时，
送给石姓老人一把七星刀的故事，于
是急切询问。我想，也许这是一个重
大发现。

红军用过的马灯（熊洪潘摄）

大家说不知道，即使还在，也不能证明是红军送的，因为过去用马灯
的人家太普遍。

"姓陈的人上诉多年，他还找过解放初期在牛场工作的高指导员，好
像也没有得到证实。"冯德芳补充说。

高指导员是南下干部，解放初期一直在牛场工作，和我父亲共事多
年，父亲对他非常尊敬。他们既是上下级关系，又是好朋友，我们也尊称
他为高叔叔。父亲去世前，曾经和我说起姓陈的人找高叔叔证明一事。我
问父亲有没有此事？父亲说他也不清楚。

"据说红军当年住在下街陈家，你们知道吗？"我问。

冯德芳说："当年红军住宿在我家对面万寿宫（后来改建成仓库）。也
有住陈家的可能，因为当时的陈区长家就在万寿宫旁边叫玉和站（现叫玉

和巷）的地方，陈区长教过私塾，为人好，在当时很有名气。"

他们提议，让我去找年龄较大的老党员李德超，也许更有收获。

李德超家住挨山，与牛场街一河之隔。他出生于 1938 年 2 月，1972 年加入中国共产党，曾任大队会计多年。83 岁的他，记忆清楚。他说："红军到牛场时，我还没有出生，但听老一辈人说得多。红军和穷人一样，吃杂粮，用辣椒下饭，偶尔也喝酒。红军把富人的粮食分给群众；还把富人的猪拉来杀，不刮毛就分给群众；还在柜台上写标语，如'红军万岁''中国共产党万岁''打倒土豪劣绅'等。上场的向吉林是医师，人缘好，又有文化，红军来时被推举当了官（抗捐主任）。你父亲和街上的一些人都帮助红军做过事，解放初还当过农会主席。"

"红军喝过牛场的酒吗？"我问。

他笑了笑说："牛场人喝酒是家常便饭，红军虽然纪律严明，下乡时肚子饿了，也会到老百姓家找饭吃，只是一般都要付钱，也有不收钱的人家。过去都是小作坊烤酒，喝柜台酒的人多，农村活路重，喝酒解疲劳。牛场的甜酒也好，周家的甜酒和甜酒曲卖到十里八乡。为了宣传发动群众，红军在当地人的带领下，有时走村串户。一次，红军来到兰窝，兰窝距牛场不远，却山高林密，道路难行。红军听说兰窝有一王姓人家，生活非常贫穷，一直以帮人为生。刚到山下，远远就有酒香传来。当他们走近王家的破茅房，才知道酒香从这里传出。"

"我外公家就在兰窝，您说的是不是他家？"我问。

"好像就是你外公家，这故事还是听李大叔（我父亲）说的呢。"

我听母亲说过，她们几个姊妹酒量好，是因为家里煮酒卖，经常尝酒练就的。外公一家从外地逃难来到牛场，举目无亲，无处落脚，只得在兰窝半坡上搭建茅房遮身。外公原在地主家当长工，因干活时摔伤，只得回家，生活没有来源，家里穷得叮当响。

"这些你应该比我清楚。红军进屋后首先询问起煮酒的事，主人赶紧让孩子去舀酒来招待客人。一大碗好酒端来，浓郁的酒香诱人，虽然很想尝尝，红军守纪律，坚决不喝。你外公说什么也要他们喝了酒才放行，说不然就是看不起他们。无奈之下，红军只得喝下这碗酒。红军离开时想掏钱，被拒绝了。农村人纯朴，走到家门口就是客，客人喝点酒就跟喝茶水一样，是招人待客之道，哪有开钱的道理。"

我还从未听父母说起过。我父亲一生走南闯北，做过生意，被国民党抓去贵阳当过兵，也参加过剿匪战斗和"土改"运动等，后一直在供销社工作。生前曾对我说："你把我经历和知道的事写下来，就是一本书。"当时没意识到重要，现在为时已晚。

"你父亲在街上也算能人，很受人尊敬。"接着李德超说起了农村生活的巨大变化："过去生活太苦，苦到吃苞谷壳；粮食不够吃就打蒿菜、鹅秧草、猪鼻孔等野菜；现在的剩菜稍有味道就倒掉，过去不光没有剩菜，即使臭了也要吃……现在的生活好了，吃穿住行与过去相比简直是天壤之别。中国共产党领导全国人民奋斗一百年，有了翻天覆地的变化，还要向前走。"

据参加湄潭县党史研究的张宪忠说，当年朱德总司令给红九军团罗炳辉军团长的电报中，指示红军驻扎在县城、永兴和牛场不能动。说明这些地方在保卫遵义会议顺利召开的历史时期，意义重大。红军长征驻扎牛场时间虽然不长，却是中国红色革命史上不可或缺的一页。

（作者系湄潭县文旅局退休职工）

一罐儿甜酒话红军

段少成／口述　梁隆贤／整理

桐梓县九坝镇天池村的段少成说："我小时候的家住在脚板山脚下，小地名叫灯口屋基铧厂。我的继父令狐玉洲做铧卖，元田、高桥的人都来我家买铧去耕田土。"

甲戌年腊月初，有100多名红军从桐梓过来住在天池寺（庙），有3个红军来我家借大铁锅去煮饭，他们也想买腊肉和米粮。父亲带红军上楼，喊红军自己看我家的境况，没有腊肉和多余的米粮。

当时，母亲煮了一小瓦罐甜酒正在发酵，红军揭开罐盖见甜酒正在翻泡泡，红军以为是爆炸之类的东西，有点紧张，惊问父亲是在干啥？父亲说是甜酒，可食，喊红军吃。红军说："你给我们端去寺庙里卖给我们，我们付钱给你。"

当晚，有一个卖地瓜籽种的农人来天池寺找歇宿，被红军怀疑，经审问，红军识破他是一个伪装的国民党探子，即刻把这个探子打死了。

第二天天要亮时，红军来还我家铁锅，之后他们上脚板山去猫溪垭口了。过后几天，我都看见有红军从我家门前过，天池寺上端的牛石垭红军架了小钢炮。

　　我从小见过了红军的谨慎和严律及对老百姓的秋毫无犯，他们传给了我很多好品质。我当过 20 多年的生产队长，现今更是过上了幸福快乐的日子，"一罐儿甜酒话红军"的故事一直刻在我的记忆里。

全国重点文物保护单位春阳岗古酒窖址（2000 年）

陈家塘的军号声

刘守志／口述　费生亮／整理

1935年1月7日，红一军团进驻虾子场，先头部队进入李家寨、长干子、中桥、中坪和新蒲。虽然陈家塘的军号声随战火岁月而消逝，但那红色革命如春风化雨般永远注入人民的心田。刘守志同志回忆父亲刘洪举生前讲述红军长征的故事，让大家了解当年中桥地带陈家塘村民与红一军团进行军民大联欢的情景，大家围着篝火举杯欢歌，纯朴的农家酒香，军团首长一声酒令，红军战士庄严吹响军号，军号声在中桥下游仁江河河畔陈家塘两岸上空嘹亮回荡。

1935年1月5日，寒冬腊月，正是赶清乘桥（中桥）乡场的日子。有一个逃难打扮的高个子男子出现在中桥乡场集市上。这个男子一身粗布补丁连连，头戴一顶破帽子，手拄一根木棍，衣衫不整，一步一拐地走进一间茶馆。他喊了一声："老板娘，来一杯茶。"声音显得那么低沉无力，在靠近窗户的一角坐下。正好看到斜对面卖稀饭的一位大娘忙前忙后，为顾客端上一碗热乎乎的稀饭，热情而又大方。又有一书生气很浓的青年男子走进茶馆，在高个、衣衫不整的男子旁边坐下，互相比画手语接头，神

红一军团驻地丙安场（熊洪潘摄）

神秘秘的，两人喝完茶，付了茶钱匆匆离去。

原来高个子打扮成逃难的样子，其实他是红一军团侦察小分队队长，绰号"燕飞侠"。书生气的青年男子叫杨天珍，中共遵义地下党员，本地中桥陈家塘人，遵义老三中毕业，秘密加入中国共产党。茶馆窗户斜对面吃稀饭的顾客是燕飞侠的几个侦察小分队的战友，个个都身怀绝技。

天空拉下脸来，黑夜中寒风吹得路边枝条左右摇摆。夜深人静，有几个人在街头巷尾来回张贴标语。不知从哪里冒出来两个老汉，边走边说。一个老汉说："你听说没有，红军都过湄潭了，土匪们都不敢下山进村抢劫了。国民党兵也都跑光了，地主吓得慌了神，逃命去了。"另一个老汉说："我也听说了，这下穷人又要遭殃了，走了这支部队又来了红毛子，听说红军比国民党兵更坏，共产共妻，还吃人肉呢！"你说一句，我说一句，心里毛骨悚然，两个老汉唉声叹气埋怨该死的战争什么时候是个头，闹得一生不安，转眼间消失在寒夜之中。

1月6日（小寒），快嘴张大嫂一大清早来气便闹开了。"是谁在我家墙上贴些啥？红红绿绿的。"她又不识字，吵吵嚷嚷的。街坊邻里聚在一起看，有人指指点点，又不识字，无奈地摇着头。突然有人说，这是红军贴的标语："打倒土豪分田地，穷人团结起来闹革命；打倒国民党反动派……"有一个七八岁小男孩好奇地问妈妈："什么叫闹革命？"妈妈摇着头回答说："不知道。"抱着小男孩离开了，大家各自回家。

小寒凌晨，快嘴张大嫂起来开门，一个红军战士咕咚反倒在屋里，把她吓了一跳，神魂不定，同时战友们也被惊醒了。满脸胡子的壮汉腰间挎着手枪疾步走进堂屋，扶起被惊吓的大嫂说："老乡，我们是红军，行军到此地，部队在外面屋檐下过夜，红军纪律严明，不拿群众一针一线。"快嘴张大嫂本身性格豪爽，笑着说："这样的部队没见过，为穷人打天下，还老百姓一片净土，我烧火为你们煮饭。"红军壮汉忙回答："老乡的日子也不好过，我们还有任务。再见了，老乡。"

快嘴张大嫂听到街上有人喊一声："紧急集合。"忙站出来观望，只见红军队伍整齐站成两排，战士荷枪实弹，前面站着的正是胡子壮汉，最前列的那个红军战士，双手紧握着红旗。乡亲们躲得远远的。那位红军胡子壮汉严肃宣布："接上级命令，原地待命，不准扰民，违者一律按红军纪律条令处分，解散。"

中午，红一军团某部驻扎在中桥街上赵正芳家四合院（赵正芳，国民党三二八师抗日远征军）。谢三娘忙里忙外招呼红军战士，她是一个小脚，走路两条小辫在背后来回甩动，正在烧火，用酒壶温一壶酒给红军战士暖暖身子。有几个红军战士围观墙上窗户木雕，飞鸟行云。一个小战士笑着说："很有木雕艺术风格。在我的老家江西，我爹也是木匠，他的木雕手艺活，十里八乡小有名气，我 12 岁跟他学木匠活，可惜我参军那年我爹生病了，永远离开了我们。"

很快，红军和老乡们打成一片，亲如一家。在那棵老槐树下，寒冬腊月的，围着一堆大火取暖聊天。红军战士听老乡讲当地的故事，有远古流传下来的，也有近代传奇的人物，战士们听得津津有味，不会打断老乡的精彩讲述。

冉正才在陈家塘刘洪举家做木工，他头戴一顶棉帽子，双手握住推把推木屑。刘洪举的内人罗光碧在外面大喊："红军来了，红军来了，大家快跑呀！"听到喊声，刘洪举端着茶杯放在桌子上，走出屋来到四合院天井坝，望着冉正才师傅说："冉师傅，红军是什么人？我们都没见过，兵荒马乱的，这年月。"冉正才接过话茬说："都是穷人遭殃，没过几天安生

红一军团司令部遗址

日子。"无奈地叹着气。女儿刘守碧在外面耍累了，眼睛一圈涂些木灰炭，父亲刘洪举打水给女儿洗脸说："你太淘气了。"

红军沿着陈家塘小路过来，乡亲们都各自躲藏，粮食也隐藏起来。红军从中桥一路过来，看见坝上绿葱葱的小麦苗长势不错，冬水田还有水牛在田坎上吃草。丁家坝太阳山脚下住着几户人家，时而传来狗叫声。

有两个红军背着枪朝刘洪举家走过来。一块大石块背后躲着一个佃农，蜷缩着身子，吓得阵阵发抖。那两个红军战士走到刘洪举家门前停住了脚步，后面紧跟过来七八个红军战士，说说笑笑。佃农生怕被发现，不敢偷看对方。其中一个红军战士发现他了，用手指着大石块背后躲藏的那个人说："连长，那里有个人。"连长对那个人喊："老乡，不要怕，我们是红军。"佃农听到喊声，转身就跑了。

连长也走到刘洪举家门前，看见大门左右两边有两尊石狮子，张着嘴，眼睛正视着仁江河对岸，守护着主人。其中一个战士说："这家肯定是家地主。"连长轻声回答说："不知道情况不要乱讲。"他轻轻敲门喊："老乡，老乡，有人吗？"刘洪举听见外面有人敲门，叫冉正才先躲起来，带着女儿刘守碧去开门。女儿刘守碧感到身上阵阵发怵，嘴里喊着："爸爸，我好害怕。"

连长带着战士走进门来站在四合院天井坝，眼睛环视四周，心里感到这家人家道落魄，以前一定是书香门第，建房格局不一样，有一堂屋、二堂屋。连长首先开口说："老乡，不要怕，我们是红军，共产党领导的人民子弟兵，为穷人打天下的红军部队。"刘洪举应了一声："哦。冉师傅，出来吧，不用躲藏。"连长开门见山地说："红一军团司令部就驻扎在你家了，很不错。"刘洪举说："欢迎红军长官。"连长笑了："老乡，我们红军不兴叫长官，叫同志，你叫我王同志就可以了。"王连长带着战士们笑逐

赤水丙安红一军团住址（2006年熊洪潘摄）

颜开地走出四合院大门，返回驻地。1月8日下午，红一军团司令部从虾子出发到达中桥地带陈家塘，军团政治部驻扎在礼仪坝。部队行军在中桥街上，站在两边的人群欢迎红军入驻中桥一带。

那个红军女战士兴冲冲打着快板："竹板响，手中飞，自从入黔地，突破敌人四道封锁线，脚踏贵州湄潭县。红军长征玩顽敌，节节败退残阳夕。经三渡关，奔虾子，中桥老乡笑眯眯，笑眯眯……"红军队列两排，步调一致，扛着枪，微笑着向老乡挥挥手，军旗迎着寒风飘舞，朝陈家塘方向走去。

红一军团司令部入驻陈家塘民房刘洪举家堂屋，立刻加强警卫，四合院天井坝两边各一挺机关枪，设岗各个路口，乡亲们进出凭路条或接头暗语。红军将陈家塘土豪杨朝肇家的粮食全部收缴，还有国军师长李承章存放在中桥的粮食、物资充公。一部分分给穷人，一部分补充红军单位给养。第二天，红一军团文工团在中桥地带陈家塘举行军民篝火大联欢。消息一传出，附近的村民自觉排队，接受红军检查进入场地。五堆干柴似五颗红星，红一军团首长站在前台，笑盈盈地向军民挥挥手。军民情，掌声响成一片。陈家塘的李永军、刘尚清端上老乡自家烤的粮食酒，刘洪举、刘洪勋两兄弟帮助文工团搬木箱。5个红军战士站在5堆干柴旁边，举着火把等待命令。

军团首长右手端着土巴碗说："军民篝火联欢开始。"随着一声酒令，那个红军小战士立刻吹响军号，军号声响彻寒冬的云霄。5个红军战士同时用火把点燃5堆干柴。文工团的5位红军女战士合唱《十送红军》，歌声激情高昂。掌声送给亲人；小品《斗地主》，群情激愤，用手指着演出的演员控诉地主剥削穷苦百姓的可耻行径，村民们有些骚动；那个胖墩墩的红军女战士唱着《我的家在松花江上》……有些群众不明白，国军为什么不抗日，反而"围剿"红军。有些爱国热血青年怒不可遏，在人群中高呼，我们也要参加红军。如陈家塘的欧正清，刁家湾的郭应祥，鸭溪的谭永富、谭永贵、龙二娃等。

红一军团军民篝火联欢结束时，军团首长站在台前举着装酒的土巴碗说："感谢老乡，感谢亲人。"红军战士再次给喝酒的老乡敬酒，军民联欢会是一次特殊民间红色军民交流盛会。欧正清的父亲，走出人群，拉住红军首长的手说："红军真好！共产党了不起！如果我年轻二十岁，我也要参加红军。"

（整理者系新蒲新区家宝环卫职工、新蒲新区作家协会会员）

老船工的临终嘱咐

钟金万

1935 年 1 月 4 日早晨，中国工农红军三军团先头部队的 3 名红军乘着楼梯、木板，用竹竿划着到达乌江北岸的茶山关渡口，在江边的竹林中找到船工黄德金，笑着问："老乡，国民党的兵在哪里？"黄德金说："在关下红岩洞中原有国民党军的一个班，昨天晚上逃跑了。"红军又问："你会划船吗？"黄德金说："我只有一只小船，可以划你们过江。"于是，黄德金很快就接过来 3 船红军战士。但是，一个军团要过江，仅凭一条木船来回接送速度太慢了。已经过江的红军钟参谋再次走访当地船工黄德金、宋月钊及茶山关群众，向他们打听船只的情况，借用架设浮桥的木料。

黄德金得知这一情况后，急忙跑到青坑去请示管理渡船的会长钱树坤。钱树坤是开明绅士，当即表示让船工们捞起沉船渡红军过江。黄德金回到关上和父亲黄树连，船工宋吉安、宋月钊一起来到江边，和红军一起到上滩去捞起两条沉船，划到南岸送红军过江。最先坐船过江的是十一团寻找架设浮桥地点的红军战士。午后，当地百姓协助红军扛竹子，运木料，架设浮桥，数百人不休息一直奋战。傍晚时分，浮桥搭好，船桥并用，红军日夜过江。

就这样，从 1 月 4 日清晨到 7 日下午，当地两岸船工黄德金、宋月钊、宋吉安、黄树连、李玉清、邓锡成等人用四天三夜的时间，共同谱写了一曲抢渡乌江天险茶山关的辉煌篇章。

其实，1 月 4 日那天是尚嵇赶场，早晨雾很大，完全看不清山势。只有 14 岁的船工黄德金早就听说红军要来，只是不知道具体是什么时候。黄德金下到江边去，想看看有没有人从开阳那边过来赶场。黄德金从关上下去的时候，没有看见一个国民党的兵——他们都跑了。到了江边，黄德金却看见三个人把枪架在河沙坝上，烧着一大堆火在那里烤衣服，他们穿的衣服和国民党的兵完全不一样。黄德金没有看见过红军，听国民党反动派宣传说共产党是"共匪"，要"共产共妻"，黄德金当时也有几分害怕。这时，那三个正在烤火的人和蔼可亲地跟黄德金打招呼，说话细声细气的，很客气。他们问黄德金是干什么的。黄德金听不懂他们说的话，就

红军南渡乌江江口渡口（熊洪潘摄）

1935 年 1 月初，中央红军分三路突破乌江时，左路红三军团大部从遵义县与开阳交界的新民桃子台渡江（杨生国提供）

用手比画自己是划船的。那几个人就朝他走来，黄德金还是有点虚火（胆怯），就往竹林里边躲。这才出现了在当地志书上出现的文字及本文开头的那一幕场景：在江边的竹林中，红军找到了船工黄德金……

红军过江后，有一位年轻的红军病得很厉害，船工黄德金把他接来住在家中，精心给这名红军调养。凡路过黄德金家门前的红军，不少的官兵都要进房去探望问候，要这名青年红军安心养病。一个红军探望后还给了黄德金 14 块大洋，并再三叮嘱黄德金如果医不好，牺牲了，就用这些钱给买口棺材将他好好安埋。黄德金分析说，这病重的红军可能是红军的军官，不然不会有那么多人来探望他。后来，这位红军的病势越来越沉重，1 月 11 日（腊月初七）那天就牺牲了。这名青年红军在茶山关去世，乡亲们都非常伤心，黄德金的心里更是难受。1月13日（腊月初九）这天，黄德金用红军给的钱买了一口大棺材，请人把这名青年红军的遗体安葬在自家住房左边的竹林里。可惜不知道这个红军的姓名，无法篆刻碑文表示纪念。

埋葬牺牲的青年红军后，黄德金每年清明节都要到这个红军坟去挂青、敬酒，表达牵挂之情。黄德金说："天寒地冻的涉水过江，不是为了贫困百姓，谁会这么做呢？太辛苦了。"每年正月十四这天晚上，黄德金都要去这个坟上给青年红军亮灯、点香烛、烧纸钱、献白酒，表达礼敬之意。1987年，黄德金79岁时，他的病势已经十分沉重了。就在他命在旦夕的弥留之际，他老是断不了那口气。他的儿子、孙子们跪在他面前，看到这种生离死别的情景，莫不悲切万分。他的儿子满面泪水地轻声问道："爹，您还有什么放不下心的事，您就说嘛，我们子孙后代照办就是了。"黄德金这才慢慢地睁开双眼，望着跪在面前的儿孙们，慢慢地，有气无力地，一字一字地说道："我……放……不……下……心的，就……是……我……家旁……边的……那个……红军坟，我死后……你们要……记住，每年清明节、过大年，都要给他挂青……亮灯……敬酒……"儿子说："爹！您安心去吧！我们一定照办，子子孙孙一代一代传下去！"黄德金听后，这才咽下了最后一口气。

讲乐亭上送红军　红豆杉酒情意深

匡兴洪

1935 年 1 月，红九军团第八团要来郑场，这是之前半个月就听到的消息。这段时间，国民党反动派反面宣传特别厉害，说红军"杀人放火""共产共妻""走一路杀一路""红毛红鬼，杀人不眨眼"等，搞得大家人心惶惶，心上心下，坐卧不安。

郑场，原名叫郑家场，因明代后期郑姓人家在此带动兴场而得名。在当时绥阳县的乡镇中，算是一个比较热闹的场镇，共有 300 多户，1000 多人。镇的周围有 1 丈高的石城墙相围，分东、西、南、北四个门，晨开晚闭，买卖兴隆。加之场镇背靠杀气森森、形如雄狮的狮子山，遥对林木蓊郁、小巧玲珑的卧龙山，大有虎踞龙盘之势，闻名遐迩。过去它与毗连的新舟（属原遵义县，过去称"火烧舟"），湄潭的永兴场齐名。但在那时还是相当闭塞和落后的。公路不通，只有一条两尺来宽的所谓"官大路"，运输全是肩挑背驮，靠人夫脚子；食盐昂贵，贫苦人户家中有一二两锅巴盐，也视如宝贝，格外珍惜；文化落后，除极少数有钱人家的子弟包起盘缠在贵阳、遵义上学外，多数人都是睁眼不识斗大的字，别说读书、看报，连自己的名字怎么写也是猫抓团鱼，简直无法下手。因此，上面反宣传，很多人都信以为真，红军还未入绥阳境地，便洞开四门撒腿跑了，就剩下四五十个赤条条无牵无挂的"干人"和一座空荡荡、冷清清的石头城。

当时尤国强的父亲尤明元（出生于1909年）也是这四五十个未跑"干人"之一。为啥不跑呢？有两个方面的原因：一则是因为穷，自古兵匪一家，坑害老百姓。加之赤条条无牵无挂的"干人"身上衣褛寒酸，腰无分文，家中一贫如洗，四壁空空，何必躲躲藏藏！二则对国民党反动派那一套贼喊捉贼的虚伪宣传早就失去了信任。他们天天倡导的，实际上便是让穷人遭殃的；他们深恶痛绝的，往往还会对穷人有一点好处。这是郑场的"干人"们多年得出的深切体会。所以郑场的"干人"们不但没有跑，当红九军团第八团翻过柴门垭，顺着官大路，从马道子经禹王宫要进入郑场东门的时候，郑场的四五十个"干人"们还凑钱买了火炮，邀约成群，到禹王宫（过去也称煤灰堡）前去夹道迎接。

红九军团第八团这支红军部队在团长崔国柱的带领下由湄潭的五里坡，经过原遵义县的白朝垭、泥罗坝、李家坝，再到郑场的麻家坝，才正式进入郑场的。队伍穿戴不太整齐，有穿灰服军装戴军帽的，也有穿蓝布、黑布对襟的，甚至有的还包着白布或黑布包笼帕。也许是由于长途跋涉和经常作战的缘故，他们风尘仆仆，身上还留有明显战火硝烟的痕迹。给郑场的"干人"印象最深的是一个个子敦敦实实的红军，脸上黑黝黝的，40来岁，穿着也十分朴素，而且衣服上也补了许多补丁，说话挺和气。他看见郑场的"干人"们在路边放火炮迎接，便走上前来和颜悦色地说："你们不要再放了，白白花费了你们的钱财，都是我们自己的穷苦人。我们红军是穷人的队伍，是专门替穷人打天下的。"一句话说得大家心里热烘烘的。本来在去迎接以前，虽然郑场的"干人"们都不相信国民党的胡言乱语，但对红军由于没有亲眼见过，也不甚了解，多多少少有些顾虑这是自然，总觉得心里怯怯的始终不太踏实。去迎接红军的时候，大家才把贺四爷推在最前面，他身后跟着的便是谭信章。贺四爷名号贺洪旦，当时已进古稀之年，一大把雪白如霜的胡子，挺有长者风度，平时人们都比较尊重和依赖他。由于谭信章领头，郑场的"干人"们都觉得极为放心。事实上郑场"干人"们的顾虑完全是多余的，与红军一见面，一搭腔，大家心里的疑惧便立刻冰消雪融，人们争先恐后地与红军打起招呼来了。

当时这位个子敦敦实实的红军，脸上黑黝黝的，说话十分和气，穿着极其朴素，腰旁又挎着短枪，没有一点官架子和派头，简直与煮饭的伙夫差不多。后来郑场的"干人"们几经打听，才终于知道他就是红九军团第八团的团长崔国柱。红九军团第八团的纪律特别严明，对群众秋毫无犯。他们驻扎在张王庙、狮子山、周家花园、禹王宫和张涛家等地方，不入民房，不扰民。在街上休息，也是坐在两旁的石阶沿上。那么多人驻扎在郑场这个小地方，一丝不乱，秩序井然，与国民党反动派的丘八兵痞们比起来，更有天壤之别。

那些逃离郑场的人们，听说没有事，除了一些大户和部分有钱人之外，两三天后便陆陆续续回来了，街上照常营业。一场虚惊过后，人们似乎显得特别轻松、愉快，人人脸上都春风满面，笑容可掬，像过节一般。但最为高兴的，还是被压在社会最底层的郑场一贫如洗的"干人"们。当时有这么一首红军歌谣，在郑场民间不胫而走，广为传诵：

那年红军过郑场

那年红军过郑场，处处都为"干人"想。

红军队伍谁领导，毛主席和共产党。

朝也盼来晚也盼，盼望郑场出太阳。

如今太阳出来啰，"干人"翻身暖洋洋。

过去，国民党反动派统治、地主豪绅当道，尽是有钱人的天下，岂能有"干人"们的立锥之地？这些"干人"，皆是社会底层人物，是被人嗤之以鼻，不屑与之同日而语的角色，平时在大老爷面前，只有俯首帖耳，唯唯诺诺，谁敢起来哼个不字？可是，红九军团第八团一来，却翻了个滚，变了个天，"干人"们也敢于直着脖子跟人说话了，也敢大模大样地在公共场合出头露面了！"干人"们的那种兴奋劲呀，简直让人无法形容，真可谓扬眉吐气！

红九军团第八团来到郑场，谭信章代表"干人"经常与红军接触联系。因贺四爷年纪太大，行动不方便，许多事情便由谭信章牵头。

1935年1月8日，红九军团第八团便在郑场街上的讲乐亭（当时又叫香玉亭，聚落呈块状分布。因集镇一座戏楼的辅助建筑名叫讲乐亭而得名），召开了有五六百人参加的群众大会。会场四周的铺面上、柱头上、板壁上，用蓝靛写了许多标语，每隔几步又是一条，上面写着"打倒土豪劣绅！""拥护苏维埃政府！""红军是我们'干人'的队伍！"标语很显目，给这闭塞的小镇带来了革命生机，红军号召穷苦大众起来闹革命，建立穷人自己的政权。红九军团第八团团长崔国柱津津有味地讲着，他边讲边连打手势，说的是江西口腔。讲乐亭下人头攒动、摩肩接踵。会场周围和石阶沿上，摆着一些卖零食和针头麻线的百货小摊。人们三个一堆，五个一伙地站着，瞪着一双双新奇而专注的眼睛望着台上。大家被红九军团第八团团长崔国柱的即席讲话所吸引和打动，会场上充满了热烈的气氛。根据穷人的口头推荐和红军调查了解的情况，由谭信章担任区长，负责管理社会上的事务。"干人"当区长，这在郑场却是"和尚娶媳妇——开天辟地头一回！"郑场的"干人"们个个都感到脸上有光，心里乐滋滋的，觉得世道从来没有如此畅意过。连"叫花子"文继才（小名文癞子）也异乎寻常地活跃了起来，平时身上那种猥琐低贱的叫花子气也一扫而光，经常喜眉乐眼地笑得合不拢嘴。红军有啥子事，他还提着铜锣沿街去帮着叫喊，声音脆嘣嘣的，充满着一股子喜气！

红军来了，"干人"们非常高兴，虽然时间短暂，但他们也尝到了做人的体面。

一天中午，一阵锣声响过之后，叫花子文继才脆嘣嘣的声音又在郑场街上响起来了。

"'干人'们，红军喊你们赶快到关圣庙去分东西。"

这一天正值赶场，四乡八寨到的人也不少，听见文继才的喊声后，人们呼三喊六，扶老携幼，很快便云集到东门外关圣殿的庭院里。红军把从豪绅大户家没收来的浮财，如盐巴、蚊帐、被面、衣服、鞋袜等一一分发给"干人"们。大家喜出望外，有的高兴得流出了眼泪；有的则把刚分到手的盐巴像宝贝一般，立即装在自己贴身的衣服口袋里。

东西分完了，许多人还久久不愿离去。他们怀里抱着刚分得的胜利果实，激动的心情无法平静。要知道，这些东西都是地主豪绅们利用各种手段从穷人身上搜刮来的！过去，地租、高利贷、苛捐杂税、拉兵役等，似一条条狠毒的蛇，把"干人"们榨得喘不过气来，真是穷了千家，肥了几户。"干人"们的生活像个啥子哟，穿不像人，吃不如鬼，寒酸得要命。红军把它归还给了穷人，大家打心眼里高兴。人们从心底里热爱红军，向往红军，拥护红军。穷人要翻身，要真正过上好日子，只有跟着共产党，跟着红军，起来干革命，才是最佳的选择。

关圣殿赈济贫民后，有的人积极要求参加红军，同他们一道去打天下。当时在郑场参加红军的就有两位，即洪少奇和宋德安。他们正是从红军的身上看到了穷人的希望所在，所以义无反顾、毫不犹豫地走上了革命的道路。

听说红军要离开郑场了，郑场的"干人"们在谭信章和贺四爷的组织下，在讲乐亭摆了 10 桌欢送宴，每桌都是大家出的菜和尤明元出的红

双龙千年红豆杉（2012 年熊洪潘摄）

豆杉酒，而且红豆杉酒每桌均是 5 斤土罐装的。尤明元充满深情地对红军说："我没有什么拿的，这红豆杉酒是我实实在在的心意，是我父亲精心酿制而成的。喝了它，能温肾通经，精神倍增；喝了它，能利尿消肿，驱赶寒冷，把伤风感冒赶得无踪无影；喝了它，能增强人体的免疫力，在战场上多杀敌人。我同红军接触和相处的时间虽然只有短短的几天，但我从红军身上真切地感到红军是为我们'干人'打天下的，是我们'干人'自己的队伍。"尤明元越说越激动，感激的泪花禁不住夺眶而出。席间，有人诗兴大发，情不自禁大声对在座的"干人"和红军说："我作了一首诗，权且算作顺口溜吧，题目叫《三杯素酒敬红军》，请大家听听"：

三杯素酒敬红军

一杯素酒敬红军，红军吃了有精神；

北上抗日信心大，展望前途更光明。

二杯素酒敬红军，红军吃了打敌人；

临别之时握住手，英勇杀敌立功勋。

三杯素酒敬红军，红军"干人"心连心；

今日路口把酒敬，不知何时才返程。

喝杯素酒要起身，红军兄弟表决心；

此去前线打日本，解救天下受苦人。

去把魔鬼全消灭，"干人"翻身享太平；

红军革命要回来，天下"干人"请放心。

此时此刻，红九军团第八团团长崔国柱面对大家的深情厚谊，不由自主从座位上站了起来，笑着对周围的"干人"们说："我们红军，是你们'干人'的部队，打土豪分田地，实行耕者有其田，人人都有饭吃，有衣穿，有房子住。我们红军一定会推翻大家诅咒和痛恨的黑暗的旧社会，建立人民的国家，让'干人'们都能过上好日子，我们的头就是毛泽东和朱德，就是你们平时所说的朱毛。大家记住，只有红军才能解救穷人，只有共产党才能拯救中国。"说罢，便把手里端着的红豆杉酒一饮而尽，禁不住连声说道："好酒！好酒！！好酒！！！真是妙不可言！"

　　这时，太阳已坠入西山，夜幕低垂。郑场街上讲乐亭参加欢送宴的所有"干人"们，含着热泪，依依不舍，送了一程又一程。个个祝愿红军打胜仗，嘱咐红军打败了鬼子，消灭了国民党反动派，早日回到讲乐亭，聚会时再喝红豆杉酒。

　　正是：

讲乐亭上送红军，红豆杉酒显真情。

鱼水深情说不尽，红军"干人"骨肉亲。

（作者系绥阳县文联职工）

救红军兄弟结义

钟金万

1935 年 4 月初的一天，春寒料峭。50 余岁、家住花苗田（今花茂村）的陈王氏刚吃过早饭，正在收拾碗筷，就听到"叭！叭！叭！"几声枪响，她顿时吓得打了个冷战，慌忙丢下手中的碗筷去关房门。

陈王氏很不幸，中年丧夫，一个人辛辛苦苦地将独子陈绍奎抚养成人。红军来后与国民党军队竟然天壤之别，使她这个地地道道的贤妻良母、老实巴交的贫苦农民产生了强烈的爱憎。抗捐委员会委员熊钰和几个掉队的红军伤员遇害后，陈王氏十分难过，她恨那些杀人不眨眼的魔鬼。

听到枪声，陈王氏在心里默默祈祷菩萨保佑那些好人。陈王氏刚关上房门，忽听门外有个陌生而急促的声音喊道："老乡，救救我吧！"陈王氏透过门缝，见一名头戴五角星帽子、身着破烂灰布军装的伤兵倒在门外。陈王氏知道，这是一名红军战士。

猛地，陈王氏又听到了越来越近的喊杀声和"汪汪汪"的狗叫声，她立即又犯了难：救吧，那帮家伙知道了肯定不会善罢甘休；不救吧，红军对穷人这么好，见死不救于心不忍！说时迟，那时快，陈王氏"呼"的一声急忙打开房门，她看清了红军伤员的一只手用白布条吊在脖子上，一条腿也受了伤，外面裹着的白布被鲜血浸染得通红。陈王氏见红军这副模样，就将他扶进屋里，掩藏在灶头背后的柴草堆里。

这时，那些追杀红军的土豪武装已经来到了陈王氏家屋外。陈王氏为掩饰自己那颗"咚咚咚"直跳的心，她坐在灶前将柴草放进灶里，故意弄得满屋烟雾腾腾的。那几个荷枪实弹的土豪家丁冲进屋后，凶神恶煞地问："有个'共匪'走你家来了，你把他藏在哪儿了？""快给老子交出来！"陈王氏坐在灶前的草墩上，用竹筒吹着灶里的火，故意咳嗽两声，装聋作哑地反问道："嗯……老爷，有哪个事呀？我家娃儿上坡犁土去了，我喊他转来你们跟他讲要得不？"陈王氏为了救红军，一时竟忘了这帮家伙是要抓丁拉夫的，却把自己儿子的去处也说了出来。"好，还装得像眉像眼的。哄起老子来了，我们亲眼看到有个'共匪'跑到你家来的，还不快交出来！"陈王氏"咚咚"跳着的心这时镇静了许多："啊？'共匪'？在哪里？"说罢，她从草墩上站了起来，故意四下里张望。"妈的！"一个家伙举起枪托欲打陈王氏，被另一个制止了。"老爷，我一个妇道人家，哪敢藏'共匪'啊？你看，我家房穿壁漏的，哪点藏得住嘛！不信，你们就搜嘛！"几个土豪家丁见她家是"千根柱头"落地的烂草屋，确实藏不住人，又被满屋子的烟雾熏得眼睛都睁不开，就一边骂着一边走了。

陈王氏等那帮家伙走远了，估计不会回来了，就掀开柴草，只见红军伤员由于伤痛，加上饥饿和惊吓，浑身已经瘫软无力了。陈王氏忙将他扶坐在草墩上，盛了一碗饭，和了一些米汤给他喝。一碗饭下肚，红军伤员就渐渐恢复了体力。陈王氏的一番举动，感动得红军战士掉下了热泪。红军战士说："大娘，谢谢你救了我。我是江西人，叫老王，和你们一样，也是'干人'。我养好伤还要去追赶部队，你老人家行行好，让我在你家养几天伤吧，行吗？"陈王氏见红军战士伤成这个样子，不忍心拒绝，就点了点头。

陈王氏家住在大路边，追杀红军的土豪武装在大路上来来去去。陈王氏怕他们没有找到红军战士又返回来到家搜查，忙将红军老王扶到屋后的树林里藏了起来，等儿子回来后再想办法怎样救这位红军战士。

天擦黑（傍晚）时，陈绍奎扛着铧口，赶着牛收活回家了。当陈绍奎路经屋后的树林时，红军老王见他一身千疤衣（补丁衣），赤脚蓬发，肩扛农具，断定是个"干人"，便强忍伤痛从树林里爬出来，拦住陈绍奎说："老乡，请你救救我……"陈绍奎被吓了一大跳。当陈绍奎从老王的帽子上看到红五星时，慌忙丢下犁头，将他扶起，叫他稍微等一下，自己一会儿就来救他。

陈绍奎刚进屋，母亲陈王氏就向他唠叨开了："真是好人多遭难哪，造孽啊！"陈绍奎喝完一大瓢冷水后，问道："妈，你说哪个好人多遭难哪？"陈王氏就将她救护红军老王的事说了一遍。陈绍奎问："你是不是把他藏在山花林头（屋后林里）了？"陈王氏说："是。"陈绍奎匆匆吃了两碗饭，就朝屋后树林跑去。

陈绍奎来到先前老王向他求救的地方，却找不到人。陈绍奎怕被人发现，不敢大声喊叫，就摸索着轻声地唤着"老王"，找遍了那片树林，也不见人影。原来，老王见陈绍奎多时不来，怕遭不测，就换了一个地方躲藏。陈绍奎为找老王，手脸到处都被刺划伤了。老王见他一个人来，又到处找他，确信是来救自己而不是害自己的，便从暗处走了出来。

陈绍奎找到老王后，将他背到一座烧木炭的破窑里，又去家中抱来一大捆稻草，给老王铺成"床"。此后，陈绍奎天天趁人不注意，给老王送饭，送些自己采集来的草药。

红军伤员老王虽然掉了队，但一刻也没有忘记红军的纪律。由于伤势严重，老王虽在陈绍奎一家的精心护理下调养，可伤口却不见好转，要治愈伤口仅凭陈绍奎采集的草药根本无济于事。陈绍奎一家想法变卖了一些值钱的东西，买来一颗鸦片烟，想叫老王吸几口止痛。老王忙拒绝说："一怕上瘾，二怕违反红军纪律。因为红军部队有规定，当官、当兵都不准吸大烟。"陈绍奎母子反复解释这是为了治伤，而且吸一次也不会上瘾，可老王还是说，"宁愿痛死也不吸食"。陈绍奎无奈，只好又变卖了大烟，到枫香坝去买了些药回来。

几个月过去了，反动派大肆追杀红军伤员的风声渐小。可老王的伤势非但不见好转，反而愈来愈严重了，腿上的伤口不仅流脓不止，伤口四周的烂肉还开始长蛆了。再像先前那样医，恐怕老王的那条腿就保不住了，还会有生命危险。陈王氏急了，她认为窑洞太湿太黑不宜治伤，忙叫儿子将老王从窑洞里背回家，更为细心地照顾老王。

那年月，花苗田还是一个穷乡僻壤，缺医少药。陈绍奎一家不便，也没有经济能力把老王送到医生那里去为他治伤。只好抓一些药，采一些药，和食盐水替老王擦洗伤口。那时斗米斤盐，陈绍奎一家惜盐如金，常受淡食之苦。平时吃盐，都是用纱布包上一块砣砣盐，系上一根线，煮菜时把盐放到锅里浸一下就提起来。但为了老王，母子俩天天大块大块地把盐化成水，为他洗伤口。尽管如此，老王的伤口依然流脓不止，一到热天，满屋奇臭。在医学如此发达的今天，要做这点手术简直是轻而易举的事。但那时，对陈绍奎这个穷苦的农民来说，就是件天大的难事。俗话说，穷有穷法子，土有土方法。陈绍奎为了救治红军老王，不顾疮脏和脓臭，用嘴对着伤口，一口一口地吮吸伤口内的脓血。初时，陈绍奎每吮吸一口，几乎都要呕吐一回。尽管如此，陈绍奎仍每天坚持为老王吮吸伤口内的脓血。母亲陈王氏见儿子陈绍奎吮吸后呕吐难受的样子，就说白酒能够除臭消毒，也能擦洗伤口，先在伤口上喷点白酒，再吮吸会好一些。果然，这个办法很好，可以暂时撇开奇臭难闻的味道。几个月后，老王的伤口逐渐长出了新肉，只是脓血仍不断地往外流。陈绍奎找不到脓血不止的原因，仍坚持替老王不断吮吸。一天，陈绍奎在为老王吮吸脓血时，舌尖抵到一块硬东西，陈绍奎猛然想到老王伤口里的子弹还没有取出来，他找来一根铁丝，制成一个土夹子，在火上烧红冷却，再用盐水清洗伤口后，将小夹子探进老王的伤口里，居然将子弹头取了出来。陈绍奎又用嘴对着伤口，使劲吮吸出其中的脓血。一个月后，陈绍奎为老王敷了几服药，老王的伤口就基本愈合了。为了感谢陈绍奎母子的救命之恩，老王和陈绍奎结拜为兄弟，共同租地耕种，侍奉老母陈王氏。

结拜那天，陈绍奎提来一瓶散装的白酒，桌上摆了简单的几个酒菜后，就与老王结拜为兄弟。老王说："第一杯要先敬上天和四方菩萨，特别是贫困百姓最尊敬的共产党，是她老人家让我们能够兄弟结缘。"老王和陈绍奎双双将白酒泼到地上后，老王又说："第二杯酒再敬我们俩的母亲老大人，不是她将儿子掩藏、救下，我早就不在人世了。"等母亲陈王氏喝下酒后，老王和陈绍奎双双再次端起白酒说道："这第三杯酒就是我们兄弟的结义酒啦，我们兄弟俩今后有福同享、有难同当。"结拜仪式结束后，老母陈王氏更加高兴了，主动要求再喝一杯酒，说苍天有眼，让她多了一个儿子。

后来陈绍奎母子才知道，老王的真名叫葛尚银，是江西于都葛坳乡枣子排村人。再后来，老王在陈绍奎母子的帮助下，在花苗田安了家。解放后，老王才和江西的亲人取得联系。

难忘的婚礼

钟金万

　　黄兴邦，1915年10月6日出生于福建省长汀县廖家乡，1933年参加中国工农红军，任瑞金中央苏区军事教导团某班班长，1934年在井冈山参加第四次反"围剿"战斗，中央红军长征期间为红三军团第三科通讯员，1935年1月来到贵州省遵义。"遵义大捷"后，黄兴邦随红三军团经过鸭溪前往枫香待令。3月7日10时许，他在鸭溪区白岩沟（今仁合村）遭到敌机轰炸，左腿不幸受伤，不得不寄住在白腊坎的刘家。由于国民党反动派四处搜捕红军伤员，黄兴邦幸得鸭溪区新土乡（今乐山镇）三丘田袁正文的救助，就跟着袁正文来到了新土乡。不久，黄兴邦在袁正文的帮助下与新土乡女青年张帮学结婚成家，于是在新土乡定居下来。1949年遵义解放后，黄兴邦先后任村长、村农协主席、村党支部书记、公社副书记等。1986年，享年71岁的黄兴邦"百年归天"。临终前，黄兴邦面带微笑，似乎有什么话要说出来，眼前却浮现出自己与妻子张帮学喜结良缘的婚礼场景。

　　那时，黄兴邦只有20岁，正在袁正文家当长工。他居住的屋子也是袁正文家的，妻子张帮学也是袁正文请媒人撮合而成的。当花轿抬至院子里停下时，新娘张帮学下轿站在中堂前的院坝上，由袁正文夫妇请来的一位长者在花轿前摆设香案，焚香、燃烧纸钱后，向新娘身上撒米。那位长者说："姜太公在此，诸神回避。"后来，黄兴邦才听老人们说，这是"回（还）车马"的仪式，目的是以防撞上姜太公（姜子牙）的夫人马氏。马氏是天上的"八败星"，又特别好吃。谁撞上了马氏，一辈子都不会有好日子过。

此前，女方的嫁妆已经抬到了袁家。接着，由接纳婆（有儿有女的中年妇女）搀扶着新娘子张帮学来到堂屋。这时，堂屋里早已点燃了花烛。新郎黄兴邦、新娘张帮学一起到堂屋由主持人举行结婚仪式。主持人高喊一拜天地、二拜高堂和夫妻对拜时，他们就一一磕头敬礼。后来，黄兴邦才知道，在堂屋举行的"一拜天地，二拜高堂，夫妻对拜"这一仪式，在遵义称为"周堂"。

"周堂"后，新娘由接纳婆扶入洞房，举行坐床、揭盖头、吃交杯酒等仪式。此时，洞房里早已设好了香案，置米1升，内插挂满果子（柏籽）的柏树枝，寓意是百子千孙。接纳婆斟满酒后，新郎黄兴邦、新娘张帮学两人就开始喝交杯酒。接纳婆"封赠"（祝愿）道："一杯酒，夫妻天长与地久；二杯酒，夫妇齐眉九十九；三杯酒，儿孙满堂福禄寿。"喝毕交杯酒，新娘立即坐到床上，接纳婆又"封赠"道："二人起本，尖尖一床；被子不够盖盖衣裳。"

接下来，新郎、新娘又从堂屋出门开始拜客，袁正文安排的一位长者站大门前高声喊道："先地邻，再家族，再亲戚。三湾田的大母舅，请到堂屋受头双福（夫妻并存称'双福'，一方亡故称'万福'）。"所有的长辈挨个都被喊到了，被喊到的长辈都来到堂前，给新郎、新娘多少不等的拜钱，并一一受拜（新郎、新娘给长辈磕头）。

至此，婚礼总算结束了。接下来就是晚饭后闹洞房。袁正文的亲友先在堂屋围桌而坐，新娘张帮学向长辈们敬酒后，由于黄兴邦是外地人，没有族中兄弟和表兄表弟在场，他俩的洞房没有几个年轻人进去说笑取乐（戏谑、调笑），可谓草草收兵，没有充分享受到闹洞房的乐趣，但婚礼却是非常圆满的。

直到去世，也没有人知道黄兴邦老人为什么会在临终前回忆起那段美好的往事，黄兴邦老人也没有跟任何人说起他与妻子张帮学喝的交杯酒究竟哪一杯更醉人。但是，从黄兴邦老人最爱哼唱的《三杯美酒敬红军》那首山歌来看，完全可以这样说：他对自己的红军身份最珍惜！因为不当红军，他就不会来到历史名城遵义，就不会遇到积德行善的袁正文，就不会跟女青年张帮学结婚。当然，也不会喝到那三杯令他终生难忘的交杯酒。

刨锅汤的故事

钟金万

1935年1月，中央红军来到遵义，让穷苦的"干人"（遵义方言，指贫穷百姓，即怎么挤也挤不出二两油水来的穷人）看到了生活下去的希望。

红军进入遵义前，遵义县八里水（俗称八流水）一带有首民歌反映了"干人"的穷苦与渴望。民歌是这样唱的："人家有年我无年，提起猪头要现钱。有朝一日时运转，朝朝日日当过年。"那时，土豪劣绅每到年关就吹胡子瞪眼睛地逼债催租，百姓备受煎熬，甚至抛妻鬻子，远走他乡。

红军长征来到遵义，正值年关。红三军团的一支小分队进驻八里水，他们立即组织当地"干人"成立了"八里水年关斗争会"，并积极开展打土豪、分浮财的斗争。

"八里水年关斗争会"成立这天，正是腊月初七，恰逢八里水赶场，来的"干人"很多。红军小分队和"干人"积极分子在乡公所的坝子上举行挂牌成立大会。

为了便于统一行动，红军与委员们一起集体开伙。"八里水年关斗争会"把毛健奎、李正芬、曹泮林等9家土豪的粮食、财物没收后分给了"干人"。同时，红军和委员们把这些土豪的牛也牵来分了，猪也吆来杀了，准备把猪肉分给"干人"过年。

那时，红军杀猪跟遵义不同，他们不兴烫，不兴刨毛。他们一刀杀断猪的喉管，就开膛破肚，随即砍成块把肉分发给"干人"群众。这时，"斗争委员会"里负责煮饭的黄三哥看到红军这样杀猪、分肉，觉得十分不妥。因为，这种杀法完全不符合遵义人杀猪吃肉的习惯，而且黄三哥本身就是一个屠户。于是，黄三哥急忙扛来一口煮猪食的三水锅，又在场口的空坝坝上搭起了灶头。

待三水锅里的水烧沸了，黄三哥就开始教红军战士如何烫猪、如何刨毛、如何分肉。不一会儿，一口口肥猪就被打整得白生生的。红军跟"干人"群众都笑逐颜开，十分高兴。顿时，红军都夸奖起黄三哥来了，说他是一个好师傅，也是一位好委员，把红军要做的好事完全做到群众的心坎上去了。看到一张张笑脸，不知是谁即兴唱起了一首《见子打子》的民歌："红军带我打土豪，我帮红军刨猪毛；土豪跟猪一个样，好吃懒做要挨刀。"

没想到，这首民歌竟把"八里水的年关斗争会"推向了高潮，不仅赢得了阵阵掌声，而且还宣传了打土豪的革命道理。如今，这场斗争会已经过去87年了，却依然在一些老人的心中有着深刻的印象。

当天会议结束后，红军干部王连长邀请"八里乡斗争委员会"的委员和部分"干人"群众共进晚餐。可是，黄三哥在刨锅汤里混合着猪肉、五脏一起煮的猪心子却不翼而飞了。有人怀疑是煮饭、炒菜的黄三哥偷吃了，有人怀疑是恶霸地主的帮凶在暗中作怪……王连长却说："如果确定是黄三哥偷吃了，是没有多大关系的。如果是恶霸地主的帮凶暗中作怪，那就非同小可了。必须追查清楚！"

黄三哥自己放到锅里的猪心不见了，真是有苦难言哪，他除了说自己没有偷食猪心外，也说不出猪心究竟"飞"哪里去了。因为猪心是他亲手放到汤锅里去的，屋里又没有别人进来过。这时，那位王连长说话了。他说："一定要把猪心的去向追查清楚，否则这锅汤也不能吃了。"接着，王连长在锅内、锅外认真地查看了一遍又一遍，最后他把锅里的刨锅汤全部都舀了出来，猛然间，发现那个猪心牢牢地巴在了锅上。

黄三哥没有偷吃猪心的辩白被完全证实了，刨锅汤也没有被土豪地主的帮凶下毒，完全可以放心食用。吃饭时，王连长端起一碗酒高兴地说："这碗酒庆祝大会圆满成功，也为黄委员压惊，他确实是一名襟怀坦白的好委员、好屠户哇！来，大家干一个。"一口酒下肚后，黄三哥感动得热泪盈眶，他也端起酒碗大声说道："我也敬红军一碗，特别是王连长，如果不是他明察秋毫，弄清楚猪心子的去处，我被冤枉不说，这顿饭也吃不成了。来，敬王连长，敬红军官兵一个，大家作陪啊！"第二口酒下肚后，那些错怪了黄三哥的人也端起酒碗说："来，我们也敬王连长，敬红军官兵，敬黄三哥。不是王连长心明眼亮，黄三哥就背黑篼（冤）头了。来，大家都干，来个碗底朝天，今后看人看事一定要全面，莫让好人背上黑篼篼（冤冤）。"一碗酒下肚后，大家都明白了一个道理，看问题既要全面还要辩证，否则就会出现错误，矛盾和问题没有水落石出以前，不要轻易下结论。这次斗争会后，八里水群众的觉悟有了一定的提高。

一坛拥军酒

张廷英／口述　昌德刚／整理

1934 年的冬天，民间都在传说，红军要来了。有钱的人忙着到处躲藏，有田的人忙着到处藏粮。只有穷苦的"干人"们和平常一样，既不慌也不忙，该干哪样就干哪样。腊月的一天，白天阴沉沉的，到了傍晚却狂风大作，预示着一场暴雨的到来。按理说腊月天是不会打雷的。可是那一晚却打了一个特别响的炸雷，震得地动山摇，响雷前的一道闪电，将夜空照得比白天还要亮，宦国良老人形容说就是一根针掉在地上都能看得见捡得起来，而且照耀的时间也比平时的闪电时间长，足足有 5 秒。随后民间悄悄地传说，今年将有大事发生，"干人"们将会有好日子过。

1935 年 1 月 7 日，红军胜利完成强渡乌江天险的艰巨任务后，顺利进入了遵义城，遵义人民满怀喜悦的心情夹道欢迎。可是红四团的官兵们刚到城北停下来准备休息时，总参谋长刘伯承却来到了团部，向团长耿飚和政委杨成武布置新的任务：要求四团不能住下休息，必须立即向桐梓方向出发，迅速追歼北逃之敌。

红四团接受任务以后，在团长耿飚和政委杨成武的率领下，从遵义出发，经高坪、凉风垭、泗渡，于当日下午 5 点左右赶到板桥。在离板桥镇

乌江流域板桥镇长田村（1992年熊洪潘摄）

1里远时，约1个排的敌人发现了红军，他们没有尝过红军枪弹的滋味，不知道红军的厉害，企图阻挡红军前进的道路。他们利用街上的民房做掩体，向红军开枪。久经战场的红军马上给以狠狠的还击，敌人在红军猛烈的枪弹攻击下，慌不择路地向后逃跑，往娄山关方向逃去，有十几个跑得慢的只好乖乖地当了俘虏。整个战斗不到20分钟就结束了。

红四团进驻板桥镇后，一部分驻扎在张元泰的老房子，一部分驻扎在杨敬斋的新房子。团部指挥所驻扎在邓潭生的房子里。

次日，红四团正准备向娄山关进发时，接到上级通知，要求他们在板桥休整一天。红军住下以后，按照红军的老规矩，组织开展群众工作。红军战士分头通知街上的人到杨敬斋家的新房子前面集中，由红军干部向群众宣传共产党的主张和政策及红军的任务，揭露国民党蒋介石和军阀、地主豪绅们的欺骗与剥削，指出人民的贫穷和痛苦是由于国民党反动政府的欺压和地主的剥削造成的。如果有苦的民众不起来闹革命，不推翻国民党的反动统治，穷人就没有好日子过，就永远翻不了身。群众听了这些道理，争先恐后地向红军诉说自己的苦情，"干人"们越说越激动，越说越愤慨，一致要求红军为他们申冤报仇。根据群众的要求，红军当即由"干人"们带路，分头到一些恶霸地主的家里，把地主的财物和粮食没收以后，立即分发给"干人"们。将地主的猪杀了以后，不去毛就砍成小块分给"干人"们。以实际行动证明红军是人民大众的队伍，是解救穷苦大众的。

驻扎在张元泰家的红军约有一个连，他们有的帮张家把屋里屋外打扫得干干净净，有的到处找谷草。起初老百姓不晓得红军要谷草做什么，红军说是打草鞋。老百姓看到大多数红军都穿的草鞋，有的已经磨穿了鞋底，才知道红军需要谷草打草鞋。群众纷纷把自己留用的糯谷草给红军送来，有的还把自家留着打草鞋的竹麻绳送来，有的把搓好的麻绳送来，有的把家用的细棕绳送来。他们希望红军多打草鞋好在长征路上多杀敌人和地主。红军战士得到谷草后就开展打草鞋比赛，看谁打得好，看谁打得快。红军战士们打草鞋很特别，不像当地人那样需要草鞋马才能打。他们是将当地用于在方桌上吃饭时的板凳翻转放在地上，以板凳的两条腿做支撑，把绳子拴在凳子的两条腿上就可以了。他们打出来的草鞋不是自己穿，而是要分送给其他的红军战士，充分体现了红军的团结和友爱。

红四团原定计划是1月8日攻打娄山关，向桐梓方向前进。但是得到上级命令，要他们原地休息一天，补过新年。驻扎在张元泰家的战士们听到要补过新年，还有猪肉打牙祭都非常高兴，炊事班的战士铆足了劲儿要为大家做一顿可口的饭菜。开饭的时候，张元泰看到这些可爱的战士们只有饭菜而没有酒喝，就进屋子里把自己在董公寺陈家老酒厂买来的一坛约20斤重的酒抱了出来交给连长，让他分给战士们喝。连长开始时怎么说都不愿意，张元泰说："这是我的一份心意，是群众对红军的爱戴，是希望红军能够在过年的日子喝上一杯酒，解去身上的疲劳，在以后能多打胜仗。"

连长听了张元泰情真意切的话，就把酒接了过来，对张元泰说："谢谢老乡的拥军酒！我们喝了以后，绝不辜负'干人'们的厚望，一定跟着共产党，带领红军打胜仗，一定坚持北上抗日，把日本鬼子赶出中国去。"连长把酒分一部分给战士们，剩下的让几个班长用水壶装起来在战斗时备用。

长时间的行军赶路，红军战士们都很辛苦，在下娄山关的板桥街上得到了休息，补过了新年，还能喝到酒，都非常高兴。

（整理者系遵义市汇川区板桥镇退休干部）

仡家头人山登铭与红军交往的故事

钟金万

　　山登铭原名山登名，1875 年 1 月 16 日出生于播州区平正仡佬族乡红心村核桃树村民组，1935 年 10 月 1 日病逝，享年 60 岁。谁也不会想到，这位仡佬族头人曾为中国工农红军送过情报，保护、救治过红军伤病员。

　　山登铭是仡佬族山姓望族的后代，从小就受到太平天国旗子手族人山满威名的影响。他幼年读过四书五经等传统国学书籍，知书达理，极会为人处世；壮年学习理学，包括《易经》等书籍，常与乡邻牟直卿等人切磋地理风水，在金沙、遵义、仁怀三县边境一带颇为有名，是平正乡山、罗、平、苟、唐、李六姓在吉安寺祠堂的代表人物——仡佬族大头人。

　　不仅如此，山登铭还喜结良友，善解人意，所以他的人缘极广，信息极为灵通。他常以阴阳道士的身份，在遵义城、泔水镇、打鼓新场（今金沙县城）、茶园乡、长岗镇、云安乡、五马镇、金竹坨、茅坝区、鲁班场等仡佬族较为聚居的地方走动，互通族情，为平民百姓择佳期、择阳宅、择墓地，调解各种纠纷。与各地方政界人士常有接触，互相比较了解，关系甚为融洽，深受这些人的信任，他的各种建议也经常被他们采纳。一句话，山登铭在遵义县西乡乃至更大的区域内，都是一个比较吃得开的人物。

1935 年春，居住在板山的苟家与郑家为了土地边界上的一棵大树，发生了树权争执，互不相让。苟在鹏（山登铭的女婿，家住今红心村当槽组）前去参与处理，没有结果。回来后，他将事情的来龙去脉告诉了山登铭，请山出面帮助处理。山与苟同去，到达板山后，苟、郑两家已经和好。问起因果关系与来龙去脉，苟、郑双方说大前天（三天前），正当他们争吵得很凶时，从花茂前往苟坝方向的军队里走来一个身材高大、面容慈祥、下巴有一颗大痣的军人，对他们说："坐在一块土，就是一家人。天下的劳苦大众都是一家人，没有必要为一棵树而伤了和气。早不会晚会的，坐下来轻言细语地讲，才是解决问题的道理。"听了大痣红军的话，两家商量确定，将这棵树平分。苟、郑两家都说："有劳山先生大驾光临，我们已经和解了，谢谢您！"山登铭见到这种皆大欢喜的结果，也很高兴，鼓励了他们几句后，就前往泮水，给族人择屋基去了。

山登铭在泮水给族人择屋基时，区公所的壮丁在闲谈时说，打鼓新场驻扎了不少国民党军队。得知这一信息后，他拒绝了主人家的殷勤挽留，立即赶回家中，又叫族人罗顺成以赶泮水为由，再去仔细打听驻扎在打鼓新场国民党军队的详细情况。罗顺成连夜启程到达泮水，问打鼓新场、苦茶园来赶场的亲戚、朋友，了解到打鼓新场确实驻有不少军队。然后，罗又迁回到苦茶园本家去住了一宿，途中又了解到国民党军队驻扎在金沙县其他地方的情况，全是"岗哨林立，兵多无数，装备精良"。第二天，罗顺成返回平家寨向山登铭作了详细汇报，并判断说："看来要打大仗了，金沙县驻扎的国民党军队太多了。"

当天傍晚，山登铭又抄小道赶去了苟坝，寻访那位苟、郑两家所描述的大痣军人。入夜，山登铭终于见到了那位大痣军人。当他向大痣军人表明他的身份后，便将自己所了解到的打鼓新场及附近镇乡都有国民党驻军的情况一一作了汇报。大痣军人得知这一情报后，首先感谢了山登铭对红军的关心与支持，询问起了当地的一些社会情况。山登铭走后，大痣军人立即派侦察兵前往各地侦察。侦察的结果与山登铭所说情况完全一致。

山登铭连夜赶回平家寨后，立即跟老朋友牟直卿交谈。第二天，他又在吉安寺聚集林绍南、山义和、李朝品、田步云、李炳成、平泽宣、苟在鹏、罗顺成、李树高、商保合等仡佬族人开会。山登铭对大家说："红军是救穷人的队伍，不要怕，不要跑，就待在家里。大家要支持红军，帮助红军，给他们带路，给他们办吃米，他们要哪样家什，就借哪样家什给他们。如果哪里有国民党军队的消息，要及时通知红军。"

3月11日下午，山登铭又召集林绍南、山义和、苟在鹏等10多人在吉安寺商议，吩咐他们把准备好的草鞋、棕帽、干粮、咂酒等物资集中送到马坎和新房子去，还告诉大家后天不要去谢媒台看稀奇，只能分散在各家的小山丘上悄悄观看一下红军出发时的阵容。

3月13日中午时分，大痣军人果然带人来到了谢媒台。山登铭等人将早已准备好的各种物资热情送上，骑着高头大马的五位红军立即下马接受，并回赠了马鞍、军毯等物品。这时，那位大痣军人将山登铭拉到一旁，细语交谈一阵后，转身向众人说道："感谢平家寨的仡家兄弟对红军的无私帮助和大力支持，我们是不会忘记你们的，也一定会回来解放你们的……"说完，他率众朝大关口方向从容而去，还不时回头挥手致意。

红军主力南渡乌江后，山登铭、牟直卿二人立即组织群众保护受伤流落下来的红军官兵，让他们在黑脚岩大洞内养伤，留下了许多鱼水情深的动人故事。

山登铭利用自己的职业优势，四处奔走，打听流落下来的红军指战员，叫罗顺成、邱大妈等人，把红军送到黑脚岩大洞养伤。牟直卿利用自

仁怀长岗红一军团驻地（熊洪潘摄）

己的乡长职务负责保护在黑脚岩洞内养伤的红军官兵，一有情况就叫街上卖白酒的高五婆通知街上的王大汉子，把红军伤员转移到箐林中去，躲避国民党的清乡队。仡佬族同胞不仅给红军伤员治病疗伤，做吃的、喝的，而且还打草鞋给他们穿。同时，流落在纸房、大坪、费家坟、沙土、小茅坡的 12 名红军伤病员也在山登铭的指挥下，由雷以方、李明玉等人带到黑脚岩大洞，由牟直卿保护起来。

红军伤员安全住进黑脚岩大洞后，仁怀县长岗乡（今仁怀市长岗镇）保警队长皮树恒带领武装班十几人来围攻了三天，要红军伤员交出枪支弹药。牟直卿、山登铭与皮树恒进行交涉，他们不准皮带人在其地盘上扰乱百姓。皮知道牟、山在当地的影响力，不敢硬来，要求给他几支枪，回去好交差，这样他们就给了皮三支没有枪柄的步枪，皮就灰溜溜地撤走了。

皮树恒带着武装班离开后，山登铭立即安排族人抬咂酒来给红军伤员压惊。他叫人往酒坛中加入一些温开水后，便给每个红军发了一根细竹管，让他们像他一样将竹管插入坛里吸吮。他说："咂酒有活血通络、助药力、散湿气的功效，可以多喝一点，对身体有好处。"还说："咂酒是仡佬族接待贵宾的最高礼节。贵宾多时，坛子里的咂酒被吸完后，可以再加凉开水，直到味淡为止。"又说："欢乐场合宾主一般并排而坐，轮流对唱，鼓乐齐鸣，热闹非凡。"说完，他还吟诵起了太平天国翼王石达开的《咂酒诗》。听着听着，红军全都情不自禁地鼓起了掌。

后来，山登铭还将自己扮成国民党军官的模样，把医治好的红军营长盛杰生、连长刘云等人送出遵义县，去追赶大部队。其他陆续治好的伤员由牟直卿以银圆资助的方式得以归队。剩下来的重伤员谭光荣、张家才、许瀛洲、唐治辉（解放后任平正乡农会主席）等人，也由山登铭、牟直卿安置到当地可靠的人家。

这就是仡家头人山登铭和平安乡乡长牟直卿二人同心同德、默契配合，组织百姓共同完成保护、救治红军伤病员的动人故事。

张玉孝、张吉辉救三名红军的故事

钟金万

张玉孝、张吉辉救 3 名红军的故事至今仍在遵义市播州区铁厂镇广为流传，感人至深。

1934 年 8 月，湖南人张玉孝夫妇来到西花坝宋家窝（今铁厂镇西花村跃进组），称自己是一名瓦匠。当时，民间郎中张吉辉（人称六爷）家正需要砖瓦建房，就将他们收留了下来，专门给自家烧砖瓦。厂棚建完后，张玉孝夫妇就住到了厂棚里。烧出第一窑瓦片后，季节就进入了冬天。

1935 年 2 月，红军再次回到遵义城。在攻打老城的战斗中，部分受伤的红军战士分散隐居到附近老乡家里去养伤。这时，张玉孝外出了几天后，带回来三名红军伤员，其中一个是重伤，两个是轻伤。张玉孝知道东家张吉辉是一位有怜悯心的人，就直言说道："这三位是我的湖南老乡，他们参加朱毛红军后，千里转战，一路长征，来到遵义。在遵义战役中，他们不幸负伤了。望六爷收留他们，并医治他们的伤病。"张吉辉见状，没有丝毫犹豫，就将三位红军收留在家中，用自己的家传医术给他们医治伤病。

三名红军伤愈时，已是春光忙忙的农时季节了。为了安全，张吉辉将三名红军战士分散居住，将姓游的红军战士送到岩桑坝杨炳银（张吉辉的表妹夫）家居住；将一个叫谢凤鸣的红军连长送到西花坝张吉光（张吉辉亲哥哥）家居住；将重伤员留在自己的家里。他单独叮嘱杨炳银、张吉光说："可以带他们干活，但要给他们吃饱穿暖，不可暴露他们的身份。如果有人来问，就说他们是我张某的长工。待适当的时候，可以送他们去追赶部队。"

原来，重伤员叫林会满，是江西人，在红军队伍里是一名炊事员。因背部和腿部中弹负伤极为严重，医好后行动依然不便，几乎丧失了劳动能力，张吉辉就留他在自己的地方看守碾坊。

1936年2月，国民党地方势力清查红军的"风声"过去后，经过张玉孝的联络，姓游和姓谢的两名红军决定离开铁厂镇，去寻找红军队伍。道别的头天晚上，已经跟谢连长建立起深情厚谊的张吉辉、张吉光兄弟置酒为谢连长钱行。

吉辉、吉光两兄弟客气地说："铁厂交通不便，平时没有什么拿得出手的东西款待谢先生。今天特置薄酒一杯，表达我们兄弟的敬意，望谢先生笑纳。"谢连长回答道："感谢你们兄弟的救命之恩，我没齿难忘！为了将革命进行到底，明天我就要去寻找队伍去了。我借花献佛，敬你们兄弟及地邻百姓三杯。第一杯，感谢你们兄弟的救命之恩，疗伤之情；第二杯，感谢所有穷苦百姓的无私帮助及深情厚谊；第三杯，祝中国革命取得成功，祝老百姓都翻身当主人，祝家家都过上好日子！"

张吉辉兄弟与谢连长碰杯时，他们的酒盅碰得山响，不仅山川为之震撼，而且还有一副气吞山河的雷霆万钧之势。

告别时，谢连长将自己身藏的一支手枪依依不舍地交给张吉辉收藏。依依不舍的张吉辉把枪像宝贝一样小心地藏了起来，随即派他的侄儿张中远护送谢连长去了三星场渡口,河对面就是开阳、瓮安二县地界。

有人说张玉孝又名张玉堂,当地人至今也不知道他的真实身份。谢、游二位红军离开铁厂后,他仍在张吉辉家做瓦匠。戊寅年(1938)五月,他在抱瓦坯进窑煅烧的时候,不幸被毒蛇咬住手指中毒死亡,当地百姓将他埋葬在傅家环边的岩脚下。不久,他的妻子带着他们三四岁的孩子(小名张牛儿)回湖南去了。

红军战士林会满,医好后行动不便,一直帮张吉辉看守碾坊。后来病逝,被安葬在一个叫太阳坪的地方。

1950年6月,谢连长交给张吉辉收藏的那支手枪由张吉辉在第五保保长唐明的家中,亲手交给了解放军和武装民兵队。

观音桥战斗遗址(张宗荣提供)

蔡恒兴为红军疗伤

周　君

　　1935 年 1 月 28 日中午，干部团一营红校学员戚务锡随干部团学员一道，跟着朱总司令参加青杠坡激战。在漏水坳战斗中负伤被抬下来，在战地医务所做简单的处理包扎后，又用担架抬送到土城去的。

　　由于各路敌人疯狂赶来增援，面临强敌的围堵，当天傍晚，难以取胜的红军，按照军委发布的行动部署，不得不偷偷地撤出青杠坡阵地，迅速到达指定的聚集地点，静悄悄地渡过赤水河。

　　1 月 29 日凌晨 5 点刚过，陈赓的通讯员小刘，又一次跑过来找到正在忙碌负责安置落实伤员的干部团政治部领导方强，这已经是小刘第三次过来传达团首长让他们赶快启程转移的命令啦！望着土城小镇那屋檐下刚从战场上抬下来的二十几位伤员，方强心里十分着急，他知道，即使再拖，也完成不了上级下达就近安置伤员的任务了。就这样，他一咬牙便对身旁的战士吩咐道："为了这些受伤的战士，看来这违反纪律的事，我也得明知故犯一次了。去！赶快喊点人过来，抬着这些伤员马上走，看来也只能是边走边在路上寻找安置的地方啦！"于是他叫通讯员叫来几十个战士，抬着伤员就走。

青杠坡红军战斗遗址（熊洪潘摄）

　　戚务锡与同时受伤比他年龄要长七八岁的一连连长朱治平（湖南株洲人）和二连指导员蔡茶康（江西贵溪人）是在两天后的一个下午，被干部团的战士们抬到四川古蔺一个叫铁厂场的地方，他们三人一道被安置在铁厂场的蔡恒兴家。

　　蔡恒兴一家四口人。蔡恒兴是在铁厂场当地做纸火生意的，由于他勤劳，在当地为人又好，乐于助人，纸火生意也还算做得不错，家境虽不富裕，但也还过得去。以前蔡恒兴做商贩生意，经常在外面跑，也听说过红军的一些传闻，尽管国民党反动政府不断对红军进行负面宣传和诋毁，但在他心里，仍对传说中为穷苦人撑腰出气的红军很有好感。红军那天到达铁厂场后，蔡恒兴一见他们既不像其他军队那样劫民扰民，相反还帮助救济贫苦百姓，送盐送物给场上那些衣不蔽体的人们，这就更加证明他以前所听到的红军一心为民的传闻是真的，就越加深了他对红军的信任。他还主动把那些坐在街沿下休息的红军请进屋里喝水，所以当干部团政治部的领导方强找到他要求其帮助安置受伤的红军伤员时，蔡恒兴便愉快地答应了。当方强一切都与蔡恒兴商量谈妥后，便叫人把戚务锡、朱治平、蔡茶康三位伤员抬到蔡恒兴家，并一人发给 30 块大洋作为留下的医药费和生活费。方强还叫人拿了许多盐、布匹和其他物资给蔡恒兴，作为答谢他收留红军伤员之情。临走时，方强还拉着三位伤员的手再三叮嘱让他们留下好好养伤，养好后去找部队。

1992 年的古蔺县城（熊洪潘摄）

就这样，戚务锡等三人便留在了古蔺铁厂场的蔡恒兴家里养伤。就在红军大部队走后不久，受伤严重的朱治平因当时乡村医疗条件有限，伤口感染而去世。半年以后，伤愈后的蔡茶康也因身体虚弱，遭大病而去世。朱治平、蔡茶康两人先后被蔡恒兴、戚务锡就近安葬在铁厂场附近。

朱治平、蔡茶康两人的去世，让蔡恒兴深感负疚和不安，戚务锡因受伤后小腿骨头有点错位，蔡恒兴便找郎中开了些中药，并用酒浸泡后，坚持用药酒给戚务锡抹擦受伤错位处，但半年时间过去了，戚务锡那受伤小腿错位的骨头仍难以恢复。随后，蔡恒兴又叫人将戚务锡抬送到古蔺县城，找医生做定位治疗手术，然后再将戚务锡接回铁厂场家里住下休养恢复。

从古蔺县城找医生重新做定位手术回铁厂场后，戚务锡又在蔡恒兴家居住了一年多，然后才离开铁厂场蔡恒兴家。戚务锡终因腿脚不便，不能长期跋涉行走，未能追找到部队。后来辗转于云南、成都、重庆、贵阳一带，靠帮工为生。新中国成立后，被安置到遵义务川县公安局工作。1983年恢复他老红军身份，同年退休。1986年因病去世，享年78岁。

据戚务锡的儿子凤冈县公安局退休干警戚兴元回忆说："小时候我常听父亲说，要不是古蔺铁厂场的蔡恒兴坚持用药酒给他擦那只受伤的脚，他那条腿早就废了，而且根本不可能活到解放。'文化大革命'中，我父亲被造反派打倒后，务川组织外调工作组专门到古蔺铁厂场查寻我父亲的历史。蔡家听说后，还专门带工作组的人到朱治平、蔡茶康二人的坟上去看了一趟，住在蔡家附近的人也出面证实了确有此事，并且还为我父亲写了证实材料……"

（作者系凤冈县委政法委干部）

陈海喷酒消毒救伤员

周　君

　　1934 年 10 月 17 日上午，家住白马庙的龚永前、龚永俊、龚永禄 3 兄弟，因父母相继过世而相依为命。那天早上 11 点刚过，龚家老大、老二刚帮小中山刘家把土挖完才走出小中山，迎面就碰上十几个穿灰色军服背枪的人过来，吓得他们俩兄弟赶紧侧身就往路边躲，可是过来那些背枪的人，一走到他们面前就停下了。那位走在前面的兵，便微笑着冲着路边站着的兄弟俩和蔼地问道："小老乡，能带我们去万明山四顶庙吗？我们给你带路钱。"早就被吓得胆战心惊的龚家兄弟俩，哪里还敢谈带路钱的事？见那位背枪的人还站在面前等候着回话，想拒绝又怕对方找麻烦，兄弟二人会吃亏。去吧，一会儿又要绕着走好长一段冤枉路才能回到白马庙。为帮刘家早点把活干完，昨晚收工晚了，他俩就没有回去，也担心幺兄弟一人在家。矛盾过后，龚永前想，就是走冤枉路也要去一趟，不去，惹怒了这些当兵的，恐怕连命都保不住了。于是他向站在一旁的二弟龚永俊使个眼色，答应了那位长官提出的带路要求。

　　陈排长问过话后，见两人有些紧张、害怕，站着老半天都没有回话，便缓和了语气，稍停了一会儿，他又补充了一句："小老乡，我们不会让你们白带路的，是一定会付给你们带路的报酬的。"两兄弟听见"报酬"二字，觉得这些兵不像是坏人，这才回过神来，赶紧点头表示愿意给他们带路。

龚家兄弟二人带着那十几名搀扶着伤员又背着枪的人，沿着小中山的山脊走山背后，经白杨坪、陈家山，于当天下午黄昏时刻到达与现凤冈县天桥镇交会处的万明山四顶大庙外，龚家两兄弟这才止住脚步。在前面的龚永前小心翼翼地转身对紧随其后的陈排长说："长官，这里就是你们要找的四顶大庙。"陈排长从鼻腔里冒出一声"哦"后，便赶紧伸手从上衣口袋里掏出两块银圆朝龚家两兄弟递过去，并开口说道："小老乡，那谢谢你俩给我们带路啰。"龚永前一见那人拿出的带路钱那么多，相当于兄弟俩干一二十天的活，那平时穷惯苦煞而从来没有见过这么多钱的龚永前，顿时双眼一亮，便迟疑害怕地伸手接过陈排长递过来的两块银圆，往衣袋里一放，一把拉着他兄弟龚永俊的手转身扭头就往回跑。

那天下午晚饭后，四顶大庙的住持佘大公与弟子李书银正在庙旁的菜地里专心埋头地用锄头除着草，突然一声外地口音："长老能讨口水喝，借个宿吗？"那问话声把正埋头做活的佘大公、李书银吓了一跳。他俩抬起头来，站在菜地中愣愣地望着菜地旁的山路上静静地站着十几个脸色疲惫又面带笑容还挎着枪、穿灰色军服的人。

陈排长见那二人站在地里半天没应声，以为没听懂他说的话，便又接着解释说："长老，我们走了一天的路，实在是太累了，只是想在你这里休息一会儿，讨口水喝后就走，没别的意思。"佘大公见后面还有几个被人搀扶着的伤员，脸色苍白，精神疲乏，又见这些背枪的人面色和蔼，问话有礼，便急忙大声点头回答说："要得，要得。"说完后便又转身吩咐弟子李书银赶快去烧水。

　　陈排长他们在庙前的石阶上坐下后不久，李书银便将刚烧好的一大桶茶水提了过来，并很快转身又进屋去拿出几个空碗放在茶水桶旁，让战士们盛水喝。

　　佘大公还亲自盛了一大碗热气腾腾的茶水，走到石阶上，蹲下身去，将水递给了曾班长，并关心地问道："伤在哪里啦？恼火不？"那曾班长双手费力地向前撑了一下，接过佘大公递过来的茶碗，吃力地回答说："小脚上被划了个大口子，不碍事。"那位坐在一旁，负责搀扶曾班长的战士接话道："老曾受伤后老是走路，老有血从伤口浸出，接下来还不知要走多远，这时间一长，身体咋受得了！"佘大公边听边撩开老曾那只受伤的腿查看，只见那绑扎在伤口处的布条，已经被伤口溢出的血浸透成了浆黑色。他又站起身来查看了另外三位伤员的伤势，便找到正在喝水的陈排长说："他们的伤口必须要清洗处理一下，让他们多休息几天再走，你们若再这样走下去，伤口就会化脓，弄不好拖的时间长了还会出事的。"陈排长无奈地接话道："老乡，我们是要去黔东铜仁方向寻找贺龙的部队，这不走路可不行啊！"佘大公听后，沉默片刻后便接话道："那也得让他们清洗一下伤口，在这里休息一晚再走呀。"陈排长听佘大公这么一说，眼看天色已晚，大家走了一天还粒米未进，正想找个地方给战士们弄点东西吃，见热心的寺庙住持佘大公那么诚心，当然愿意，便顺水推舟地问道："那长老，我们今晚就留住在这里方便吗？"佘大公急回道："方便，方便。你们可能还没有吃晚饭吧，我马上叫我的徒弟李书银给你们煮饭吃。"陈排长一听，便急忙感激地说道："长老，我们会付给你饭钱和留宿费的。"说完，便立即安排两名战士去帮助李书银烧水、煮饭。

　　饭后，当佘大公进屋看到李书银正帮着另两名战士清洗那几名伤员身上已经有些红肿的伤口时，便担忧地转身对陈排长说道："长官，你瞧你

土城古镇一角（熊洪潘摄）

手下的人都伤成这个样子，不能再随你们天天行走啦，再这样下去，会出人命的！不如让他们先留下来就在这里养伤，待伤好后，我再让李书银送他们过江，去石阡下江口铜仁黔东找你们的部队。"佘大公见陈排长听后久没接话，以为陈排长不放心，便又接着补充道："这里地处偏僻，各方面都很方便，坡下小河大坡屋基那边住的陈海又是附近有名的医生，而且与我关系甚好，请他抽空上坡来给他们治伤换药，也便于他们的伤口愈合与恢复。"陈排长听后，知道心急的佘大公误解了他的好意，便急忙接话道："住持，你让我们的人留在这里养伤，那当然是好事，我们肯定放心。但你想过没有，你寺庙里一下子增添了三四个行走不便、生活几乎不能自理的人，会给你们增添多大的麻烦！"佘大公一听陈排长担忧的是这事，便冲着陈排长回答说："长官，这个你尽管放心，有我和我徒弟在这里照料他们应该没事。这坡下我的熟人多，实在忙不过来时，请个把人上山来帮帮忙应该没问题的，再加上他们住下来养治，恢复得快，又能给我们添多少麻烦呢！"陈排长见佘大公说得那么真心恳挚，便与曾班长和另三位伤员商量后，答应了佘大公，同意把四名伤员留下来治伤，并且还拿了些银圆给佘大公，作为生活和请医生治伤的费用。

第二天一大早，他们师徒二人送走陈排长他们后，佘大公就立即叫弟子李书银去小河大坡屋基找当地名医陈海大爷上山来给红军治伤。

陈排长他们顺着佘大公指示的方向，从万明山下梓柏沟，经苟家沟、杨家当槽、彭家沟，于当天中午到达天生桥街上，意外与前一天下午到达那里的另一些红军会合了。

正在家里的陈海，一见佘大公的弟子李书银急匆匆地跑进来说："佘大公有急事，要请你上山去一趟。"平时都不喜欢打扰人的佘大公，这会儿突然叫弟子李书银下山来喊他，便知事情肯定有些急，他匆匆收拾背上平时出诊时用的药箱，就跟着李书银往四顶庙走。

到了坡顶庙里，陈海才知佘大公请他来是医治几个受伤的红军伤员，知道这事非同小可。既然平时小心慎重的佘大公都在出面为这些伤员操劳费心，那就足以证明这些人是值得同情和救治的好人。他什么也没有问，蹲在地上就去查看那几位伤员的伤势，停了一会儿便站起身来对陪在一旁的佘大公大声说道："由于受伤后没有及时处理和给伤口消炎，又不停地运动，现在伤口已开始红肿感染，得抓紧处理消炎才行。其中一位可能子弹还在体内，若不及时取出，后果将会十分严重。你得赶快将他们送往医疗条件好一点的地方医治才行。"佘大公听后，焦急地冲着陈海大爷说道："这方圆几十里，就数你医术要好点、高明点。送？你叫我把他们往哪里送呀？送蜂岩还是送县城？那还不如直接把他们交给乡里，让那些乡丁保长们把他们杀了还利朗些。"陈海听佘大公那么一说，也无奈地冲着佘大公道："大公呀，这给伤者取子弹、清洗伤口是很疼痛的事情呀，我匆匆赶来，既没有带消毒药水，家里又没有麻药，你说这叫我咋个整呢？"在地上铺垫的稻草堆里躺着休息的老曾他们，听到他俩的这番争论后，便纷纷站起身来冲着陈海说道："医生，你就放心大胆地给我们做手术清洗伤口吧，没有麻药我们也能坚持。再说就是万一出问题了，我们也不会责怪你的。"

一听老曾和那几位伤员都那么说，陈海大爷和佘大公对视了片刻，陈海大爷让佘大公快去附近的农户家找点烧酒来，转身吩咐李书锒快去厨房生火烧热水，还一再叮嘱："记住多放点茶叶在水里，长熬一下，把熬过的茶叶打捞出后，再将那浓茶水端上来。"他边说边将背来的药箱放在室内的小方桌上，取出器械，开始做手术前的准备工作。听完陈海对李书锒的交代吩咐后，迷惑不解的佘大公便止住脚步愣愣地看着陈海。那陈海摆放完东西，抬头一看佘大公正用那不解的目光紧紧地盯着自己，便也不惑地冲着佘大公问道："佘大公，我不是已经答应给这几个伤员治伤了吗？你这又怎么啦？还不赶紧去找烧酒。"佘大公赶紧接话道："你叫李书锒烧那么多茶水干吗？你一个人能喝多少茶水呀！"陈海一听佘大公原来是为这事犯愣，便哈哈大笑起来，然后说道："大公呀，哪是我要喝茶哟，是我没带消毒药水，让你找烧酒，是一会儿给伤员取子弹时消毒用，让李书锒烧点浓茶水，一会儿好给伤员清洗伤口消毒用。大公你还不知道吧，那茶叶可是个好东西呀！用刚熬好的浓茶水清洗伤口可消毒杀菌，用茶叶与木炭捣烂后还可止血，这些都是我收集民间流传的土办法，挺管用的，咋佘大公你还没听说过不是？"那佘大公听完陈海的这一番解释后，微笑着接话道："你今天不说，我还真没听说过，真不知道呢！"

不一会儿，跑得大汗淋漓的佘大公提着半瓶烧酒回到庙里。没多久，李书锒也将已烧开的一大盆飘着淡淡香气的热茶水端进屋来。首先坐过来疗伤的是曾班长，他将那只受伤的腿放在矮木条凳上，陈海医生先用茶水给他的伤口简单清洗后，然后蹲在地上，用口含烧酒喷洒在伤口上处理消毒。曾班长被折腾得直冒虚汗，把牙咬得"咯咯"直响，也不哼叫一声。就连站在一旁帮忙的佘大公见状，也被急得不敢出声。处理包扎完曾班长的伤口后，陈海又接着给另外两位受皮肉伤的伤员处理，那两位伤员也同曾班长一样，坚强地面对着陈海大爷的处理。最后轮到那位子弹还留在小腿处的伤员了，在佘大公和李书锒的搀扶下，当陈海又喝了一大口酒喷洒在那位红军伤员的伤口处，准备给他取子弹时，那红军伤员嘴里咬着一根李书锒临时给他准备的一节小木棍，哼都不哼一声，硬是让手拿小刀的陈海从他腿上把嵌在里面的子弹给挖了出来。当佘大公和李书锒搀扶着他过去休息后，回头望着小方桌上那被咬有深深牙齿印的小木棍，感慨地说："我看就是关云长在世，也不过如此！"正在收拾东西的陈海也接话道："是啊！我行医几十年，还从来没有碰见过这么能忍耐和坚强的人，今天是让我开眼界啦！"

在接下来的几天里，陈海大爷三天两头的抽时间上万明山四顶庙，为曾班长他们用烧酒或茶水清洗伤口、换药，佘大公也让李书锒下山去买一些鸡、肉类食品上山来，不断地给曾班长他们增加营养。在他们的精心照料下，曾班长他们的伤口恢复得很快。几天后，除那位在腿中取出子弹的战士还不能下地外，其余三人都可拄着木棍单独行走啦⋯⋯

大山深处的红军

曾庆远

革命老区绥阳县枧坝镇境内有一座大山，由北向南，蜿蜒数十里，名叫青龙山，相传有青龙出现而得名。青龙山雄奇险峻，林木茂盛，人烟稀少。大山深处，在一个名叫丝厂的地方，住着一户人家，男主人姓吴，名银舟，以耕作为业，打猎为辅。夫妻二人育有一女，年方二八，美丽贤淑，勤劳善良，下地劳作，煮饭做菜，无所不能。

民国 24 年（1935）3 月的一天傍晚，春寒料峭的青龙山，细雨纷纷，云雾迷蒙。吴银舟一家刚吃完晚饭，屋外的黄狗突然"汪汪"地叫个不停。吴银舟打开房门，看到院坝边沿的石墙上倚着一个 20 岁左右的年轻人，衣衫褴褛，浑身湿透，显得有气无力的样子。年轻人一只手靠着院墙，一只手拿了一截木棍，防止黄狗咬他。吴银舟急忙喝止黄狗，询问年轻人从哪里来。年轻人告诉吴银舟，自己从江西逃难而来，本来想去四川谋生，却在途经娄山关时被国民党抓了壮丁当兵，不小心腿上受伤被打散，才辗转乞讨到这里。吴银舟祖辈就是从江西迁到贵州的，听说是江西人，又因逃难来到这里，便十分同情，急忙将年轻人搀扶进屋，一面将自己的旧衣服拿出来给年轻人换上，一面又喊媳妇去厨房盛饭菜，给年轻人

2020 年 5 月 28 日，遵义市委党史研究室主任罗永富（右三）、原主任张炼（右二），绥阳县党史研究室主任曾庆远（左二）、副主任张冲（左一），采访娄山关战斗失散红军林少成后人林国权（左三）

充饥。又把家中的土酒用酒壶温热，给年轻人喝下御寒。

吃饭期间，吴银舟见年轻人腿上的枪伤十分严重，便挽留他在自己家里养伤，等伤好后再寻去处。年轻人见吴银舟一家如此善良热情，便如实相告，自己名叫林少成，是江西兴国县人，1915 年出生在苦大仇深的贫苦农民家里，在老家看到红军是穷人的队伍，真正帮助穷人打国民党反动派，受到共产党的教育，所以毅然参加了红军。由于国民党几次"围剿"中央红军根据地，红军便从江西转移到贵州，准备在川黔边境建立革命根据地。不久前，红军攻打娄山关，自己腿上挂了花（受伤），无法随军行动，于是隐藏在当地老乡家里。红军撤离遵义后，国民党四处搜捕失散红军，自己便一路逃难到这里。吴银舟一家虽然居住在偏远的深山，却没少受到国民党地方官兵和土豪劣绅的欺压。前段时间，吴银舟到桐梓县城去赶场，就听街上的百姓谈论红军到遵义帮助穷人的种种事迹，又听说红军在娄山关打了大胜仗，国民党有两个师又七八个团被歼灭了，还被红军俘虏几千人。吴银舟心里更加同情林少成，便强烈要求林少成放心地住在自己家里养伤，并答应一定会为林少成保密。随后，又将自己泡制的药酒给林少成治疗枪伤。

遵义历史上就是生产美酒佳酿的地方。吴银舟泡制的药酒，药材取材于当地深山老林，酒是当地作坊用苞谷酿制的，而酿酒的工艺又是从鼎鼎有名的赤水河一带传入，因此酒质优良，对于治疗各种创伤十分有效。在吴银舟一家人的精心照料下，林少成的枪伤很快痊愈了。

养伤期间，林少成告诉吴银舟，红军从江西中央苏区大转移后，自己所在的红一军团二师是经湖南进入贵州向黔北挺进的。攻占遵义时，林友成所在部队担任中路突破任务，强渡江界河，于1月7日占领遵义城，随后又夺取娄山关，攻占桐梓，进占松坎。林友成还先后两次参加横渡赤水河的战斗，在2月回师遵义协同红三军团再占娄山关时，才因腿部受伤，没能跟随部队行军。在当地老乡家隐藏了10多天，听说红军离开了遵义，国民党四处搜捕红军伤员，自己才离开当地，经过矛石、马鬃和关口，然后进入绥阳县青龙山丝厂。听着林少成摆谈的战斗历程和英勇事迹，吴银舟十分高兴，为红军高兴，为林少成高兴，为穷人高兴。林少成坚定地说，红军终有一天会打回来，是一定会解放全中国穷苦百姓的。

由于中央红军已经撤离遵义不知去向，吴银舟便劝说人地生疏的林少成住在自己家，帮助做一些临时工。林少成见吴银舟一家人对自己十分友善，便住了下来。吴银舟夫妇膝下无子，只有一个女儿，于是便将林少成认作义子，并改名为吴安良。

吴银舟一家人，原本耕地不多，又居住在大山深处，周围时有野兽出没，种植的庄稼常被野猪等动物啃食和践踏。每年秋天，吴银舟一家人都要在苞谷地旁搭一间窝棚（茅房），一家人轮流看护庄稼，防止野兽侵害。林少成兄妹时常一起看护，时间长了，一对男女青年心生情愫，几年后喜结连理，在当地传为佳话。

解放后，人民政府得知林少成是当年长征失散的红军后，十分重视对林少成的工作安排。枧坝乡乡长吴林由于另有工作安排，欲向组织推荐林少成为乡长人选。林少成自知文化浅薄，难以胜任，便委婉拒绝了。1962年，林少成在枧坝乡后台村丝厂（现枧坝镇杉木箐村）去世。

林少成夫妻于1956年生一子，名林国权。林国权继承了林少成革命的理想信念，于1976年参加中国人民解放军，退役后在家务农，是红一军团战士在枧坝镇唯一的遗孤。林国权珍藏有一双父亲遗留下来的银筷子，是林少成从江西参军时就一直带在身边的物品，也是绥阳县境内长征时期重要的革命文物。

（作者系绥阳县党史研究室主任）

付求仙救红军的故事

付求仙／口述　梁隆贤／整理

　　我小时候的家在现在的桐梓县燎原镇大关村河厂（地名），河厂当年只有三四户人家，我家在河厂的边边，单村独户。我父亲付图坤是甲长，父母亲都很勤劳，家境一般。

　　甲戌年腊月间，红军来桐梓时，家住李家湾陈家屋基的幺爷、幺娘来我家躲红军，躲了三天后回家了。

　　大概是幺爷、幺娘走后的第十天左右，有天天要黑时，我和哥哥在屋后门耍，看到屋后的青杠坡有四人下来，从我家屋环边（边上）的田埂上走过来，喊母（赵大珍）说："老乡，天黑了，我们想找个吃住的地方。"他们说他们走单了（走迷路脱离了部队）。母说："吃的可以给，但没有地方住。"也正在这时，外出的父亲回来了，他听了红军的情况后，同意红军们住下。红军请父亲把他们单独藏在隐蔽点的地方，于是父亲安排他们住在牛圈的木楼板上，用苞谷壳和柴草来遮掩。

　　一个红军叫父亲帮他们换四件长衫，我家没有四件长衫，父亲就赶忙去找张马坎马德安家，马德安带来四件长衫与红军交换。父亲喊马德安不要给别人讲我家藏有红军，不要带这些人的过（不要得罪红军，善待红军的意思）。

父母亲给红军做饭、烧水，把 60 多斤的一口猪杀了供红军吃，把过年时自家烤的一坛苞谷酒也拿出来给红军喝。

红军把绑腿布拿给用毛葛藤勒住背妹做活的母亲，其余的绑腿布给了父亲。

红军是什么时候离开我家的我不知道。后来，听父亲说，这四个红军中有三个是在生病，可能是"鸡窝寒"，发高烧，走不了路，又怕传染人，他们来我家时强装不是病人，怕我们害他们，上牛圈楼后就没有下来过的三个红军就靠另一个没有生病的红军照顾，水和饭菜都是端上牛圈楼吃，酒是三个发烧的红军擦澡擦完的。我（付求仙）好奇、牵翻（调皮的意思），爬到红军住过的牛圈楼上去看，闻到有很大的酒味，撒了很多生石灰。

付求仙老人讲述此故事中的"鸡窝寒"，就是现代医学上的伤寒病，为肠道传染性疾病。得"鸡窝寒"的红军脱离部队、远离城区人口密集和河道水源，悄悄躲在偏远的乡间牛圈楼上隔离调养医治，他们是怕传染更多的人。

红军救治出麻子的弟弟

王世凤　王世凯　令狐克明／口述　梁隆贤／整理

家住桐梓县九坝镇粟子街旁的王世凤（女，2014 年笔者采访时她 86 岁）说："我原生长在桐梓县高桥镇周市沙台，父母亲生了 4 个女儿、1 个儿子，所以心疼我弟弟得很，只是这会儿我想不起我弟弟的名字了。我的父亲叫王华仲，是个道士先生，见的世面多。"

乙亥年正月间，大年（桐梓的大年是正月十四）过后没几天，大约有 20 个红军天黑时来到我家，给父亲说他们从习水来，走得太伤（太累）了，想在老乡家借宿一晚。父亲叫我们不要怕。母亲把家里唯一好一点的被套拆了包裹三岁的弟弟，因弟弟出水痘，她一直把弟弟紧紧地抱在怀里。

红军摸摸弟弟的额头，说弟弟发烧得很，叫母亲把弟弟的包布和衣服解松，透透气，多喂点温水给弟弟喝，最好找点酒来给弟弟擦擦身。可是母亲却误解红军是没有安好心，因为当地人都说麻子叫痘子，不能见天，要捂着，痘子才不长。

半夜，母亲见红军们都安顿下来在休息，她就在灯下用补衣针把弟弟脚板上的烂痘子挑破，然后把里面的水挤出来。红军喊母亲不要这样做，母亲回答说："不把这些烂痘子挑了甩了，娃儿的脚板上会留下痘疤，硬脚，走不得路。"红军急忙拉住母亲的手不准母亲继续挑弟弟的脚板。父亲见红军一直都在关心着弟弟，明白了红军的好心和诚意，就拿出过年都没有舍得吃储存在小瓦罐里的酒，请红军喝。红军赶忙倒出大半碗酒给弟弟擦额、颈、手、脚，擦被母亲用针挑破的痘子（麻子）。下半夜，当弟弟安睡时，红军们已开始叠被、打扫房间卫生，准备出发了。看着疲惫的红军，也为感谢红军关心弟弟出麻子，父亲再次拿出酒，请红军们喝酒解困（乏）驱寒。

后来，我弟弟的麻子病好了，也没有留下痘疤（痕）。

2016年秋，笔者走访王世凤老人的生长地桐梓县高桥镇周市沙台，王世凤的亲堂弟王世凯说："父亲王华安经常摆（说）龙门阵，说当年沙台每家每户都住有红军，住我们这几家的红军可能是搞行政的，他们还去屋后喊孃孃家当时只有17岁的左弟姑娘当红军；王世凤的弟弟叫王世仙，当时正出麻子，红军给王世仙用酒擦身子退烧……"

红军与团溪杨医生的酒缘

周开德

1935 年 1 月 5 日晚，贵州北部大雨倾盆。

在距离遵义约 45 公里的一个叫团溪的小镇里，以卖戒鸦片药丸为生的土医生罗福元正和几个朋友在一间茶馆里紧张地商量着如何迎接红军的到来。罗福元经常到遵义城里去进货，结识了遵义的中共地下党员周司和。受周司和的委托，罗福元成立了一个"红军之友协会"，准备在红军到达遵义时安排住宿和筹集粮食。几个人的秘密商议一直持续到半夜，散伙后罗福元冒雨回家时，在空无一人的小街上没走出多远便吓了一跳：狂暴的风雨中，小街两侧的屋檐下，静悄悄地站着很多荷枪实弹的士兵。黔军绝不会在大雨中站得这么整齐。罗福元小心翼翼地上前一问，是红军！

红一军团二师六团渡过乌江之后，奉命迅速向前突击。官兵们在大雨中一直前进到了这个小镇，然后休息等待下一步的命令。没过多久，浑身湿透的红军总参谋长刘伯承也赶到了这里。罗福元赶快招呼人为红军服务，但是六团的官兵坚持不进百姓的家，镇子里的百姓一时间都很感动。因为前几天，从乌江退下来的黔军第二十五军副军长侯之担的兵还抢了几家店铺。百姓们拿出食物和自家酿的苞谷酒招待红军御寒，刘伯承被领进镇上西医杨德甫家，也喝了杨医生的苞谷酒。几口酒下肚，寒意顿消。刘伯承的四川话，也让杨医生听起来格外亲切。第二天凌晨时分，刘伯承接到了中革军委"迅速占领遵义"的电报，他随即带领六团从团溪出发了。临走的时候，刘伯承送给杨德甫一本宣传土地革命的小册子，还给了这位医生一张签有他名字的字条，字条上写着："此为开明人士，不得侵犯其利益。"（王树增:《长征》，人民文学出版社 2006 年 9 月版，第 230 页）

"自古兵匪一家欺压百姓"，红军却处处为人民。红军这些截然不同于黔军的行为，大大地感动和影响着团溪人民。蔡恒昌编《红军灯》颂扬红军；柘盛群等勇敢反对封建礼教，宣传革命进步文化；杨天源进行地下革命活动，得到团溪西坪开明士绅有力地经济支持等。这些，都与红军长征、与刘伯承在团溪的事迹分不开。

（作者系遵义市播州区关工委工作人员）

酒擦恶疮癣

赵太云　王思伟／口述　梁隆贤／整理

　　解放前有一个保长叫王忠佑，有文化，懂一些草药，家住在桐梓花秋孙大坝石梯步古盐道（赶场大路）旁，是一排木瓦房。长年有七八条水牛和 10 多个长工，日子过得还算富裕。王忠佑常年在路边施茶水供路人喝茶解渴。

　　红军到桐梓时，王忠佑把长工们放回家，他和家人没有躲，而是烧了很多茶水放在大路边等待红军。

　　天黑时，从狗岩（高桥方向）那边来了很多红军，红军来到王忠佑家时，王忠佑正在火塘边用"钱钻"打刻纸钱（为过年时祭祀已逝亲人准备的。遵义风俗，过年要为逝去的亲人烧纸钱）。他喊红军随便端茶喝，并请红军在他家吃住。几个红军在他家住下来后，他喊妻子、儿媳及弟媳陈氏帮红军洗菜、煮饭。吃饭时，王忠佑抱出酒瓮请红军喝酒解乏、暖身。有个红军倒了半碗酒后端着饭菜去了田间的一个草垛。

　　那天晚上半夜，王忠佑的弟媳，也就是陈氏家的儿媳妇要生产了，有位红军卫生员教陈氏把剪刀用沸水煮了后擦干，用酒烧一下剪刀，再用酒泡剪刀，给刚出生的婴儿剪脐带。陈氏儿媳生了一个儿子，陈氏高兴地说："孙子和红军先生们有缘，我们乡间有抱儿给行远路人做干儿子的习俗，请红军先生们收下这个干儿子并给他取个名字吧。"一个干部模样的红军说："就给他取名红兵吧。"从此，孙大坝一带的人都晓得"红兵"小娃儿是红军的干儿子，"红兵"长大后的名字叫王思光。

红军盛赞王忠佑保长思想开明，叫王忠佑在灾荒年月时也在路边施粥搭救穷苦人。

红军过了三天三夜，朝赤水方向开进。第二天红军走后，有人说野外的草垛里有一个红军，王忠佑跑去看时，看到草垛里躺着的正是昨晚上端走半碗酒的红军，只见这个红军全身长满恶疮癣，他又冷又饿快要死了，王忠佑赶忙把他收养在家。他说他叫廖三贵，怕恶疮癣传染给队伍，自己吃、住、行都远远地脱离了部队，因没有药物治疗，就靠弄点酒水来止痒止痛……

王忠佑也怕他的恶疮癣传染人，就把廖三贵安排睡在可避风雨的牛圈旁的干草堆里，给廖三贵准备了酒让他自己随时擦疮癣。每隔三五天，王忠佑就用竹竿挑走廖三贵睡卧的草堆去烧了，然后又给廖三贵换上干净的草堆。同时，王忠佑上山采来草药捶细，加恶醪糟（长时间发酵的甜酒，食后很醉人）一起包敷廖三贵的疮癣，医了两年多，廖三贵的恶疮癣才治好。

那一抹红色浸润着的土地

杨志刚／口述　　安守琴／整理

河江，一个听起来颇具灵性的好名字。这里有山有水，浣洗星空，山里珍藏着鲜为人知的故事。村民们说，河江之名源于这里的自然风景，虽是一条河，但当地人仍希望有一个近乎大江大河宽泛的河流，所以取名"河江"。

河江村，风景幽绝，承载着浓厚的人文积淀，自古为高台优美的游览胜地之一。屹立于河江村连心组的"吊铃塘"似如一头睡狮，在这里沉睡了数百年，在《光绪湄潭县志》中亦有记载："在县南四十里。有狮子伏地形，下一石，恍如系铃，遂名。"历史变迁，吊铃犹在。

行走在乡间平坦的水泥路上，目迷风景，次第转换，仿佛走入了一条长长的历史通道。社会发展，乡村振兴，从过去的岁月到现在的历史交汇中，人们见识了河江这片土地的风华。

登高远眺，重重叠叠的山峦峻峰，波光粼粼的江水，烟雾缥缈的村落，鳞次栉比的黔北民居，美丽的乡村景色尽收眼底，令人心旷神怡。

冬日的暖阳洒在修建中的吊铃塘文化广场上，几位老者晒着太阳享受着悠闲的时光。听说我们要了解红军的事迹，老人们眯起眼睛品咂半天，就能有声有色地描述那些真实的故事。80 多年前的事，依旧清晰如昨。

1935 年 1 月红军北渡乌江，兵分几路向遵义推进，1 月 5 日红军在余庆司休息一天，继续前进。黔军军阀王家烈的部队被红军打得丢盔弃甲，战士们戏称为"豆腐军"。王家烈的残兵败将衣着破烂，每人身背两条枪（其中一条是烟枪），由于装备太差，许多连里没有轻机枪，一个团里有几门 28 厘米的小迫击炮，大部分人都吸食鸦片烟，每人背了一个竹篮子，里面装着薄被子和鸦片烟等物。这样一支"双枪"部队瞬间就被红军打得溃不成军。

1 月 6 日，中央红军右路军一、九军团由余庆司（敖溪）、松烟铺（松烟）追到兴隆场、黄家坝一带。在高台镇，师政治部召开会议。黄政委传达中央政治局 1 月 1 日发的关于野战纵队过乌江后行动方针的决定，主要精神是：由于红军野战纵队已跨进遵义地带，立刻准备在黔、滇、川边广大地区内转入反攻，建立黔、滇、川边新苏区，然后向四川发展，力争同红四方面军会师。

其时，红军大部队进入牛场，分兵两路进入高台打富济贫。一路到达宝镇寺，擒获原茅坪区长李 × 鹏，开仓放粮，杀猪分给穷人。一路到达梭米孔，捉住乡长彭 × 锡，令其带路到太极乡所辖地葫芦塘，彭 × 锡因途中鸦片瘾发作耍赖不走，被枪毙于杀凳坎。红军进入葫芦塘坪上，令保长何 × 山带路到河江。红军到达河江老木水，太极乡乡长白 × 哲一家闻讯逃往深山老林，红军便把他家肥猪杀了分给沿河两岸的穷人。红军到达太苏坝时，保长孙 × 龙闻讯出逃，红军便驻扎于他家，把他家的肥猪杀后分给百姓。红军部队在太极小学操场坝召开了群众大会，当众处决恶霸。红军在太苏坝驻扎了 7 天。为防土匪恶霸扰乱偷袭，在周围的三个山头架设起机枪，白日夜晚有人站岗，并有部队不时开进开出。红军在河江的日子里，与当地百姓共建军民鱼水情。此时正是寒冬时节，当地的群众白辜氏腾出屋子主动邀请红军官兵住进家里，见战士们穿得很单薄，手、脚、耳朵都长了冻疮，便将弟弟送的一小坛酒拿出来加热后给战士们洗冻疮。房东孙其余和孙孝华家也将自酿的苞谷酒送给红军战士御寒。

红军临行时赠送了一床军用棉被给房东白辜氏，有两位战士将随身携带的糕点模具、红漆书箱分别送给了孙其余和孙孝华，这两件珍贵的物品至今仍然被孙氏后裔保存着。由于部队严重减员，红军临走时在村子里广泛动员青年参军，家住老木水的青年刘明星和一些青年被红军动员去当挑夫，挑马鞍、枪支、布匹，战斗激烈时还上战场抢救伤员，足迹踏遍了赤水河两岸。后由于挂念家中亲人，红军挥师入川时便要求回转，临行前红军给他们开了路条、发了盘缠，步行半月后回到家乡。

春秋迭易，岁月轮回，转眼间红军驻扎在河江的历史已经过去了80多年。然而，这段光辉的历史将与时间永存，与河江的山山水水共存。

宋显富救治红军伤员

宋永明／口述　张宗荣／整理

　　在贵州省遵义市桐梓县容光镇联龙村盘龙一带，至今仍流传着当地中医宋显富救治红军伤员的故事。

　　盘龙，原为盘龙水，因四周皆山，山势起伏盘绕，中有河流蜿蜒曲折，山形地势如青龙盘绕，更有一石似龙嘴含珠而得名。

　　据盘龙水老街 74 岁的宋永明老人介绍：他的父亲曾告诉他，1935年 2 月红军从习水二里过来，朝雀井塆（今桐梓县容光镇境内）、放牛坪（今习水县桃林镇）方向行军，在桐梓、习水交界的沙岗与尾追而来的小股国民党军打了一仗，有一名红军战士在战斗中腿脚受伤掉队，被他伯公宋显富发现后，悄悄将红军伤员背回家中隐藏起来。宋显富是当地有名的中医，每天用药酒为红军伤员清洗消毒，推拿按摩，然后熬制中药，用中草药包扎治疗。大约医了一个月，这名红军伤员伤好后便要追赶部队。

　　这名红军伤员为感激宋显富一家人对他的医治照顾，临走时告诉宋显富："红军是为老百姓打仗，没有东西留着纪念，受伤后将一支枪藏在沙岗附近苞谷秆堆里，我一个人要追赶部队，带上枪在路上容易暴露，你去把枪取回来看家护院，保地方平安。"

桐梓容光镇（黄光荣提供）

红军伤员走后，宋显富便叫其子宋明海去取枪，宋明海在当地也算混得开的人，又叫宋海江、张明清去找。枪找回来后，宋明海认为要看家护院保地方平安，只有一支枪不行，于是就开始仿造枪支。两年后就仿造出四五支枪。

此事引起国民党花秋区公所的注意，欲巧取豪夺，叫宋明海把枪交给区公所，遭到宋明海拒绝。于是，花秋区公所便与习水保警队串通一气，想方设法整治宋明海。随后宋明海等人去放牛坪赶场时，被习水保警队暗中抓捕，后被押至温水枪杀。

（整理者系桐梓县文化旅游局职工）

王佐彬在蒲家硐救红军的故事

钟金万

这是发生在遵义县（今播州区）枫香镇的一件真人真事，百姓至今仍在口口相传，很有教育意义。

1935年3月30日，中央红军南渡乌江，主力部队过去之后，毫无战斗力的伤病员们就三五个人一组，紧紧跟着大队伍向乌江南岸前进。

当时，遵义县枫香一带的反动势力以抓捕一名红军奖赏一块大洋为诱饵，收买了四五十个凶手，潜伏在交通要道极为险峻的地方，专门抓捕掉队的红军伤病员。

这天，一伙歹徒将五花大绑的26位红军伤病员押到花茂与金竹交界的磨槽顶蒲家硐。歹徒们用枪托一阵乱打乱砸，百般折磨后，见红军战士们依旧昂首挺胸，威武不屈，就更加恼羞成怒，凶相毕露了。

"一马刀一个，砍死后推下蒲家硐！"歹徒的头目下达了命令。凶手们挥舞着马刀，恶狠狠地向红军战士们砍去，霎时血浆飞溅，遍地血迹。猛然间，一个凶手从最后一个小红军伤员的口中抠出布团说道："小共匪，老子不杀你，给我当儿子怎么样？"小红军昂然回答道："我给你当爷爷！"凶手气得浑身发抖，立即手起刀落，小红军惨遭杀害。接着，凶手

红军南渡乌江梯子岩渡口（熊洪潘摄）

们将红军一个一个全推下了蒲家碉。

第二天下午，赋闲在家的地方开明人士王佐彬到蒲家碉去捉画眉时，听见碉中还有幸存的红军在痛苦呻吟，就决定不顾株连九族的危险，救出幸存下来的红军战士。当时，因天色已晚，又无任何工具，他就返回了家中。

次日早晨，王佐彬起了个大早，在花茂街上请来了医生郑国宾，还买了20多个泡粑，领着佃客王碧丸、郑南宣、王文玉和王德亨，带着马索（绳）和背篼，向着蒲家碉走去。他们六人来到碉口时，天还没有完全大亮。

王佐彬将装有泡粑的背篼用绳子放到碉底后，对着碉底大喊说道："红军先生，我们救你们来了。背篼里有吃的，你们吃点东西后爬到背篼里，我们吊你们上来！"背篼放下去后，等了好大一会儿，再拉上来一看，泡粑却原封不动。如此反复了四五次，王佐彬似乎明白了什么：幸存的红军怕再遭毒手，根本不敢爬进背篼里，也不敢吃外人的泡粑。于是，王佐彬吩咐一位胆大的佃客郑南宣，让他坐进背篼，将他吊下硐底。郑南宣看到硐底里横七竖八地躺着红军战士的尸体，只有三个活着的红军战士在呻吟。他取出泡粑，自己先吃了一个，三个奄奄一息的红军这才放心地吃了起来。

郑南宣将三位幸存下来的红军战士一个一个地装进背篼，大喊一声"起"，就一个一个地吊出了硐外。其中一位红军战士因伤势过重，刚到硐口就停止了呼吸。回到花茂后，又有一位红军战士离开了人世。只有一名叫李先帅的江西籍红军在王佐彬的救护下，一直活到了1961年。

李先帅在花茂养伤期间，王佐彬专门安排王德亨负责其饮食起居，帮助他按时吃药、换药，不让他与外人接触，以免暴露。王佐彬还给李先帅安排了饮用和擦洗伤口的苞谷酒，让他在早饭、晚饭时喝上二两，伤口瘙痒时就用棉花蘸白酒来擦洗。这样，时间还不到三个月，李先帅在王佐彬的关心和王德亨的护理下，完全恢复了健康。

身体完全恢复后，李先帅就在花茂定居下来。为了不暴露身份，李先帅一直以打短工为生。王佐彬家有短工请他，他也去打点短工挣点儿工钱。

1951年，遵义县开始土地改革，第七区（今枫香镇）群众斗争王佐彬。李先帅在群众斗争大会上高喊："你们不能斗争王先生，他救过我，我是红军战士，给总司令当过卫生员。不信，你们写信去问吧！"

第七区政府没有懈怠这件事，恳请遵义县人民政府给党中央去了一封信。党中央不久就回了信，大意是："经总司令回忆，他长征到遵义时，确有李先帅这个卫生兵，此人说的可信……"

时在遵义县民政科工作的曾玉彬同志说，他曾见过此信。遗憾的是至今还没有从档案中找出这封党中央的回信。

张红军救大姐

令狐世俊 / 口述　梁隆贤 / 整理

桐梓县九坝镇槐子村的令狐世俊（男，2018 年采访）说：我家原住的小地名叫长五干（间），是公辈及父辈四家人的长排木瓦房，中间是堂屋，供四家人共同使用。堂屋内有四家人共用的大粮仓，粮仓中间有隔断。

我的父亲令狐大定和母亲成氏经常给我们说，甲戌年的腊月底，听说红军要来，国民政府的人说"红军吃人"，有些人跑到山上躲起来，有些人就在家里关门躲起。一天，有 10 多个红军在天要黑时来到我家，当时我的大姐顶英（大名叫令狐世仙）一岁多，正在出麻疹发高烧，所以父母亲没有躲。红军进我家后，有位姓张的红军见我大姐出麻疹，就立即去山上找了些草药回来交给母亲，叫快点煮草药汤喂大姐，同时叫父亲拿点酒给大姐擦身。父亲拿出半碗酒，张红军叫父亲在酒里加点热水立即给大姐擦额头和手足。张红军给大姐擦了酒，又服了草药汤后，大姐慢慢安睡退烧。

父母亲见红军心善，就拿出储存在细颈口罐子里的炒苞谷泡儿喊红军吃，同时又赶忙给红军做饭，给红军安排住宿。当晚红军睡在大粮仓上和晒席上，不让红军受冻挨饿。第二天红军走时，父母亲还抱出一小罐苞谷

桐梓县九坝镇（黄光荣提供）

酒，叫红军们带在路上喝，说是可以活血、御寒。

父母亲说，那年冬、春，槐子水（村）、新屋子（地名）一带得麻疹病的娃儿多，几乎都死了，只有我的大姐因得了张红军的救治而活了下来。后来，父母亲又生了我们好几个兄弟姐妹，都得以健康地活着，这与张红军救大姐时也让我父母亲学会了怎样解决我们生病时自救的一些基本方法是分不开的。今天，我们一家人都过着幸福的生活，但我们从未忘记过红军。

花灯艺人蔡恒昌与《红军灯》的故事

钟金万

遵义市播州区西坪镇花灯艺人蔡恒昌，于 20 世纪 30 年代演唱的《红军灯》，在贵州省民间艺术史上是浓墨重彩的一笔，在黔北人民心中留下了极为深刻的印象。

蔡恒昌，1905 年出生于遵义县（今播州区）乐稼乡一贫苦农民家庭，1977 年去世。他从小就喜欢花灯，每遇逢年过节，喜欢跟着父辈组织的灯班一起演唱。十六七岁那年，他已经成为当地有名的"唐二哥"（与其配戏的女角称为"幺妹"）了。那时，他带领的花灯班，就被人们亲切地誉为"蔡家花灯"。他的出名是 1935 年 1 月中国工农红军万里长征经过遵义时才开始的。他演唱的花灯才由传统、古老走出了新意，走向了新生。《红军灯》就是他的代表作。他运用花灯这一群众喜闻乐见的形式欢迎红军，用这一形式动员"干人"（穷人）团结起来跟着共产党闹革命求解放，翻身做主人，受到了广大红军指战员的欢迎，得到了贫苦百姓的拥护与爱戴。

红军在遵义县西坪、团溪一带驻扎了 10 多天，"蔡家花灯"班主蔡恒昌天天跟着红军开展革命工作。他白天跟红军一起打土豪、济穷困，宣传革命道理，晚上就带领花灯班到各处去演唱《红军灯》。通过《红军灯》

的演唱，加强了军民关系、鱼水感情，表达了黔北人民对中国革命的殷切希望。他在《歌红军·颂红军》里这样演唱道："自古兵匪欺人甚，唯有红军亲上亲；他跟'干人'一个样，老唐编灯颂红军。""奉劝'干人'弟兄们，当兵就要当红军；跟着朱毛打天下，救国救民救自身。"这是蔡恒昌耳闻目睹红军的革命行动后，深有感触地演唱出来的一折歌颂红军的《红军灯》。

鲜为人知的是，红一军团二师六团的官兵在西坪、团溪一带活动期间，从未夜宿农家，不是露营山林，就是在田边地角过夜。他们睡觉前，将草杆树上的稻草取下来，铺在避风的平地上打草铺过夜。转移前，他们又将稻草收拢、捆好，放回草杆树上。终于赢得了被国民党反动派反面宣传而涣散了的民心。同时，红军打土豪没收来的猪、粮食、白酒、衣服等生活用品，大部分也分给了当地的"干人"群众。开庆功会，聚集"干人"群众喝酒吃肉，红军不仅官兵平等，互敬互爱，一视同仁，就是与"干人"群众，也是一样的你敬我爱，亲如兄弟。

亲身感受到自己以前从未享受过神仙般的动人情景，特别是敬酒时尊老爱幼、先人后己的君子风度，蔡恒昌顿时万分激动，当即高声唱道："红军做事最细心，不拿'干人'一根针；喝酒吃肉更下细，先人后己自分明。"

红军走后，蔡恒昌无时无刻不在思念红军，随时都在哼唱自己极为喜欢的《红军灯》。逢年过节时，他组织花灯班在西坪、团溪一带表面上是在给"干人"唱还愿灯，是驱邪恶、保平安，暗地里却在为贫苦百姓演唱《红军灯》。他让《红军灯》成为穷苦百姓追忆红军革命行动的一种民间文艺形式。

蔡恒昌还经常用耳闻目睹的事实演唱"新闻灯"，用旧瓶装新酒或借古讽今的方式，痛骂国民党反动派，抒发人民群众对现实社会的不满。他暗示人民群众必须团结起来才能抗捐、抗税和抗丁。他在《造反灯》里唱道："梁山英雄是好汉，忠义堂前立誓言；除奸除恶除民害，惩富济贫万民欢。"他在《霸王灯》里唱道："前山有个癞毛张，自称他是镇山王；逢人说要买路钱，不除此霸不安康。"他又在《劝世灯》里唱道："天下耕读最为本，人不读书不聪明；花街柳巷切莫去，嫖赌洋烟硬误人。"这些灯词充分地说明，蔡恒昌在当时是极有胆量的，他不乞求权势，不惧怕邪恶，坚信贫苦百姓终有翻身出头的好日子。"唤起群众来斗争，拿起锄头求生

民间艺人蔡恒昌（左）表演花灯《红军灯》（周菁提供）

存；敢与恶魔争高下，不枉人间走一程"，这是多么可贵而又极为富于反抗的革命精神啊！

解放后，蔡恒昌的花灯艺术获得了新生。1956 年，《红军灯》被县、地两级推选参加全省民间文艺汇演。此前，他带着其花灯班在遵义地区各县、市一直表演到年底，深受干部群众欢迎。参加汇演时，《红军灯》又得到省委政府领导好评，被选为参加全国第二次民间文艺汇演的节目之一。

蔡恒昌随贵州省民间文艺代表团赴京演出时，首都人民感谢他为全国人民创作了一折贵州独有的《红军灯》。首都的专业文艺工作者和各省、市代表团，纷纷拜访贵州代表团，向蔡恒昌学习《红军灯》的音乐和舞蹈；中央人民广播电台将《红军灯》录音，向全国人民和世界人民广播；《人民日报》《解放军报》《民间文学》《人民报》等报刊，刊登了《红军灯》的剧照和唱词，还写了评论，称赞蔡恒昌先生为"民间艺术家"，给贵州人民赢得了荣誉。中央军委邀请蔡恒昌先生去演出《红军灯》时，许多当年参加长征到过遵义的老同志看后，勾起了对过去艰苦历程的回忆，都高兴地说："感谢贵州代表团，给我们带来了展现遵义人民当年拥护革命、热爱红军情景的《红军灯》。"老首长们还登台与蔡恒昌先生和其他演员一一握手致谢。

蔡恒昌先生说："人有终年艺无尽，几十年春秋不从心；而今迈步从头学，愿为艺术献一身。"通过参加全省、全国的民间艺术会演，他有了很高的荣誉和地位，但他并不因此而感到满足，更不因此而骄傲自大。他说，他的夙愿是要在党的领导下，为民间花灯艺术战斗一生、奉献一生。

1959 年，50 多岁的蔡恒昌先生不顾年老体弱，欣然接受省花灯剧团的聘请，把他多年积累的遵义花灯的音乐和舞蹈，毫不保留、耐心细致地传授给广大地方戏曲工作者，使剧团的创作和演出更加具有贵州花灯的民间特色。1962 年，他从省花灯剧团回乡后，理应安度晚年了，可他却说：
"人老骨头硬，越老越展劲。"于是，他白天在家从事力所能及的生产劳
动，晚上去文化室传授他的花灯艺术，使极富地方特色的遵义花灯后继有
人。蔡恒昌先生以他的威望和技艺，传授了许多中、青、少年的专业演员
和业余花灯爱好者。

蔡恒昌先生的一生是创造花灯艺术的一生。他继承花灯传统，又敢于
大胆创新，对贵州花灯艺术的发展作出了卓越的贡献。蔡恒昌先生虽然已
经离开我们近半个世纪了，但他对花灯艺术精益求精的创新精神，必将永
远成为我们学习的榜样。他给我们留下的《红军灯》，是一笔极其宝贵的
艺术财富，也是一笔极其宝贵的精神财富，我们必须珍惜它、保护它，把
它传给子孙后代，让他们永远都能欣赏到"红军爱'干人'、'干人'爱红
军"的军民情、子弟情和鱼水情。

红军给令狐老先生搞的生日晚会

陈明熬／口述　梁隆贤／整理

　　1935 年 2 月 23 日下午，红三军团从习水（二渡赤水）返回桐梓花秋乐境时已人疲马乏。他们以团部、营部、连部为单位分别驻在乐境的狮子朝门、苦蒿坝、田坝、滴水坝、青天岗、河坝等地。

　　夜间，驻狮子朝门的红军团部见令狐家堂屋墙上挂了块黑漆抹金的大木匾，是湖南某校师生第二天送给这家老人的祝寿匾。红军赶紧抱拳对令狐老人说："对不起，打搅老先生了。"令狐先生说："你们只借用一间屋办公，其余的人都在阶檐铺草睡，你们还这么客气！"

　　见红军客气礼貌，给令狐先生祝寿的湖南师生代表也不再躲藏，主动出来与红军拉话。红军提出共同给令狐先生搞一场祝寿晚会。当即令狐家摆出庆生日用的猪、牛、羊肉、油炸豆腐、米糕、糍粑、瓜子、花生、糖等，湖南师生拉起二胡、吹起口琴，红军也吹起笛子打起快板；特别是一曲《盖稻草的红军》快板，把红军不畏艰辛及坚强乐观的抗日信念宣传，将晚会推上高潮。令狐先生当即将办生日酒的牛肉全部捐献给红军，并叫家人帮助红军把牛肉全部烤干。

　　一个红军抱来一壶酒（6 斤左右）敬令狐先生，令狐先生受宠若惊，站起来拱手给大家说：“这样的盛会是该有酒助兴的，但我谨慎地考虑到，红军官兵们辛苦疲乏，还要继续赶路，我又担心喝酒误事，误会我拿酒的好意，所以就克制着没有拿酒出来，那今晚就借着红军官兵们的酒尽兴喝吧。”说着，大家彼此敬酒，互道家国情怀，满屋满院都是欢声笑语。

之后，红军又找来一块木板，洗净抹干后，研墨润笔，写成一块祝寿匾送给了令狐老先生。

一场军民互动的庆生晚会结束后，红军踏上了奔赴桐梓县城的路。

80 多年来，每当令狐家后人拿出红军遗留的白色陶酒壶和红军捣干牛肉面的大石砂魁时，都会一脸喜悦地讲着那晚的二胡声、笛声、快板声和欢笑声。那是一场红军先辈留给桐梓民间的精彩才情表演。

一对银帐钩的故事

钟金万

我外公住在播州区郊外的板桥沟，以熬糖维持生计，作坊就在西门关山下的一块平地上，小地名叫倒马坎。

1935 年 1 月的一天，天色将晚，突然枪声大作。外公急忙披衣出门观察，枪声是从西门关方向传来的。西门关是播州区西部通往南部的交通要道。循着枪声望去，不知是谁在打谁，只见有人从西门关的悬崖处中弹跌下山来。

不到一个时辰，只见一个身穿破旧军装，上面沾有血迹的军人跟跟跄跄地走进外公的作坊，请求外公帮助。外公虽是个普通的百姓，但凭着他的直觉，眼前这位衣衫破旧的军人绝不是"国军"（"国民党军"的简称）士兵。外公马上意识到刚才的枪声大作，是红军与"国军"在交火。这位军人就是为老百姓打天下的红军。于是，外公马上领着这位红军进入堆放甘蔗的厢房。外公抱开竖立着的甘蔗，让红军藏身其中，又马上把甘蔗堆放回原位，掩盖得看不出半点破绽。

不一会儿，"国军"约莫来了一个班的士兵。他们冲进外公的家门，声称要捉拿红军，询问外公看见"共匪"没有。外公虽然胆怯，表面却异常冷静。他一一应付着"国军"的盘问。

待"国军"离开，走得远远的，已经听不见他们骂骂咧咧的声音了，外公才到堆放甘蔗的厢房，迅速抱开甘蔗，把那位红军请到火塘边，连连说着对不起红军的话来。

那位红军非常感激外公掩护自己摆脱"国军"的追杀。说罢这些，那位红军起身就要离开。外公见红军衣衫单薄，又冷又饿，加之天色漆黑，不忍心红军摸黑离开人生地疏的地方，就立即安排躲在厨房的外婆去热点东西给红军吃。

那时正值腊月，外公家里或多或少还有些过年用的腊肉香肠，就叫外婆煮了点香肠，热了点猪肉，还提出半瓶烧酒，招待红军。外公说，天寒地冻的，喝点烧酒能够御寒，一会就暖和了。就这样，外公陪着红军边喝边聊，说了大半夜的家常话。

快天亮的时候，那位红军执意要去追赶大部队，说红军要北上抗日，要去打鬼子，我们今后会见面的。临别时，那位红军从他的挎包里，取出一对银帐钩送给外公。那位红军说："就让这对帐钩留下作个纪念吧，今后我们一定会见面的！"外公推辞不过就收下了。

十年后，外公把那位红军赠送给他的这对银帐钩，在母亲出嫁时作为陪嫁品。母亲就把这对银帐钩带进了遵义城。我家就住在距离丁字口不远的桃源山下。

解放初期，丁字口发生一场大火灾。我家就在火灾区。失火的当晚，外婆把我从床上抱起来，用背带背着我逃生。我离开床边时，还看见那对银光闪闪的帐钩挂在床上，钩着帐子，煞是好看。当时，火苗正向我家住房扑来，外婆不顾一切，背着我向桃源洞山脚的后门奔跑。那对银帐钩就这样随着我家的全部家当，被无情的大火全部吞噬了。

岁月在不经意间已经走过 70 多个春秋，我对那对银帐钩被吞噬的情景依然记忆犹新，却对银帐钩的过去不甚了了，只觉得它在我家床上挂着，是那样的美丽耀眼，是那样的稀奇珍贵。

"文革"期间，母亲才告诉我那对银帐钩是一个红军战士送给外公的珍贵礼物，记录着红军在长征期间与遵义人民鱼水情深的传奇故事。

多年来，这个故事一直珍藏在我的内心深处，从来没有向外人说起过。我知道，红军长征是人类历史上罕见的不畏艰难险阻的远征，也是人类历史上罕见的不畏牺牲的远征，更是人类历史上罕见的传播理想的远征。作为中国人，我们应该比世界上其他任何人都有理由读懂中国工农红军所进行的长征，何况我还是一个土生土长的遵义人呢？不过，我始终觉得，中央红军与遵义人民鱼水情深的革命故事比比皆是，我家那对银帐钩的传奇故事根本就不值得一提。

如今，外公、外婆早已作古，也不知当年他们掩护过的那红军战士，在长征途中是倒下了还是依然健在？但是，那对银帐钩的真实故事却一直在鼓舞着、激励着我前进。

留居红军张银辉的故事

钟金万

这个真实的故事一直在遵义县群众中广为流传。

1935 年的遵义，既是中央红军在这里播下革命火种的开始，又是革命群众高举红旗，紧跟共产党，谋求解放，追求幸福，接续点燃熊熊烈火的开端。可以说，这一年以后的遵义，革命的新生事物如雨后春笋，层出不穷，不仅照亮了那个时代，而且影响深远，具有划时代贡献。

那时的山盆区位于遵义城西北 100 华里的地方，毗邻桐梓、仁怀二县，是中央红军左路纵队红三军团一渡赤水时的进军路线。这里不仅长期流传着"红军到，'干人'笑"的动人故事，还流传着一些可歌可泣的鲜活传奇。

红三军团开进山盆时，国民党山盆区李梓乡乡长赵建才闻风而逃，躲回了剑坝堂前湾老家。红军先头部队直抵剑坝，这个国民党乡长又从老家躲进深山老林。驻剑坝堂前湾的红军，从群众口中得知这个乡长平日横行乡里，欺压百姓，民愤极大，于是决定替受压迫的群众出这口恶气，于是发动群众打赵建才的土豪，分他家的浮财。

当天傍晚，军民一同打开赵建才家的粮仓，出谷数十石，并没收了他家的三口肥猪。红军还牵走了赵建才的坐骑——一匹肥壮的大骡马，说让他今后也用自己的脚多走些山路才对。就这样，"干人"们喜气洋洋地分得了粮食和其他财物，当然还有存放的茅台窖酒。

李梓乡乡长遭到红军惩治的消息，很快传遍了山盆区，"干人"们无不扬眉吐气，拍手称快。从来没有喝过茅台窖酒的贫苦百姓，对享誉世界的名酒，也终于开了一次洋荤。此酒不仅喝起来酱香扑鼻，而且三天后手上还有余香。

驻山盆区芝麻坪大坪上的红三军团某部，为解决部队的给养问题，需将没收土豪杨德轩的几百斤稻谷加工成大米。但土豪跑了，找不到加工场所。大坪上的贫苦群众就将土豪家的各种加工工具找了出来，纷纷为红军碾米、簸米、筛米，很快就把几百斤稻谷加工成了大米，把红军战士的米袋子全部装满了。

这支红军对贫苦群众的帮助非常感激，专门留加工大米的贫苦群众共进午餐。参加聚餐的贫苦群众说："红军做菜快，煮饭也快，不到一个小时就开饭了。饭是煮的随水干，菜是炒的白菜回锅肉，吃起来特别的香！"红军排长张金权还抱出一大坛苞谷烧（玉米酿造的白酒），请愿意喝点白酒的贫苦百姓喝。张排长说："酒能舒筋活血、提振精神，我代表部队敬大家一个。"这次敬酒，受到尊重的贫苦群众终生难忘，他们及其子孙在敬酒时至今也说"敬一个"这样的话。

这支红军开走时，贫苦百姓都想知道他们是谁领导的队伍，为什么对老百姓这样的好。一些人追赶着问红军战士，红军战士回答说："我们是苏维埃的军队！"他们把"苏维埃"听成了"苏云岩"。所以，直到现在，在芝麻镇仍有人说当年那支红军队伍的首长叫"苏云岩"。

红军撤离后，因伤病留在山盆一带的红军战士有 14 人之多。除在剑坝观音堂重病死亡 1 人，在楠木岩沟被反动保长韩银章监禁致死 1 人外，其余 12 人都得到了当地贫苦群众的保护，都在各自的落脚点留居下来，一直生活到了解放以后。其中，留居红军张银辉是一个有故事的人。下面就来说一说他的故事——

张银辉，又名张云飞，安徽人。1935 年 1 月，他随中央红军长征来到山盆区，因伤病被迫留居下来，先由红芽柏杨林余炳章收留。由于后来又来了大曾、小曾两位红军战士，余炳章无力供养他们。余炳章就向红芽大坡的余锡彬（保长，哥老会大哥）介绍他们三人。于是，张银辉、大曾和小曾就去给余锡彬当了长工。1942 年，大曾、小曾要回老家，余锡彬就给了他们一笔路费，让他们回老家去了。张银辉本来会缝剪手艺，就留在当地以帮人做缝剪为生，直至遵义解放。

张银辉由于参加过红军，在缝剪期间又为人和善，因此他的人缘极好。1950 年 7 月，张银辉经群众推举当上了山盆区剑坝村村长。1951 年 2 月，张银辉又当上第十五区（山盆区）人民审判员。由于他没有文化，在处决犯人时将陪审犯误杀后被免去人民审判员职务。在此期间，有人检举余锡彬有"杀红军"的劣迹，人民政府迅速将余锡彬逮捕。张银辉知道这件事情后，以实情证实才免除了余锡彬的冤案。

张银辉被免职后，在柏杨林余现波家居住下来。1952 年，通过余现波等人的介绍与撮合，张银辉与余家祠堂还俗尼姑傅明权结婚。

结婚这天，新婚的喜悦使张银辉沉浸在人生莫大的幸福之中。当他看到新娘傅明权被接纳婆搀扶进屋准备拜堂时，张银辉有了眩晕的感觉。新娘子高挑壮实，一头秀发，是那种淳朴持家的村姑。拜堂后进入洞房，张银辉在接纳婆的授意下揭去新娘的盖头，新娘的面容在花烛的映照下更加娇羞无比。当新郎、新娘"坐烛"（喝交杯酒）后，到堂屋去给余现波和地邻长辈敬酒，张银辉说了些什么、做了些什么，他后来一点也记不起来了。为什么呢？因为他从来就不喝酒，三杯"坐烛"酒后，他已经醉得一塌糊涂了。

张银辉和傅明权组成家庭后，接下来的故事就如普通百姓的寻常生活，人人都知道，就没有叙述的必要了。但是，他们先后在红芽场、余家祠堂居住了七八年。留居老红军张银辉是 1960 年去世，享年 72 岁，葬于余家祠堂屋基右侧。几十年来，每年都有当地的干部、学生和地邻亲友到坟上去看望这位长期留居下来的老红军战士。

歇马台红军步道（张宗荣提供）

彭团长关心"干人"的故事

钟金万

中央红军四渡赤水以后，上级要求各部队轻装简行，快速行动。在部队横穿一条小路时，炮兵班驮炮弹的那匹马却走得很慢，落了一段距离。张量班长正吆喝着马赶路，突然从他身后传来了喊声："马走得这样慢，落了这么长的距离，你'按'它一下嘛！"喊声是湖南腔，说的"按"就是把马打一下。张班长在马屁股上抽了一鞭子，马赶了几十步，就追上了队伍。

这时，张班长回过头来一看，一个大高个子跟在他的身后，原来是彭团长。他没有骑马，一直紧跟在部队后面，和大家一块步行。从江西出发以来，红军战士经常看见他和大家在一起。有一次在突破敌人的封锁线时，彭团长来到张量的山炮阵地上，看准前方一个敌人的碉堡，就采用直接瞄准的方法，从炮膛里瞄准敌人的碉堡，然后对战士们说："就这样打！"炮兵班装上炮弹，"轰"的一声，炮弹飞出去，敌人的碉堡就开了花。大家都非常佩服彭团长这种身体力行的精神。

一路上，炮兵班都是配属红三军团作战，彭团长很关心大家，见了面总要问："有什么困难？"特别是进入贵州以后，彭团长多次对张班长说："贵州的'干人'生活很苦，你们雇请的民夫，要保证一天给一块小钢洋。钱不够就到土地部去要，我们经费再困难，也不能扣贵州'干人'的。""只是……"张班长欲言又止。看着张量吞吞吐吐的样子，彭团长忙问他究竟有什么话，要他赶快说。张量鼓起勇气说道："马夫都有喝烧酒的习惯，在路上不喝上两口，就像晒蔫了的庄稼，都没有精神。"彭团长笑道："我还以为是什么不得了的事情呢？不就是喝烧酒吗？喝酒能够提神醒脑，只要不误事，每天准许他们每人喝上半斤。"听了彭团长的指示，张班长马上敬礼说道："我代表马夫兄弟感谢彭团长，保证每天控制在半斤以内，绝不误事。"说毕，两人都爽朗地笑了。

在这次急行军途中，张量班长有幸再次遇到彭团长，不仅进一步了解了彭团长豪爽的个人性格，而且更加深入地了解了彭团长无微不至地关心贫苦"干人"生活的人民情怀。

一路上，彭团长还对张班长说："我们现在是穿插在敌人之间，在跟国民党的中央军比速度，动作慢了，就会贻误大事。"彭团长的这些话，是从全军的战略战术的角度上说的。当中央红军三渡赤水以后，蒋介石以为红军又要北渡长江，慌忙调兵在川、滇、黔三省边界大修碉堡，企图对中央红军进行封锁围歼。这一次，中央红军又甩开敌人，掉回头来，巧妙地在敌人之间插过，直向乌江进发。一路上，红军队伍都是急行军，为的是不等敌人发觉，就已经形成南渡乌江、威逼贵阳的态势。张班长听了彭团长的话，带着全班战士，赶着驮马，紧紧跟随部队，顺利地跨过乌江浮桥，经过息烽逼近了贵阳。

由于大部分敌人被中央红军甩在了赤水河两岸，中央红军的行军都颇为顺利，也没有打什么大仗。红三军团迈开大步，从贵阳的东南面穿过湘黔公路，直向云南奔去。张量班长记忆最深的是，那天夜晚过贵阳时，连

赤水河边的丙安古镇（2015 年熊洪潘摄）

里通知炮兵班：就要过贵阳了，行动要快，不能拉开距离。

炮兵班把背包、绑带都捆扎好，一个紧跟一个前进。部队穿行在山野树林之中，四周一片漆黑，也不知道贵阳这座城市究竟在哪里。不一会儿，就听到连里传话说：已经过贵阳了。当时，贵阳在张量班长的印象中不过是一个小村庄呢。

酒清伤口救红军

周　君

　　1934 年 12 月 24 日那天下午，余庆县龙溪区区长杨作沛接到县里送来让他就地处决那些红军的信件后，便急忙叫来区团防队苟小队长，向他吩咐让他带着区团防队的人，把关押在区公所的那 10 多个红军，拉到关塘乌江边的木岔给杀了。

　　苟小队长回到区团防队后，便喊了 20 多个团丁，简单地把任务交代一番后，便让大家抓紧准备动身。末了又加了一句，杨区长让食堂的大师傅把夜宵都准备好了，等着大家今晚回来后，要陪大家一道吃夜宵喝酒呢！一听说要吃夜宵还有酒喝，被喊到的团丁们都忍不住内心的兴奋，纷纷提枪快步出门。

　　很快苟小队长带着 20 多个荷枪实弹的团丁，以接到上级命令，要将红军伤员马上押解去湄潭为由，把那 12 个被关押的"共匪"红军，用棕绳捆连着拉出龙溪，连夜打着火把，顶着寒风细雨，催赶着不停地往前走，他们通过风吹坝，经凉风哨、黎家坟、戴家湾、关塘、清江，走了近两个小时的山路，才到达木岔河边一个荒无人烟的山谷里停下歇气休息。

　　那天晚上大约 8 点过后，家住木岔附近的张步云、魏大令和刘泽清、

大乌江木岔红军烈士遇难处（文天恩提供）

刘银成、刘泽高等人，突然听见屋外面的大路上，闹哄哄地走过来一大群打着火把的赶路人。待那群人走近了，他们才看清是区团防队的打着火把，正押着 10 多个单手被棕绳捆连着、头发乱长、面黄肌瘦，衣服褴褛，而且身上还布满斑斑血迹的人，顶着漫天飘洒的寒风细雨，被追赶着不停地往前走。不一会儿，就消失在附近山坳的雨幕之中，村寨里出来看热闹的人，才边说边聊地往自家的屋里走去。

没过多久，坐在地上休息的苟小队长站起身来，把紧靠在身边的几个铁杆团丁叫到一边细声叽咕几句后，那些团丁便举着火把，转身不怀好意地奸笑着，呈扇形状地向正坐在地上休息的红军们围了过来。

正坐在地上休息的红军伤员们，突然觉得事情有些不对劲，便都忽地一下站起身来，用仇视的目光看着紧围上来的团丁们。提着枪的苟小队长，边往前走边大声吆喝道："弟兄们，抓紧点，送他们上路后，杨区长还等着我们回去吃夜宵喝酒呢！"说着手里的枪便响了起来。团丁们一见苟小队长开枪了，便都纷纷抬起手中的枪，"砰！砰！啪！啪！"地对着河岸边站着的那一堆人一阵乱打，几秒钟后，枪声停了，河岸边的枯草坪上、血泊中，横七竖八地躺满了红军战士的尸体。一个举着火把的团丁提着刀在尸体中走寻，并不时用刀挑断捆在俘虏手上的绳索。

随着枪响，眼见着周围的战友们不停地往下扑倒的龚正友，也顺势跟着扑倒在地，并赶紧用另一只没被捆着的手，从周围倒下的战友身上，把那正从枪眼里汩汩流出的热血，不停地抹在自己的身上。当举着火把手拿砍刀过来的团丁，走过来用刀挑断他手上的绳索时，他紧闭着双眼，内心不停地祈祷上天能保佑他避过这一劫。还算幸运的是，那位团丁刚刚把他手上的绳索挑断，就传来了另一个团丁催他快点走的吆喝声。那团丁便踩着龚正友斜放在地上的小胳膊就往外走，疼得龚正友紧咬牙关强忍着趴在地上，动都不敢动一下。

又过了好大一会儿，龚正友才翻身慢慢地睁开双眼坐起身来。四周漆黑一片，静静的，静得连平时胆大的他都觉得可怕。他突然发疯似的趴在地上，推推躺在地上的这个，摇摇横睡着的那个，除了不应还是不应。推软了，摇累了，他坐在死人堆里默默地流着眼泪。停了一会儿，他又不死心地趴在地上开始推摇，轻轻喊出的一声"唉哟"，划破了宁静的山谷，龚正友激动地一把抱起那正在呻吟的战友问道："活着吗？伤在哪里？"那被龚正友抱着的人道："活着，我只是觉得有只手有点麻木，好像失去了知觉。""活着就好，活着就好，其他的人看来都死啦。我们得赶快离开这里。"他边说边把那位受伤的战友搀扶起来。凭着记忆，摸到路上，朝着刚才来的方向回走。

那天晚上，久久不能入眠的张步云，还在为刚才被区团防队押走的那些人的命运担忧不安，突然被室外一阵急促的敲门声惊起，他起床披上衣服，警惕地在内屋顺手拿了一根短木棍，快步走到外门前轻声问道："是谁在敲门？""老乡，是我们在敲，我们是萧克带领的红军，刚才被区团防队拉去枪杀，没被打死受伤了。现在周身都被雨水淋透了，又冷又饿，实在是受不了啦！老乡，你就发发善心，开门让我们进屋，暖和暖和身子我们就走。"张步云听完门外的诉说，便立刻应声道："你们稍等一会儿，我去把灯点上就来给你们开门。"他快步回到里屋，叫醒还在熟睡的妻子陈大婆，点上桐油灯，走到外门旁，拉开拦门杠，让门外那互相搀扶着的满身血迹的两人赶快进屋，然后又迅速将门关上。在昏暗的灯光下，陈大婆一见外屋坐着的那两人头发乱长，血迹斑斑，便心疼地说道："团防队那些挨刀砍的，怎么把这两个孩子折磨成这个样子哟，你们先坐着，我去烧点热水让你们洗洗，换换衣服再说。老头子，你还愣着干吗呢？还不赶快去生火烧水噻！"张步云应声去厨房生火烧水去了，陈大婆说完也端起那盏桐油灯进屋找衣服去了。当张步云烧了一大木盆热水端进屋来，陈大婆也找了两套缀满补丁的旧衣服放在屋里的木凳上。

还算幸运，龚正友就是小胳膊上受了点皮外伤，不是很严重。另一位战士虽手臂被子弹击穿，但没有伤着骨头。陈大婆用温热水擦完伤口上的血迹后，又让张步云把平时做活累了都舍不得喝的小半瓶青杠籽酒拿出来，倒着为俩受伤的战士把伤口清洗并做简单的包扎后，才让他们换上衣服，又煮了些稀饭让他们吃后，陈大婆才开口道："娃儿们，你们人生地不熟，又是外地口音，我们这里也不是你俩久留之地，今晚你们好好休息一下，明天我出去给你们找点药换上后，去找你们的同伴要安全些。"张步云也将他俩换下的褴褛的血衣用绳索捆成一小捆，顺手丢进大门口放着的空背篼里。

　　第二天一大早，张步云背着那装有血衣的背篼，装着上山做活，把那包血衣埋在山上下坡回来后，就邀约同寨的刘泽清、魏大令等人，扛着锄头，提着篼篼，顺着木岔山坳口走到谷底河边的斜坡旁，把那些被害的红军悄悄地给掩埋了。

　　那天中午陈大婆吃过饭后，就直奔离寨约有 4 公里远的关塘街上的那位土郎中家弄药打酒去了。陈大婆是临近下午才从关塘回来的，一进屋关上房门，她就快步走到里屋叫醒正在熟睡的龚正友他们。首先给那位手臂中弹的伤员重新清洗换药包扎后，又将龚正友受外伤的小胳膊用打来的酒擦过后，对他俩说："我在关塘打听了，听说你们的队伍已经从广西打进贵州了，现在余庆、龙溪、小腮白天盘查得紧，碰到操外地口音的可疑人举枪就打，你们晚上走，路上行人要少些，安全一点。来，这里有点零钱，给你们带着，路上饿了，可应急买点东西吃。给你们打来的那瓶酒也带上，既可用来浸擦伤口，你们白天上山躲时，喝口酒还可以避避寒，我马上就去给你们煮饭吃。"

　　那天晚上，天刚黑不久，张步云家的大门"吱嘎"一声被拉开了，陈大婆拉着那两位穿补丁衣服的年轻人的手，细声叮嘱道："娃儿们记住啦，白天上山躲，晚上才能下山上路走，遇人尽量少说话，朝着我对你们说的那个方向一直往南走下去，相信要不了几天就会找到你们的人。"张步云也提着个布袋过来递给龚正友说道："这是两个饭团和一瓶青杠籽酒，你们路上用得着。趁早快走吧！"

　　龚正友与那位受伤的战友一道，噙着感激的热泪，话别了张步云和陈大婆后，迈着坚定的步伐向夜色深处走去。

乔老买酒帮伤员

周 君

1934年12月28日清晨，家住在松烟麻窝洞反背山后不远处的谢洪顺还没有起床，就听见一阵接着一阵的敲门声。当从热被窝里爬起来，披上衣服，出来拉开房门，见是两个穿着单薄、血迹遍身、头发长乱、被冻得周身发紫的人站在门口时，心里咯噔一下，不知咋办才好。门外站着那俩人，立刻用乞求的目光操着外地口音向谢洪顺说道："老乡，我们是从江西那边过来的红军，昨晚被拉到这里，把我们砍杀在坡那边的山洞里。这会儿我们逃出来又冷又饿，想进屋来避避寒，讨点东西吃后就走。"当谢洪顺得知他俩是刚从洞里爬出来的"共匪"红军后，便赶紧把他们让进屋来，一边让老婆给他们烧煮吃的，一边询问他们的情况。当他得知洞内还有许多受伤未死的"共匪"红军出不来时，便立即起身出门下坡到对面寨里毛家去，找当地的知名心善老人乔老太婆。

刚起床不久，坐在堂屋八仙桌旁大木椅上的乔老太婆，听完匆匆忙忙赶过来向她报信的谢洪顺诉说完毕后，沉静了几分钟，乔老太婆便突然站起身来，冲着谢洪顺大声说道："不管麻窝洞里那些被困着的人是从哪里来的，是谁家的娃儿，爹娘养他们那么大都不容易，今天在我们这里落难了，

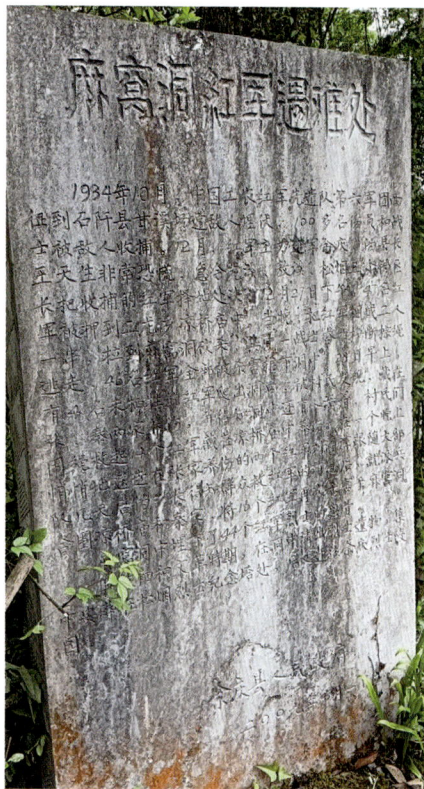

麻窝洞红军牺牲处纪念碑（周菁提供）

是条活命那我们就得尽力想法去抢救他们出来。"说完又转身对身旁侍候她的用人说道："你快去把陈德清给我叫来。"

一听说主人喊他有事，乔老太婆家的佃户陈德清便立马赶了过来。那正在堂屋里等候的乔老太婆，一见匆匆赶进屋来的陈德清，还没有等他站稳，便开口说道："陈德清，刚才寨对面的谢洪顺过来说，昨晚乡里秦皇顺他们拉了许多外地人到麻窝洞，把他们砍杀后丢进洞里了，有好多人都还没有死，受伤在洞里出不来，你赶快去寨里找几个人，把洞中那些还没有死的人都拉出来。就近送到凉桥边的庙子里，让他们暂住在那里养伤。"

一听说是乔老太婆都发话了叫大家去麻窝洞救人，寨里张银州、阎登榜、张齐山、秦宪年、谢洪顺、秦义奎等人也都纷纷拿着绳索，肩扛木梯，三三两两地往麻窝洞方向跑。

这毛家当时在牧羊一带可是很有名的，连区、县有时到牧羊来办公差的人，也要敬乔老太婆三分，这主要是因为乔老太婆的孙子毛飞武，当时正在国民党军某部当旅长，再加之乔老太婆平时就为人正直，乐于助人，又有她孙儿毛飞武的那层特殊社会背景，所以乔老太婆在牧羊一带威望特别的高，自然就成了这个地方人们心目中的主心骨，平时谁家凡遇有大事难事，都很乐意地去向她诉说，并恳请她出主意、想办法。所以她一发话，整个寨子里，没有哪家不去人的。

大家来到洞口，也不作声，七手八脚地便忙碌起来，有的搭着木梯下洞，有的站在洞口用绳索从洞中拉人起来，有的则将拉上来的人背着或搀扶着往坡下凉桥边的庙子里送。大家顶着寒风细雨，忙碌了整整一大早上，终于将洞中还活着的 14 名红军伤员全都救往凉桥旁边的庙子里，安顿下来。

当乔老太婆得知被救出洞的那些红军伤员又冷又饿、更无衣御寒的具体情况后，她除让寨上的人们多抱点干稻草去庙里让那些人防寒外，还特意拿钱让佃户陈德清带人去松烟街上买些油、盐、米和打了不少酒，好让那些人喝酒御寒和清洗伤口。并且还出钱请了一位 60 多岁的韦大娘来庙里专门为那些红军伤员们煮饭。寨上的人们一见乔老太婆对这事那么热心，便也立即行动起来，他们凑衣物的凑衣物，找铺盖的找铺盖，出粮食的出粮食，把那 14 个受伤的红军伤员照料得好好的。在寨上群众的关心照料下，许多伤员很快就稳住了伤情，心情也逐渐舒畅起来，大家都盼望着早点养好伤后去寻找部队。

其间，80 多岁的乔老太婆在佃户陈德清等人的抬送下，还亲自来到凉桥旁的庙里，看望那些养伤的红军。

可是谁也没有料到，灾难与死亡却又一次的一步步向这些红军伤员们逼近。

当二龙乡乡长秦皇顺得知那晚没被杀死的红军被乔老太婆让人救出养在凉桥旁庙里的情况后，立即跑去松烟向区长毛以忍报告，毛以忍听后，马上又带着区团防队来到牧羊，将乔老太婆救出在凉桥旁庙里养伤的 14 名红军伤员和居住在秦跃庭家养伤的两名红军一并抓获，就地杀死在麻窝洞旁后，又将尸体掀进麻窝洞里。

卖酒卖出军民情

周　君

　　潘银安是今湄潭县天城皂角桥村人，早年因随父辈学了一点中草药泡酒适用治病的小偏方，为他家附近的人治好了不少的病。时间一长，在当地也算得上是一个颇有名气的小郎中。为了生计，平常农闲时，潘银安也免不了带上一些自制的祖传治病药酒和草药，到周围的一些场镇来回赶赶转转场，找点钱来帮补一下家里的生活。

　　1934年秋，红军长征先遣队红六军团来黄平的那段时间，正逢潘银安赶转转场到黄平县的旧州街上摆摊卖药。10月2日，当任弼时、萧克、王震带领红六军团到达并进驻旧州以后，因一路战事不断，颠沛流离，再加之好多从江西来的红军战士又水土不服，部队里伤员和生病拉肚子的人也比较多。红军到旧州不久，一位红军长官就把潘银安找去，让他帮忙，用他的土办法帮助他们治伤员，并答应支付给他一定的医药费。潘银安见这些红军说话、做事也还不错，便答应了那位红军长官的请求。由于伤病员太多，需求量大，他带着赶场的那点药酒，很快就用完了，于是他又将自己带的一些治腹泻的草药，放在大锅里熬水给那些拉肚子的兵喝，没想到他熬那些草药汤也管用，那些拉肚子的战士喝了之后，病情很快就有所好转，那位喊他来的红军长官见状也很高兴。在与潘银安的摆谈中，得知他经常在这一带游医，对这一带的地形也比较熟悉，便叫潘银安与他们一道走，一则是为了带路，二则是好让他在路途中继续泡药酒、熬草药汤医治那些红军伤员，并照付给他医药费和带路费。潘银安心想："反正赶场的生意也不是那么好，这些红军对我还不错，自己又不吃亏。"于是便答应了那位红军长官的请求，与那些红军一道，从旧州到猴场经龙溪到石阡、镇远，又从施秉转战到石阡一带。他们每天都是在大山林里拉布篷住宿。当时，由于红军转战辛苦，受伤遭病的人也特别的多，那位红军长官还专门派了两个人帮助他拿东西，每天一到宿营地后，潘银安就施展自己的手艺，为伤员们治病。潘银安跟着他们一路行走，见他们尽管辛苦，但处处都护着老百姓、向着老百姓，是难得遇到的好人，就这样也一心一意地帮助他们医治病人。没有酒泡药，没有药了，部队每到一处集镇，他都要亲自去买酒买药，到后来，见与他一起的红军忙不过来，他便用赶场得来的一点积蓄，替红军垫付着买酒买草药，那些红军伤员都很感谢他。

那天下午，潘银安跟着的那些红军在本庄河闪渡与江那边的黔军交战后，因军情紧急，没返回本庄就临时转移走了。赶到第二天，潘银安也不知道他们去哪里了，无从追赶，便只好从本庄返回龙溪，住在路边的陈子清家，因当时潘银安钱、药都已用光，无路费回家，于是就留在了龙溪帮助陈子清家做农活。

大约又过了两个多月后，中央红军路过龙溪时，碰巧遇到了正在路边地里干活的潘银安，叫他带他们去龙溪，说是要给他带路费，潘银安答应了。当他们走到龙溪街上时，那位喊他带路的红军又问潘银安："除回龙场乌江渡口外，哪里还有渡口可以过乌江？"潘银安听后回答说："离近一点的就只有江界河渡口，往下面去本庄还有一个河闪渡渡口，但那里水深流急，不好过，还有万八团的人在那里守着，两个多月前，你们的人在那里打了老半天都没有打过去。"

后来潘银安随红军过江来到湄潭县的茅坪，又再经干溪场等地回到了老家皂角桥。再后来，他又拿出家里备好的药酒，为驻扎湄潭在皂角桥开展活动的红九军团的战士们治病，那些红军见潘银安的医术还可以，便要他随他们一道走。潘银安的父母知道后，哭闹着，死活不让潘银安跟着红军走，一直想跟红军前去的潘银安见状，只好与劝他前去的红军们分手告别。

红军走后不久，当地国民党万八团的兵，一听二区区长田孔皆说潘银安曾与"共匪"红军一道过，便要抓他杀他，幸得知情群众暗地通风报信之后，潘银安连夜跑到敖溪狮子桥躲藏起来，这才逃过一劫。

"屋漏又遭连夜雨"，潘银安到敖溪以后，又先后两次被当地区公所捉拿关押，后来幸得街坊邻居刘同心、邹庆云等人出面说情担保，才免于灾难。再后来，潘银安就在敖溪安家落户，解放后，在敖溪当地参加工作，后由于年高体弱，于 20 世纪 60 年代退职回家后，80 年代末病逝。

黔北地域
硝烟起

1935 年的乌江新年

钟金万

1934 年就要结束了。

这一年的最后一天，12 月 31 日，贵州中部大雪漫天飞舞。

中央红军到达了距离乌江南岸不远的瓮安县猴场。

猴场是一个商业繁荣的集镇。"场"就是"集市"的意思。猴场是贵州有名的集市之一。

红军的年晚饭张罗好了，但是红军首长们却不知道上哪里去了，警卫员们都在等他们吃饭，庆贺新年的到来。

年夜时分，个子瘦高、头发很长的首长回到了住处。警卫员为他准备的年晚饭都是他喜欢吃的东西：油炒辣椒、炸豆腐、牛肉和醪糟（甜酒）。按照在中央苏区时的习惯，警卫员还在门口堆了个雪人，准备了一些凳子，以迎接前来拜年的各位首长。长发首长没有进屋吃饭，他长时间地在雪地中徘徊——那个大鼻子德国顾问关于"乌江很可能是另一条湘江"的警告不是没有道理的。

乌江，因发源于云、贵、川三省交界的乌蒙山而得名。它的上游称鸭池河，下游称江界河，中段称为乌江。《水经注》称它为延江水。它自西南向东北贯穿贵州，是贵州省内最大的一条河流。乌江两岸悬崖陡峭，难以攀登，江道曲折，水流湍急，自古就有"乌江天堑"之说。在乌江的主要渡口上，国民党黔军修建了坚固的防御工事，配置了主力部队和强大火力。更为严重的是，向中央红军包抄而来的国民党中央军正在全速向乌江方向推进，其中吴奇伟部的 4 个师和周浑元部的 4 个师已经距离乌江不到 100 公里了。

中央红军必须在国民党军主力部队到达之前渡过乌江，进入遵义。

湘江之战的情景绝不能重演。

1935 年的第一天，雪后初晴。

在距离猴场以南仅几十公里远的黔军指挥部马场坪，王家烈正等待着一个人的到来，这是一个从前他最不愿意见但如今又不得不见的人。黔军各路高级军官已经到齐，丰盛的宴会已经安排妥当，几大坛上等的茅台酒已经开封。等待的时候，王家烈依旧对如何应对目前的局面拿不定主意，其中最大的苦恼就是他自己的部队很快就会在跟红军的作战中耗损严重而无处补充。王家烈正在没着没落的时候，薛岳的车队到了。

与薛岳一起到达马场坪的还有国民党中央军第一纵队司令吴奇伟、第二纵队司令周浑元和第三十师师长万耀煌。王家烈和薛岳相互寒暄后，开始谈话。出乎王家烈预料的是，关于黔军的补充问题，薛岳一口就答应由中央军负责。军事问题谈完后，他们开始谈政治问题。薛岳悄悄对王家烈说："你政治上的敌人是何敬之（何应钦），今后要对他采取远距离的办法，应该走陈辞修（陈诚）的路线。"军事和政治都谈完了，他们才象征性地碰了一下杯，然后中央军和黔军就各自上路了。

就在王家烈和薛岳在马场坪碰杯的时候，在乌江岸边，红一军团二师四团的红军官兵也在碰杯。红军官兵端着的杯子或陶碗里不是白酒，而

红军南渡乌江集结点后山（熊洪潘翻拍）

是开水，开水在冰天雪地里冒着腾腾热气，红军官兵高兴地喊道："同志们！祝贺新年！"

在乌江边山崖上的茂密竹林里，一个营的官兵用了整整3个小时，才扎成了一个宽一丈、长两丈的巨大竹排。毛连长和6名战士将首先强渡乌江，但这个巨大的竹排还没有到达江心，就被湍急的江水冲翻了。竹排在急流中倾斜着扣翻的那一刻，岸上的红军官兵们大声呼唤着7位战友的名字。红军的呼唤声和对岸敌人射来的枪声混合在一起，令杨团长热血偾张。再次强渡乌江的时候，孙营长奉命挑选了一个突击队。突击队离岸的时候，孙营长说："同志们，就是剩下一个人，也要冲过去，无论如何也要冲过去！"不一会儿，竹排消失在黑暗的江面上。经过了焦急的等待之后，红军官兵终于听见了来自对岸的两声枪响，之后又是两枪，这是孙营长突击队已经到达对岸的信号。

1935年1月3日，军委纵队在江界河渡过了乌江。至此，黔军的乌江防线全线崩溃。

王家烈在得知中央红军全面突破乌江防线的同时，也得到了薛岳的国民党中央军主力已经到达贵阳郊区观音山的消息。两个消息奇怪地混合在一起，令王家烈顿时不知所措。他镇静了好一会儿，才决定先不管乌江如何，还是赶快去观音山迎接和慰问中央军为好。王家烈慰问中央军的慰问品是4卡车贵州特产——茅台酒和另一种贵州特产——麻耳草鞋。薛岳的中央军连以上军官每人得到茅台酒2瓶，营以上军官是5瓶，而士兵则是每人1双麻耳草鞋。当天晚上，就要进入贵阳的国民党中央军几乎全部喝醉了。

1935年1月5日，中央红军主力部队大规模渡过乌江后，开始向黔北重镇遵义前进。薛岳的国民党中央军这一天占领了贵阳，并随即任命了一个新的城防司令。沮丧在官邸里的王家烈无论如何也想不明白，贵阳和遵义城防的问题怎么在眨眼之间就变成了这个样子呢？一个被老蒋的国军占领，一个被朱毛红军所占领。王家烈唯一感到欣慰的是，他还是收到了黔西一个县长给他送来的年礼：酒、肉、丝绸、烟土和大洋。有气无力的王家烈还收到一份令他不寒而栗的帖子，里面是四个描金大字："恭祝新年！"

安清和潜江拖船渡红军

周 君

1935 年 12 月下旬，红军从黔东南剑河、施秉逼近余庆乌江的消息传来，让守在乌江北岸回龙渡岩门一带的黔军万式炯部的刘彬如、吴子云两营感到惶恐不安，他们到处强抓民夫，在乌江北岸的老鹰岩、野猪塘、王家岩、构林坳一带山头上挖战壕、筑碉堡，还强行将这一带沿江两岸的大小木船没收并沉入江底。同时还恐吓、威胁群众，不让他们接触红军，给红军办事，以企图阻拦红军过江。

12 月 28 日，红军进驻余庆县城。30 日，中央红军红一师从余庆出发，前往龙溪。红军侦察连李连长随一师部队迅急赶往乌江边，但发现附近的渡口均无舟无筏，红军渡江不成，部队只好暂时屯集在乌江边。随即李连长带着侦察连的战士在余庆境内的袁家渡、梁家渡、马落渡、回龙渡等渡口对敌情进行侦察时，不料被对岸的敌人发现，敌人立即开枪射击阻拦他们靠近渡口，李连长他们与对岸守渡的敌人进行一阵枪战后，又沿江继续寻找渡船。

12 月 31 日下午，红军李连长在岩门附近找到了当地船工安清和家，敲门进屋后，李连长见被吓得战战兢兢站在屋角的安清和，知道是受反动宣传太深，被吓怕了。李连长便微笑着在屋里顺手拉了条木凳坐下，便向安清和宣传起红军为穷人打天下，为穷人翻身求解放的政策。还说红军是专门来贵州打军阀王家烈，替穷苦百姓出气申冤的。在红军李连长的启发和引导下，安清和才渐渐弄明白，原来红军是穷人的队伍，他们并不是像那些保长、甲长们所说的都是些红眉毛、绿眼睛，见人就杀、见东西就抢的"共产共妻"坏人，当即向李连长表示，愿意为红军渡江出主意、想办法。

2022年上春，当我们找到安清和的孙子安天德问及此事时，他微笑着回答说："我父亲安国清在世时，经常给我们摆爷爷安清和那段光荣历史。"当问及他爷爷当时是否喝酒潜江捞船时，安天德幽默地说："早年听我父亲说过，那时我爷爷们连饭都吃不饱，可没时间练冬游，那么冷

余庆回龙渡（周君提供）

本文作者采访安天德（周君提供）

的天，不喝点酒暖暖身子下水潜江，下去还能起得来吗？冻都怕冻死咯，就更别说捞沉船啦！反正 20 世纪七八十年代，我家老汉在世时，对上面来找他了解此事的人都是那么说的。那天傍晚，我爷爷提了瓶烧酒，与几名红军战士一道来到乌江边，潜水过江去，把沉在江对岸岩腔下的三只小木船打捞拖过江来。事后红军为感谢我爷爷，还送给他一匹阴丹布以示酬劳呢。"

那天傍晚，安清和提着一瓶烧酒，带着 7 名红军战士悄悄地来到了乌江边，走到一悬崖下停了下来。安清和扭头示意紧跟身后的几名红军停下休息，然后将手中的烧酒瓶盖拧开，举起瓶子仰起头，便将瓶中的烧酒

"咕噜咕噜"地猛喝了几口，然后将瓶子放下，不管严寒，脱下衣裤，将早已准备好的长绳索系在身上，让岸上的红军战士拉住绳索的另一头，一下跃入滚滚激流的江水中，偷偷向对岸游去。大约 20 分钟后，被敌人拖过江去沉在对岸石崖下江底的三只木船，就被安清和与几名红军战士拖了回来。解决了红军先头部队无船渡江的困难。

后来余庆解放了，安清和仍在回龙场以渡船为生。再后来，20 世纪 50 年代中期安清和逝世后，家人便根据他的遗愿，将其安葬在回龙场渡口上方的山坡上，表达了他仍要为红军守护渡口的意愿。

王大爷过江偷船渡红军

周　君

　　刘副连长与陈排长他们一行 40 余人，是在 1934 年 10 月 16 日清晨到达凤冈平头溪对面的上流水口（现属思南县）乌江岸边的。望着那滔滔江水，刘副连长转身对拄着木棍站在一旁的陈排长说："看来我们得想办法赶快过江才行。"陈排长也接话道："是啊！万一追兵从后面追赶过来，那我们的处境可不妙呀！"陈排长又转身对紧随其后的曾班长说道："老曾，我脚不方便，你就带几个人去附近的寨子里找老乡问一问，看有什么办法能让我们尽快过江去。"曾老班长听完陈排长的话，立即带着几名战士朝坡上的寨子走去。

　　前几天离平头溪不远的大塘坳保长陈武（当地人亦称他大保长），去漆树坪听了史肇周总指挥的训话后，从来没有见过县里来的大官的大保长，激动得忘了规矩，史总指挥的话音都还没有落地，他就当场直呼叫好，并带头使劲鼓起掌来。陪同史肇周一道的陈海阳，扭头一见笑容满面的史肇周，正准备抬手示意叫停的，便皱了皱眉头，也跟着鼓起掌来。连训话的瘾都还没过够的史肇周见状，也只好收住了话头。在陈海阳带头下，一阵高过一阵的热烈掌声中草草地结束了训话。那使劲的一阵掌声鼓下来，把

湄潭天主堂红军标语全貌

大保长的手都拍得通红。下来后他就暗自下决心，一定要按照县里史总指挥刚才说的去做，要尽量争取做出点成绩来，好在陈乡长和大家的面前露露脸。回到大塘坳后，他就派出保丁专门留意着收集江那边的剿匪情况。

驻扎在湄潭县城固守城防、享受清福的黔军第八团三营九连的熊加良连长，昨天下午突然接到让他立即出发带着全连弟兄去凤冈平头溪一带接防的命令。眼看天色已晚，原本是想拖到第二天一早再出发的，可是团部不允许，说是石阡那边战事吃紧，原固守平头溪渡口的二营六连已经接到王主席的命令，过江去协助友军帮助清剿江那边的"共匪"去了，这边防线内的平头溪渡口至昨天开始就无人把守，省府王主席，刚才直接下令给万团长，让他赶快想法派人过去守住渡口，以防止那些失散的"共匪"红军混过江来捣乱地方。其他几个连早已派出去了，万团长手中再也无人了，唯一留下的就只有固守县城的九连。这省府王主席那边又催得那么紧那么急，万一要是在此期间弄出点什么事来，谁能担当得起责任呢？熊加良一听说是省府王主席亲自下的命令，知道这事非同小可，再去给团部求情要求都没人敢答应让他推后到明天走，于是便心里不愉快地收拾起东西集合好队伍，连夜抄近路朝松烟关兴方向往天桥平头溪赶。

老曾带着几个战士来到上游水口坡上的小寨子里一打听，才知道前几天为了防止"共匪"过江，驻守在平头溪的黔军把附近所有的民船都收来沉江了，只留有 1 艘小船在江那边。老曾得到这个消息后，在老乡们的提醒和帮助下，找到了当地的船工王大爷，老曾带着两位战士来到寨东头推开船工王大爷家的房门，对他寒暄问好后向他说明了原委，表示只要能想法让他们过江，他们会重谢的。那王大爷听后对曾班长说："这船都被他们沉到江里去了，没船我即使答应你们了，那拿什么渡你们过去呢？"曾班长一听，便转身进屋拉了根条凳坐在王大爷面前说道："大爷，我听说江那边，在紧靠渡口的小河边还停有一艘小木船，我们这些人绝大多数都不会水，而且有的还受了伤，行走不是十分方便，你看是不是我们想办法派两个会水的人先过去把那船拉过来，然后你再想法把我们渡过江去。"王大爷神情严肃地也不答话，嘴里含着一根用细竹子做的短烟杆，不停地"吧嗒吧嗒"抽吸着叶子烟。曾班长见状知道有戏唱啦，便也默不作声地坐在王大爷的对面耐着性子等着。停了一小会儿，王大爷从嘴里拿出烟杆，平静地开口说道："就冲着那些平时对老百姓不打就骂的黔军们，他们那么恨你们、怕你们，这个忙我帮啦！"一直坐着等候的曾班长终于松了口气，他赶紧接话道："那大爷我马上叫两个会水的过江去把船拖过来。"王大爷听后，立即站起身来，着急而又生气地说道："不要乱扯，你们以为这乌江像你们那里的池塘哟，那江面看起来水流平缓，风平浪静，可就在水面下去不远处，却是漩涡不断，水流湍急，弄不好是要丢性命的哟！不熟悉地形的人，即使再会水，也会被随江涌动的急流冲走，上不了对岸。又何况这是深秋的早上，江水刺骨，你们派人过去太危险啦！不行！不行！走，我与你们一道下江边去看看再说。"他边说边转身伸手拿起桌里放着的一大瓶烧酒，朝门外走去。那正在厨房里的王大娘急忙追出屋来大声喊道："老头子，早上江里水凉，你要小心点哟！快点把他们渡过去了回来吃饭。"王大爷边走边大声回答道："晓得，晓得，真是越老越啰唆！"

刘副连长和陈排长正站在江边低头商量，这万一找不到船工过不了江该怎么办？突然见一战士大声喊道："曾班长他们回来啦！"刘副连长和陈排长抬头一看，只见曾班长和几名战士正与一位老大爷一道从坡上兴冲冲地往江边赶来。刘副连长和陈排长见状，急忙迎了过去。刘副连长紧紧地拉着王大爷的手，感激地大声说道："谢谢你来帮助我们啦，老大爷。"那王大爷摆渡几十年，平时见到喊他摆渡过河的兵爷，不是抢劫就是打骂，哪见过待人这么好、说话又和气的兵爷，便不知所措，语无伦次地回答道："长官，应该的，应该的。"

一到江边，王大爷便恢复了往日那老船工的气质，他边走动望着滔滔下流的江水，边向刘副连长和陈排长他们了解道："你们来这里后一直都在江边站着吗？"陈排长回答说："是的，老大爷。我们到这里有一两个小时了，一直就待在这江岸上。"王大爷自言道："那就怪啦！平时对门那帮龟儿子，见有人在这边站的时间多少长一点都要吆喝，甚至开枪威胁，今天你们来这么久却没有一点动静，难道前天中午那些龟儿子都走光了吗？"刘副连长和陈排长他们边陪王大爷沿江察看地形，边与他交谈。从他口中得知，前几天，对面渡口山顶那寨子里驻了许多兵，他们强抢过江人手中的东西，无故刁难阻碍百姓过江，并且还时不时地朝这边打冷枪，吓得这边的人们都躲着不敢出门。"前天中午，那些兵突然过江来匆匆朝石阡方向奔去，是不是留在这里看家的人少，不敢惹你们哟。"听王大爷这么一说，刘副连长他们便立即警惕起来，赶紧招呼在江岸上休息的战士散开隐蔽。

王大爷沿江察看了一会儿，转身对紧随其后的刘副连长和陈排长说道："一会儿我游过江去弄船，若被对面的人发现了，有人开枪，那你们就另想办法，沿江往上还有渡口，我就顺江往下游逃命。"他边说边转身又沿江岸往上走去，心急的刘副连长听他那么一说，便赶紧接话道："那我们派两个会水的战士一同与你过江保护你。"他毫不客气地回答说："你以为这乌江是你们家门前的池塘哟，不熟悉地形和水情的人下去等于是送死，保护我，到时候怕我又要过江弄船，还要分心照料你们的人，你们就少添乱子吧！"他边说边走到离渡口上面约200米远的地方，站在岸边，将衣服和长裤脱去，然后拿起随身带的烧酒瓶，拧开瓶盖，一抬头往嘴里猛灌两口，弯腰放下酒瓶，一跃身猛地一下扎进江里，待他再从江中露出头来，已是离下水的地方三四十米远啦。

王大爷一下江，陈排长便叫掩蔽在江岸边的曾班长他们立即举枪对准对岸，做好掩护王大爷的准备。眼望随着那滔滔江水顺流直下，不断向对岸靠近的王大爷，爬在江边举枪准备掩护的战士们，把心都悬吊在喉咙来了，生怕对岸突然响起枪声，他们远在江这边，鞭长莫及。

蹲在岸边土坎旁的刘副连长、陈排长他们望着顺水而下越游越向对岸靠近的王大爷，也紧张得连话都不敢说，都用两眼紧紧地盯着水中不停游走的王大爷。那短短的十几分钟，犹如过了十几个小时一般，望着王大爷顺着江水在对岸离码头二三十米远的地方终于爬上岸后，大家的那颗悬吊着的心才终于放了下来。

一直惧怕对岸守敌突然开枪的王大爷，也终于用手拉住了紧靠岸边的一根小树枝，他双手死死地拉着树枝，借着水中的浮力，顺势一跃，将手搭上江岸，然后双手一撑，用力爬上了对岸。直到这时，他那颗悬着的心才平静下来。但他知道，危险并没有因他上岸而过去，他只坐在上岸的地方休息了一下，便站起身来，顺着江岸朝上面的码头走去。他壮着胆子走到紧靠码头的茅坝河边，然后顺着河口朝里望去，只见不远处果然有一只小船正静静地躺在河床的水面上。他向四周张望了一下，仍然是静静的，没有一个人影，他感到今天有些万幸，而又有些出奇，他索性壮着胆子又下到小河里朝着那小木船游去。

刘副连长他们见王大爷上岸后又回到码头，不一会儿，他们见王大爷顺着那小河口将那条小木船划了出来，这才松了口气，同时又立即紧张起来。那些负责端枪掩护的战士们随时警惕地把枪口对准了对岸，随时准备掩护江里划船的王大爷。

一出茅坝河口，王大爷就使劲地划着桨往对岸冲，他知道只要将船划到对岸就大功告成了。退一万步说，即使这边的人发现了开枪，也可叫自己的人抬着这小船去上游或下游，另找地方渡他们过去。他躬着身，不顾一切地拼命往前划去，王大爷将小船划过江心，身后仍然没有一点动静，真是庆幸啊！王大爷这样想："今天真是遇到贵人了，连老天都要帮助呀！"很快，船已驶向岸边。

被大保长派来江边观看动静的陈小狗，见接连几天都没有任何动静，昨天中午又见驻守平头溪的黔军突然全都撤到江对岸去了，便知道再也不用担心有谁会去向陈保长说他不坚守岗位的事了。所以，昨天晚上他悄悄地跑回家与他老表喝了一晚上的酒，直到凌晨2点，才打着点燃的葵花秆，一摇一晃地回到平头溪码头的那间小平房里。他开门进屋，醉得连衣服都忘了脱，斜躺在床上便呼呼大睡起来。到底睡了多长时间，他自己也不清楚。意识中，下身已经被尿胀得实在是憋不住了，才很不情愿地睁开眼睛。出门站在房前的石坎上，解开裤子，低着头对着下面就开始撒尿。那股胀得他心烦意乱的尿水一撒出来，就舒坦多了。接着他长长地出了口气，抬起头来朝坡下江边的码头望去，顿时就把他吓着了！只见有七八个穿灰色军服的人刚下小木船，挎着枪，正沿着石阶静悄悄地快步向上奔来。他生怕看花了眼，赶紧用手揉了揉那还没有完全睡醒的双眼，再定神往下一看，确确实实是几个穿灰色军服的人正敏捷地向上奔跑而来。天啦！这身手、这脚劲，不是传说中的"共匪"还会是谁？他吓得提上裤子，转身连房门都没进，就顺着平头溪去天生桥的石板大路，拼命地朝着大塘坳方向跑去。

王大爷划着的小船刚一靠岸，曾班长便将他脱下的衣裤和大半瓶烧酒递了过去，那王大爷也不客气，接过酒瓶拧开瓶盖，往嘴里一送，又喝了一大口，然后才赶紧穿上衣裤。刘副连长已经安排曾班长带着几名战士挎枪坐上了小木船。那王大爷穿好衣裤，顾不上休息，立刻掉转船头载着曾班长他们朝对岸划去。

小船刚一靠岸，曾班长就带着过河的 7 名战士顺着对岸的码头驻扎地奔去，十几分钟后，他们终于爬上了坡顶码头驻地。曾班长他们立即分头对房间进行搜查，端着枪的曾班长与另一名战士走到一个房门前，他用眼神示意紧随其后的战士往旁边靠一靠，他用力一脚朝那门蹬去，不料那木板年久已腐，顿时就陷进去了个大窟窿，那窟窿周边的木尖反倒把他的小腿划出了血。他顾不了那么多，又回脚朝门框蹬去。他与那名战士，顺着那被蹬倒的门端枪冲了进去，结果屋内什么都没有，空无一人。他扫视了一眼，转身对身旁的战士说："走，去其他的房里看看。"说完转身便朝室外走去。刚出门，一同上来的几个战士都过来向他报告说："几间房都搜过了，全是空的，没有人。"曾班长听后这才松了口气，并立即吩咐道："小心为妥，马上在周围制高点派出警戒哨，发现异常随时处置。刘副连长、陈排长他们可能已经过来了，我立即将这里的情况告诉他们。"

陈排长是最后一批过江的，他一下船就紧紧握着王大爷的手，连声道谢！并从身上掏出3块银圆作为渡船酬劳递给了王大爷，王大爷急忙伸手推谢道："就冲你们对我们穷苦人说话好听，不打骂我们，把我们当人看，这钱我不能收。"陈排长一听急了，接过话头大声说道："老乡，我们部队有纪律，让老百姓办事，必须得付报酬。否则，我们这是违反纪律，是要受处分的。"王大爷一听便生气地说道："你们这长官也管得太宽了点吧，连这些小事都要定规矩，真是！"陈排长见状，便又细声解释道："老大爷，不是我们长官管得宽，我们是中国工农红军，是穷人自己的队伍，是为穷人做事打天下的，既然是穷人自己的队伍，那部队制定维护老百姓利益的规矩，不伤害侵占老百姓财产的规定，我们就得执行！更何况老大爷您都那么大的年纪了，还冒着生命危险，大清早的跳进冰冷刺骨的江水里，帮助我们找船摆渡，您若不收报酬，我们违反部队纪律不说，大家心里都于心不忍，过不去呀！大爷。"王大爷一听这话，知道他们要急着赶路，再推诿，他们仍要继续劝说，便伸手接过陈排长手中的3块银圆，大声说道："好，我收下，我收下！长官你们都是好人啦！老天会保佑你们的。"然后王大爷告诉陈排长："你们一会儿顺着山大路一直往前走，2个多小时后可能就赶到天生桥了，到了那里，你们再向街上的人打听去黔东铜仁的路。长官好人们，你们一路上可千万要小心呀。"说完便站在船上依依不舍地挥手告别……

（节选自《1934——红六军团进凤冈》第五章"受阻梨树坳"）

智斗黑脚岩

钟金万

播州区（原遵义县）原国民党平安乡乡长牟直卿，为了保护红军伤病员，在黑脚岩智斗仁怀县长岗区保警大队长皮树恒的故事，一直被播州区、仁怀市人民群众传为美谈。

黑脚岩距播州区平正乡（原平安乡）政府所在地 3.5 公里，距天保山圆通寺 4.5 公里，距幽深奇幻的天奇洞 4 公里。乘坐平正至李村的客车到刚家沟下车，走下去就是黑脚岩。黑脚岩大洞就在山腰，分水洞、风洞和干洞，三洞完全互通，洞口生态极为奇特，又称"母符洞"。

黑脚岩大洞的水流出洞即为瀑布，成为"骚人墨客来此处，感慨万千不思还"的一幅妙境。

1935 年 4 月初，枫香区平安乡乡长牟直卿曾在黑脚岩洞中保护过 23 名红军，让他们免遭国民党地方武装的毒手。因此，群众又将"黑脚岩大洞"称为"红军洞"。

如今，干洞洞口立有平安乡乡长牟直卿救治红军伤病员的石碑——黑脚岩牟直卿救红军遗址碑（1998 年立），岩联为："濮水清流远，正气日月长。"

牟直卿，字世举，1894 年出生于白果槽堰塝。早年就读于遵义府中

黑脚岩雪景（牟君提供）

学堂（即遵义三中），毕业后留守家中开设药铺治病救人。牟直卿对《易经》情有独钟，闲时认真研读"四书五经"、《八卦》等内容，深得地理学大师谭跃山老先生点化，青乌之术（阴阳地理风水学说）颇具造诣。1926年，经其义父牟琳引见，认识了教育家黄齐生先生。黄齐生推崇孙中山倡导的民族平等，宣传新风尚，关心和平与解放事业，反对战争等新思想。他向牟直卿介绍其外甥王若飞以及共产党的主张，对牟直卿深有影响。1932年黄齐生给牟直卿来信："人有所谓，才有所为，今国难如斯，四海凋零，万万同胞，在水深火热之中，家恨国耻，匹夫应皆有责，若我华夏儿女万众一心，少年中国不远矣！……君才优仁厚，宜放眼苍穹，岂甘心困睡乎……！"牟直卿深悟黄齐生的良苦用心，于1933年初回老家接任平安乡乡长。

　　牟直卿乡长向平安乡的地主富农智授机密，要他们将粮食运到黑脚岩大洞去储藏，还在洞内架起了粮食加工机器、抵抗土匪的防御工事。

为了掩护主力红军南渡乌江，红九军团驻平家寨的部队分兵诱敌，一部分向长岗进发，一部分至枫香区倒流水。向长岗进发的刘云一连官兵，又奉命向鲁班场阻击敌人。经过一天一晚的急行军，来到鲁班场附近的山沟时已是凌晨时分。突然机枪、步枪声骤起，响彻山谷，还未站稳脚的红军先遣连官兵就这样牺牲在那人地两生的山沟中。刘营长见状立即命令撤退，寻找撤退的路标。路标是以树枝的指向为准，树枝已被折断破坏，只好估计着前进。

红军走到新十字路口时，又按有路标的路线继续前进，以便寻找主力部队。还未彻底搞清楚主力部队的去向，又遇到长岗区保警大队长皮树恒所带的人马。红军见保警队人多势众，就边打边走。皮树恒带领他的几十个人却穷追不舍。

两天两夜后，红军来到倒流水。他们有的受了重伤，有的腿脚跑肿了，就决定走山路较为安全，因为山高林密容易隐蔽。当他们沿九龙山跑至龙王坝范家垭口时，已是筋疲力尽、饥寒交迫，乃至弹尽粮绝了，再加之敌人围追堵截，情况更加危急。

就在这危急的紧要关头，平安乡乡长牟直卿正好有事在黑神庙的私塾里，当他听说有人在追杀红军，就对在私塾里玩耍的雷以方说："只有黑脚岩洞中才能藏得住红军，你快去做好事。跟红军说，你是穷苦人家的人，是诚心来帮助红军的。你先跑步去，我随后就赶到。"雷以方见到红军，与他们交谈了牟乡长的意思，就把红军带进了黑脚岩洞内，并关好了洞门。

牟乡长来到洞口，向红军喊话："我是来救你们的，你们不要怕，谁敢伤害你们，我就跟他拼了。"红军回答说："我们没有其他想法，只要能够保住生命就行。"牟直卿进入洞后，与红军一起商量自卫办法，而且还做了最坏的打算。当天夜里，牟回了一趟家，还安排人背来 5 支步枪。

第二天下午，皮树恒一伙匪徒不知嗅到了什么味道，也追到了洞前。他们围住洞口攻打了三天，还砍树割草熏洞，都未能得逞。

当地有不少群众前来察看动静，他们看到、听到的情况是皮树恒一口咬定牟直卿私藏红军，要他交出人来。牟直卿愤怒地说："这是平安乡，不是长岗区。红军来到这里，要留要杀，我自己做主，用不着你来教训。如果你硬要杀，就先把我牟直卿杀了，我愿用我的人头来换这些红军的生命。"话已经说到了尽头，皮树恒怎敢砍牟乡长的人头呢？他只好对牟乡长说："我追了几天，才追到这条大鱼。你一人想吃独食不行，应该给我一些枪支。"牟说："要人不行，要枪可以给三支，你走人。否则，我不客气了。"要红军缴枪给皮树恒，那是肯定不行的。于是，牟将家里带来搁在洞中的三支破枪给了皮。

皮树恒走后，没有几天，他又来索要枪支，牟又给了皮两支破枪。红军住进黑脚岩洞后，牟直卿也住进了洞中。一是为了让红军放心，二是为了应付突发事件。他按时给红军吃饭，又请当地土医生给红军治病疗伤，运来稻草为他们铺床，用干柴生火让他们取暖，他将武器、弹药交给红军，说："如再有人来找麻烦，你们就开枪打死他，后果我来负。"

红军在洞中住了十多天后，牟直卿乡长就把剩下的红军转移到平安乡堰湾老家居住，让他们集中食宿，全住在楼上。为了方便联系和应付突如其来的事情，牟乡长说："晚上如有人找他，要他把人交出来，在他无法应付的情况下，红军可以采取果断措施。"

红军在牟乡长家安全住下后，白天帮助他家割草、喂牛、喂马、推磨、办粮，农忙时帮助收割庄稼，做一些力所能及的农活；晚上就守碉堡、护墙院，以防坏人偷袭。平时休息，红军还教牟乡长和他的大儿子练习枪法。乡里有事，红军也穿着便衣主动去送通知，还帮助百姓调解各种矛盾纠纷。

过了一年多，红军官兵认为，长期住在牟乡长家也不是出路，加上多数伤病员都痊愈了，于是他们强烈要求归队到延安去，牟乡长再三挽留不住，就资助他们几块银圆，让他们归队。这样，刘云连长就率领7个红军离开了堰湾牟家。其他伤病严重的红军就留了下来，留下来的红军有张家才、唐治辉、谭光荣、贾飞云、宋世珠、许瀛洲等。后来，牟乡长把他们安置在平家寨、苟坝等地极为可靠的人家，确保他们有饭吃、有衣穿、有房住，让他们把遵义当成自己的第二故乡。

刘云连长率领7名红军离开堰湾前夕，牟乡长给他们饯行。为了筹备这餐晚宴，他专门杀了一口肥猪，推了一锅豆腐，买了十几瓶茅台白酒。吃饭时，他摆了4桌，席上的人有红军、保救过红军的家丁、长年、地邻和亲友。酒菜上齐后，牟乡长举起酒杯说："第一杯酒，我要敬为了

牟直卿堰垮老宅（牟君提供）

劳苦大众，不怕流血牺牲的红军官兵。干杯！"在座的红军官兵顿时热泪盈眶，立即起立，仰脖一饮而尽。接着，他又举起第二杯酒说道："第二杯酒，我要敬听从指挥，一心一意保护、救治红军官兵的家丁、长年、地邻、亲友，感谢你们对我和红军的帮助支持。干杯！"第二杯酒喝干后，他又举起第三杯酒说道："第三杯酒，祝各位官兵早日归队，祝各位重伤员早日康复，祝中国革命早日成功！"三杯后，牟直卿说："这是遵义最好的白酒，平时难得喝到，今天大家一醉方休哈！"

接下来，牟乡长给在座的人一一敬酒。敬毕，是在座的自由喝酒场合与时间，红军跟牟直卿及其家丁、长年、地邻、亲友互相提议，互相碰杯，互相喝了起来。所有人都把内心的千言万语溶解在一杯一杯的白酒中。好酒兴的几个，不是用力拍着对方的肩膀，就是把酒杯碰得山响，说着同样铿锵有力的话："为了革命！""为了解放！""为了翻身，做主人！"

军民一家亲，喝酒自醉人。就着猪肉、豆腐等佳肴，喝着茅台白酒，彼此都有说不完的心里话。这席酒，直喝得军民热血沸腾，热泪盈眶。此时此刻，就是叫他们赴汤蹈火，也会一往无前，直至走向最后胜利。

与此同时，牟直卿乡长保护流落红军伤病员、对抗长岗区保警大队的事情，很快传到了国民党遵义县政府，再加上枫香坟井坝保长敖克成不断状告牟直卿"反党通共"，牟乡长在县政府里的故交私下给他通信叫他赶快做好各种准备。同时，县里给当时泝水区公所的付道生下达了"收押牟反党通共杀头"的公函。付道生接到公函后一直压着，没有声张，他赶紧派人去通知牟直卿。牟直卿接到通知后，赶紧安排牟鼎山、牟世安等人到黑脚岩洞口清理现场，确保万无一失。他自己又连夜赶到遵义找义父牟琳营救红军、保护自己。通过关系上下打点，最后他用200块大洋和一只羊崽作为酬谢，事情才得以缓解。为此事，牟直卿于1941年辞去乡长职务，平安乡被撤销，并入了干溪乡。

1951 年，全县开展清匪反霸斗争和划分阶级成分时，凡属国民党官员，包括乡长、里长、田长和有田土的大户及土匪恶霸统统被镇压或收押审查，牟直卿也是被清查的对象之一。当年，干溪乡召开公审大会，20多人被枪毙处决，牟直卿幸免一死，只是陪了杀场。

遵义县人民政府之所以没有枪毙牟直卿，原因有二：一是当年的刘云连长专门给当时的枫香区区长高明政写信，并盖有大印，叫他不要杀牟直卿，说他救过 23 位红军的命，是恩人；二是留下来定居在当地的红军许瀛洲、谭光荣、张家才等连夜赶到干溪乡，联名保牟直卿的命，报答他对红军的救命之恩。这样，牟直卿才被救了下来，一直活到 1975 年去世，享年 81 岁。

璀璨的火焰

钟金万

　　这个故事发生在贵州省东北部石阡县城西南 20 公里处的一个南北走向的小镇，小镇被险峻的山岭环抱着。这个小镇叫甘溪。

　　1934 年 10 月 7 日，天快黑下来的时候，甘溪之战结束了。

　　傍晚时分，接近下午 5 点的时候，红军营长周仁杰接到了撤退命令。他把重伤员集中放在了镇东南尖峰山鞍部的草丛中，然后便在当地青年农民陈正财的带领下匆匆撤离了战场。39 年后的一天，已经 61 岁的周仁杰再次来到位于贵州东北部的这片草丛中，茂密的野草迎风而立，令山岭间萦绕着无边无际的低吟。身边的乡亲对周仁杰说："当年留在这里的红军伤员大部分被搜山的敌人发现后就地杀害，少数还能动的自己爬到悬崖边滚了下去。"

　　遭到国民党军凶猛追杀的红六军团，经过整整两个月异常顽强的突围之后，除了流尽鲜血永远倒下去的官兵外，其余的红军相互间失去了联系，他们分散隐蔽在中国西南部山高谷深的茫茫密林之中。

　　第二天，贵州军阀首领王家烈派出黔军的一个团长，挑着茅台酒和猪肉来到甘溪镇慰问刚刚打扫完战场的国民党桂军。双方聚集在镇中一个地主家的院子里吃饭、喝酒，用各自的乡音开了一些猥亵的军中玩笑，然后相继离开了甘溪镇。

又过了几天，国民党黔军镇远行营的参谋长黄烈侯给被打散的红军官兵可能流动的各县发出了命令，要求各地立即集中民团武装，左臂上戴好易识别的标记，在各个要点进行严格搜捕；侦探更是要不分昼夜活动，随时把情报报告给政府军。命令还要求各地尽快筹集粮食、草鞋、盐巴和大洋，以满足政府军的作战需要。同时还特别规定，无论政府军的长官到达哪里，县长和区长都要立即出面欢迎。命令最后警告县长和区长们小心自己的脑袋："以上各条，县长、区长必须立即遵办。倘有迟延违误，查实即以军法枪决。须知本职令出法随，切勿以身试尝为要。"

又过了些天，贵州各地报纸角落都出现了一块篇幅不大的新闻，题目是《流窜数月之萧匪近日覆灭于黔东》。除此之外，在贵州东北部那个偏僻的山区小镇周围发生的一场惨烈的战斗，并没有给1934年的中国留下什么极为特别的痕迹。

原来，那年9月，红六军团辗转于广西与贵州交界的荒山中。此时，在甘溪镇战斗中幸存下来的红六军团的红军官兵正徘徊在中国西南部的深山密林中。山中所有可以果腹的林木野草他们都尝过，每一处有可能突围的方向他们都试过。他们没有向导、没有食物、没有药品、没有弹药，许多红军战士在那个寒冷的冬天因为没有鞋而赤着脚。他们以日月星辰辨别方向，以冰冷的山泉缓解饥饿，在灌木与乱石之间开辟道路，在枯萎的草丛中躲避藏匿。一位姓任的主任患上了疟疾，高烧不退，已经无法翻山越岭，4个战士用担架轮流抬着他。但是，抬担架的战士很快就因为负伤、疾病和死亡只剩下一个了。这个年轻的红军士兵把任主任背在了自己的背上，任主任的妻子在后面托着他的脚。从井冈山根据地出发的时候，这对革命夫妻刚刚有了一个孩子，可部队要上路了，他们只得把孩子送给当地老乡，从那时起他们再也没有得到过这个孩子的任何消息。在一个狭窄的山崖口，队伍通过得极其缓慢，尾随的敌人已经近在眼前。身体极度虚弱的任主任站在崖口处指挥部队，而在他的身边，年仅 20 岁的警卫连余连长提着枪，用强迫的口气让任主任立即随先头部队撤离。任主任发火了："一个人重要还是整个部队重要？"他索性坐了下来，一直坐到最后一名红军通过崖口。

湖南、广西和贵州的军阀决心将这些散落在深山中的红军斩尽杀绝。10 月 17 日，就是这支部队遭遇重兵袭击后的第十天，他们发现自己居然又离那个噩梦之地——甘溪镇不远了。第二天大雾，红军官兵再次进入甘溪镇。他们知道国民党军绝不相信他们有勇气再次走入这个小镇，而对手的不备就是他们生存的希望。利用浓雾的掩护，红军官兵悄悄地穿过甘溪镇向东疾行。当得知前面那个叫马厂坪的地方没有敌人阻击，是包围圈上一个罕见的缺口时，他们立即占领了有利地形，然后在一位猎户的带领下进入了人迹罕至的大峡谷。第二天天明时分，穿过峡谷的这部分红军再次把包围他们的敌人甩在了身后。

转战在湖南西部的红七军部队陆续迎来了从绝境中走来的红六军幸存官兵。他们把所有的白酒、食物和衣服都拿出来送给了这些骨瘦如柴的兄弟。两支部队的红军相拥而泣，之后共同举行了联欢晚会：白酒、猪肉、米饭，还有歌声、理想、信念，让他们享受着无比的快乐，就像那熊熊燃烧的篝火，向着夜空腾起璀璨的火焰。

官渡河阻击战

黄光荣

红五军团军团长董振堂在乌江渡口传达遵义会议精神之后，率部队离开乌江渡口，经过遵义、桐梓，于 2 月间到达赤水附近。当时，中央红军原打算北渡长江，到四川与红四方面军会合，由于敌人在长江两岸集结重兵，阻我北上，毛主席英明果断地决定放弃渡江的计划，挥师向东，在太平渡、二郎滩再渡赤水河，重新向敌人防守力量空虚的贵州进军。为了配合主力部队行动，三十七团奉命南下，走了两天，赶到官渡河以南四五十里处待命。

一天下午，军团政治部宣传部部长张际春带着军团首长的命令来到三十七团。他一到达，便要我们迅速占领有利地形，准备阻击从北面来的敌人。他还带来一部电台，供我们直接同军团、军委联系。

傍晚，在全团排以上干部会上，张际春同志做了战斗动员。他说："同志们！这是遵义会议之后，毛主席和中央军委第一次交给我们的战斗任务。我们要以运动防御的方法，阻击敌人，把他们引向东北的良村、温水一带。只要拖住敌人 5 天，就能保证主力部队迅速南下，重占桐梓、遵义，歼灭敌人的有生力量。我们相信，三十七团全体指战员一定会充分发挥自己的战斗特长，打好这遵义会议后的第一仗！"

他的话简短有力，同志们听了十分振奋。

会后，部队连夜进入阵地，构筑工事。团侦察排在排长王志雄带领下，出发到官渡河方向进行侦察。留下各营营长、教导员，研究战斗部署。晚上 10 点多钟，接替团长王彦秉工作到三十七团不长的李屏仁团长提议到阵地上去看看，团政委谢良和孟焕章参谋长都非常赞同，说着就离开了团部。回到驻地已是半夜，李屏仁从墙上拿下装满酒的军用水壶，笑着说："我这个毛病哪天才能改呀！"

谢良递给他一只杯子，笑道："喝点就喝点吧，预祝明天的胜利！"

次日拂晓，天空闪烁着稀疏的星星，山林逐渐显露出清晰的轮廓。侦察排在前边和敌人打响了。他们且战且退，一个营的敌人紧紧尾随而来。

"好！敌人上钩啦！"团长李屏仁站在指挥所里，用望远镜望着，大声地说。

天已大亮，前面的一切都看得清清楚楚。只见侦察排的同志顺着田间小路，迅速撤过了河，回到自己的阵地上。接着，敌人分成两路，跑步赶来了。敌人接近河坝时，军官一吹哨子，那些士兵就像一群被赶着的鸭子似的往前拥，少数敌人已冲到河坝这头。李屏仁同志拿起电话话筒，喊了一声"打"，正面和侧面的枪声突然爆发，手榴弹在敌群中炸起团团白烟。敌人遭到迎头痛击，死的死，伤的伤，其余的掉头就逃。这时，我前沿阵地的指挥员大声喊道："同志们！冲啊……"战士们一跃而起，端着枪向敌人冲去，到处是一片震天动地的喊杀声。

当敌人的先头连大部分被消灭在河坝上时，李屏仁在指挥所里再也待不住了，他一边朝外走，一边说："好，这条鱼钓得好！老谢，上前面看看去。"

来到一连的前沿阵地。阵地上，弥漫着浓烈的硝烟，战士们正在擦拭武器，热烈地谈论着刚才的战斗。团长李屏仁说："对，打仗要有勇有谋，要压倒敌人，又要机智灵活，这样才能战胜敌人。"说完，又嘱咐连长，要大家抓紧时间修整工事，准备迎接更大的战斗。

中午，敌人大批后续部队上来了。没过多久，接连组织了两次进攻，但除了在河坝上增加不少尸体外，什么也没有捞到。后来，他们便和三十七团隔河对峙，互相射击。

打到黄昏，我们还不清楚对面的敌人是什么部队，到底有多少人？团长李屏仁便对侦察排长王志雄说："你们去捉个'舌头'来。"不到个把小时，侦察排就把"舌头"送来了。一问，才知道敌人是四川军阀刘湘的教导师，一共3个旅，9个团。大家听了非常高兴，都说："好啊！我们把牛鼻子牵住了。"

敌人白天被我们打得晕头转向，夜晚便分兵两路，点起火把爬山，企图从两翼迂回包围我们。我们站在阵地上，见敌人的火把好像几条火蛇，

官渡河桥（黄光荣提供）

在山林间曲折蠕动，前进的方向非常明显。李屏仁又爽朗地笑了，说："哈哈，打仗不行，演戏倒挺卖力气，赏银二百五啊！"说完，就指挥部队撤出阵地，向第二战线转移了。

敌人爬了一夜山路，以为这下可把主力红军包围住了，但天明合围时，却不见红军的影子，扑了一个空，只得又赶忙向东北方向追来。而我们已在20里外的第二线，构筑好野战工事，吃饱了，睡足了，正耐着性子等候他们呢。

第三天，仍然如此，敌人又跟进20里。

就这样，在这几十里的山地里，我们按照毛主席的战略部署，和刘湘教导师边走边打，牵着敌人的鼻子往东北方向拉。这时，张际春和张南生

桐梓凉风垭七十二弯

带着三十七团的先行连队，沿着山路正向良村一带开进；而红军主力部队已取道九里十三弯，昼夜兼程，向桐梓、遵义方向前进了。

三十七团终于把刘湘教导师这头野牛牵到了温水。可也就在这时，敌人突然发现 5 天来同他们周旋的并不是什么红军主力，仅仅是一个团的部队。这条野牛被激怒了，向三十七团阵地发起了一阵猛烈的攻击，而战士们打得更加顽强，使敌人遭到迎头痛击。敌人只得在当天下午悄悄地撤出阵地，又从原路返回，追赶我红军主力去了。

红军主力这时在哪里呢？在毛主席的英明指挥下，一、三军团早已南下桐梓，一路穷追猛打，在娄山关和遵义歼灭了敌人两个多师，取得长征以来的第一个重大胜利。捷报传来，三十七团的阵地上一片欢腾。大家高兴地说："毛主席指挥真英明，原来我们在这里'牵牛'，兄弟部队在那里'宰猪'呢！"

（作者系桐梓县政协原副主席，文史专家）

归 队

黄光荣

一天一夜，在风雨交加的山路上行走 140 里，拂晓前，三十七团终于抢在敌人前面，赶到川黔古道路石牛栏。上午，红军战士们正在石牛栏休息，北边突然响起了枪声。原来是敌人的一支队伍从松坎顺着川黔公路南下，走到凉风垭盘山公路时，遭到北面警戒部队的抗击。那里公路缠住高山，曲折蜿蜒，拐来拐去，地形非常险峻，加上雨云弥漫，烟雾笼罩，在几十步外就什么都看不清楚。敌人挨了揍以后，简直成了瞎子，摸不着头脑，再也不敢冒进了。我们的警戒部队虽然兵力很少，但凭着有利地形，同敌人捉迷藏似的这里敲敲，那里打打，打得敌人晕头转向，十分狼狈。就在那个地段，警戒部队同敌人整整磨了五六个小时，而三十七团的大部队早已南下。

下午两三点钟，三十七团正沿着公路往桐梓方向前进，团长李屏仁突然接到情报说，前面桐梓被从近路插过去的敌人占领，南下的路已被截断。怎么办？红军便停下来向当地群众请教。不一会儿，终于打听到有一条小路可通娄山关以南的板桥，只有 60 里路。敌人虽已占领桐梓，但夜晚他们是不敢前进的，连夜赶到板桥，一定可以摆脱敌人，胜利归队。

于是，三十七团的官兵又踏上泥泞的山路，开始了急行军。天渐渐黑了，又下起毛毛雨，为了加快行军速度，红军干脆打起火把走路。可是走不多久，雨越下越大，火把被雨水淋灭，大家只得再摸着黑走。下半夜，雨总算住了，山路仍然很滑。

走了20多里，来到一条小河边，已是下半夜。许多人一边走路，一边打起瞌睡来。于是，我们停下来，休息了一会儿。但不少人的腿肿了，张南生同志正好背了一水壶酒，就用酒在口盅点燃给这些同志擦腿，不一会儿，一壶酒就擦得一滴不剩了。擦完酒又上路了，没人掉队。

在一个大坪子上，部队停下休息。云消雾放，一轮红日从东方徐徐升起，染红了远近的山野、树林，也染红了战士们一张张的笑脸。各连的文娱骨干在指挥着拉歌子、唱歌，部队的情绪十分活跃。

桐梓县大河镇石牛栏（黄光荣提供）

大家正在闹嚷嚷的时候，不知谁叫了一声："军团长来啦！三十九团长来啦！"

大家抬头看，只见南边公路上雄赳赳、气昂昂地开来支队伍，身材魁伟的董振堂军团长和三十九团的董团长，走在队伍的最前面。李屏仁马上通知全团集合，迎接军团首长和兄弟部队。

军团长走近了，军团政治部宣传部部长张际春、团长李屏仁、政委谢良一齐迎上前去。团长李屏仁向军团长敬了个礼，报告说："三十七团完成任务，全部回来了。"

"好啊，你们回来啦！部队的伤亡大不大？"军团长关切地问道。

"几天来有 1 名排长牺牲，1 名战士负伤，5 名新战士掉队，却补充了 30 多名新战士。"李屏仁回答说。

军团长听了之后非常高兴，走到大坪子上，脱下军帽，擦去额上的汗水，双手叉着腰，看着面前整齐威武的队伍，满意地笑了。过了一会儿，他手一扬，大声地说："同志们！大家辛苦啦！这次你们打得很好，任务完成得很漂亮。在你们牵制敌人的时候，主力部队重占了娄山关和遵义，消灭敌人两个师又 8 个团，把残余敌人赶过了乌江，这是一个了不起的胜利！这充分证明，在党和毛主席的英明领导下，发挥我们红军的特长，就能处处主动，就能打胜仗。让我们紧跟毛主席，继续前进吧！"说完，军团长在全团一片热烈的掌声中，向大家交代了继续南进的任务，就带着三十九团往娄山关方向去了。

四渡赤水的故事

钟金万

当时我是红一军团的政治委员，现将自己所知道的中央红军四渡赤水的情况告诉大家。

遵义会议过程中，红一军团按照军委的指示，派我军前锋红二师四团占领桐梓、松坎，以后全军团就集结在这一地区。

遵义会议以后，中央确定向四川进军。当时选定的渡江地点是在重庆上游宜宾到泸州一线。1月18日著名的遵义会议刚刚开完，我们就离开遵义。一军团由集结地桐梓、松坎向西前进，红三军团经仁怀向北，红五、红九军团和中央纵队随后跟进，共同向赤水城进发。

开始时一路上还比较顺利。红一军团首先攻占习水、土城等地，于1月25日到达赤水城郊，准备攻城。但那时敌人闻讯我军将要北上，早已在川、黔、滇三省边界大修碉堡，集中兵力到川黔边境布防，封锁了长江。赤水城本来就比较坚固，这时川敌又派了大量的部队来增援，红一军团到了赤水城外的复兴场、旺隆场等地与敌人的一个师又两个旅展开了对峙，双方相持不下。

中央纵队与红三、红五军团于1月26日到达土城。第二天川军的先头部队，装备精良的"模范师"郭勋祺部和潘佐的3个团，共6个团赶到了土城。1月27日，军委主席朱总司令命令红三军团、红五军团及干部团全部"于明日拂晓包围迂回该敌而歼灭之"。1月28日，红军和敌人在土城东北的丰村坝、青岗坡一带打了一场恶仗。由于对敌估计不足、川敌大量增兵等原因，这一仗我军没有打好，部队受挫。

这场恶仗一开始打得还是不错的。红三军团、红五军团和干部团先投入战斗。川敌"模范师"被我击溃一部。干部团攻击很猛，硬是攻到了郭勋祺师部附近，敌人已经感到弹药匮乏了。突然，川敌的3个旅增援上来了。由于得到了子弹、手榴弹的补充，川敌才把我干部团压了下去，反而转守为攻。红一军团二师被指定为预备队，是后来才参加这一战斗的。到红一军团上去时，敌人已占领了有利地形。红二师的部队陷在一个葫芦谷形的隘口中，来回冲杀，部队无法展开，伤亡较大。红五团政委赵云龙同志光荣牺牲，部队处境十分危险。我军与郭勋祺师激战了一整天，虽然给予了敌军以重大杀伤，但未能消灭敌人有生力量，我军却损失不小。战斗态势于我军很不利，于是军委下令退出战斗，决定西渡赤水（即一渡赤水）向古蔺开进。

土城战斗以后，我的脚伤基本好了，就不再坐担架，又回到了红一军团。

我军一渡赤水以后，原拟经古蔺、叙永、兴文向长宁集中，然后在宜宾附近渡江，但我军非常疲劳，又在山间小道上行军，速度很慢，敌人则依靠有利的交通条件，先后调集了10个旅赶到宜宾南部长宁一线集中，于是我军又改道到威信（云南扎西）、镇雄一带滇黔边休整。

2月中旬，我军发现川敌10多个旅正由北向南压来，云南敌人3个旅也正向镇雄、扎西疾进。于是军委决定我军掉头向东，二渡赤水，去打击在遵义、贵阳一带的王家烈部队和薛岳、周浑元纵队。2 月 19 日、20 日，我军在太平渡到二郎滩之间渡过了赤水河。

部队在赤水河来回穿插，避实击虚，灵活地调动了敌人。为了增加部队的机动，甚至把一些累赘的火炮和辎重都沉到赤水河里去了。红军主力第二次渡过赤水时，发现黔军有 6 个团布置在娄山关一线。黔军凭险据守，企图掩护遵义城等待薛岳的部

红军一渡赤水主要渡口——土城渡口（1979 年熊洪潘摄）

队北援。我军决定先打击消灭黔军。经过激烈交战，红一军团的部队于 2 月 24 日再次占领桐梓城，守敌退向娄山关。2 月 26 日，红三军团的部队二次占领娄山关。

敌人溃败以后纷纷夺路南逃。红一、三军团并肩向遵义方向展开追歼战。我红一军团在黑神庙获得重要情报，得知遵义城只有敌军约一个营的兵力，其他是娄山关溃退下去的部队；敌师长命令他们在遵义城外各地整顿，不准入城。于是红一军团命令一师和二师："如红三军团的部队在你们前面追击时，你们则随其后跟追；如红三军团停止未追时，你们应超过他们迅速追击。" 2 月 27 日，红一、三军团再取遵义城。这次红三军团比

红一军团先占遵义城。为了配合红三军团作战，我骑马先赶到了遵义城红三军团指挥部，还没有坐下来，就听说红三军团前卫部队在向遵义以南追击溃敌时碰到薛岳纵队吴奇伟率领的两个师增援上来了，并且已经在遵义城南丘陵地带接上了火，战斗很激烈，红三军团彭司令员真可以说是马不停蹄，立即又向前线出发。我也赶紧通知红一军团部队进入遵义城后不要停留，立即向城南去配合红三军团作战。

经过我红一军团和红三军团等友邻部队的奋勇战斗，在遵义以南先后打垮了由贵阳北上增援遵义城的中央军——吴奇伟率领的五十九师（师长韩汉英）和九十三师（师长唐云山），并乘胜猛追，在懒板凳、刀靶水等地打了几个极为漂亮的追歼战。

在懒板凳附近，我召集部分干部开会，命令部队继续追歼敌人。我说："现在我们的部队没有吃饭，敌人也没有吃饭。我们疲劳，敌人难道不比我们更疲劳吗？我们一定要乘胜追击，把敌人赶到乌江去喝水。"

敌人这两个师，在江西就和我们作过战，知道红军的厉害。如敌人的五十九师，就在第四次反"围剿"时被我们在黄陂几乎全歼过的，不知道敌人怎样东拼西凑，又把这个师的番号恢复了。他们一听说红军来了，闻风丧胆，和我们一接火，逃得比兔子还快。

一天黄昏，敌人刚逃到一个村子，停下来做饭。敌人前脚到，红二师四团后脚就追进了村。红四团有个部队进了敌人的伙房，敌人还不知道是红军。红四团有个战士看见伙房里有一盆热气腾腾的鸡，还有一瓶茅台酒，倒起酒就喝，夹起鸡就吃。敌人的伙夫还斥责道："这是师长的！不准喝，不准吃。"敌人根本想不到红军来得这么快。

红一师二团的追击动作也很迅猛，他们追击的是王家烈的"双枪"兵。当敌人刚停住脚，宿了营，摊开铺子正在吞云吐雾时，团长龙振文和政委邓华就带着红二团的部队追到了，缴了敌人的枪，敌人还以为是自己人在开玩笑呢。

我们追敌人一直追到三合以南的乌江渡口。由于敌人砍断了浮桥，才幸免于全军覆灭。

这次战役，红军歼敌九十三师大部、五十九师一部，还有王家烈的一些部队，俘敌近3000人，内有团长1名，还打伤敌旅长、团长3名。这是长征以来最大的一次胜利。

3月初，国民党中央军周浑元纵队在仁怀县鲁班场一线，有向遵义进攻的企图。我军决定趁薛岳纵队刚吃败仗尚在乌江以南的机会，向西北打击周浑元纵队。3月4日，中革军委决定成立前敌司令部，具体指挥红军的作战行动。这次本来想在运动中消灭敌人，但周敌却在鲁班场附近筑堡

20 世纪 70 年代的二郎滩渡口（熊洪潘摄）

固守不动。我红一军团到鲁班场打了一下，没有攻克。这时薛岳纵队重整旗鼓，又北渡乌江，向我军后面袭来。于是我军 3 月 10 日放弃遵义，军委机关与野战军会合以后，于 16 日攻占茅台。在茅台休息的时候，为了欣赏一下举世闻名的茅台酒，我和罗长子叫警卫员去买了一些茅台酒来尝尝。酒刚买回来，敌机就来轰炸，于是我们就赶紧转移了。随后为了摆脱追敌，我军即在茅台附近向西三渡赤水，再次向古蔺方向开进，周、薛两敌在后紧追不舍。在此紧迫之时，不意新"三人团"却指挥我军突然掉头向东，于 3 月 21 日在二郎滩、太平渡一线四渡赤水。当我军西进古蔺时，敌人以为红军还是要北上，赶紧改变部署，没有想到红军四渡赤水，掉头南下，把北线敌人甩得远远的。红一、三军团、中央纵队于 28 日，红五军团于 30 日从鸭溪、白腊坎之间不足 15 里的敌军封锁线突出重围，直插乌江边。

1935 年 3 月底，红一军团一师三团带着军团的工兵连，作为先遣队，掩护我军南渡乌江。3 月 31 日，红三团抵达刀靶水南的乌江边。当晚，先头营在暴风雨中乘竹筏渡过了乌江，从小道绕到了敌人江防营——薛岳部九十一师的 1 个营的后侧，击溃了这个营。工兵连架起了浮桥，红军主力全部渡过了乌江。

这就是我知道的四渡赤水。真是四渡赤水出奇兵啊！

四渡赤水二三事

钟金万

    1935 年 1 月，党中央在贵州遵义召开了政治局扩大会议，集中解决了当时具有决定意义的军事和组织问题。遵义会议以后，中央红军在中革军委特别是新"三人团"的指挥下，根据实际情况的变化，灵活变换作战方向，迂回穿插于敌人的重兵之间，灵活机动地跳出了敌人的包围圈。

    下面的三个精短故事，是三位红军战士从 1935 年 1 月末到 3 月下旬红军"四渡赤水"的回忆片段。

一

    1935 年 1 月 19 日，中央红军离开遵义，经桐梓、松坎，向贵州、四川边界的赤水挺进，打算在泸州和宜宾之间渡过长江，北上与红四方面军会合。

    红军总部进驻土城时，群众燃放鞭炮，夹道鼓掌欢迎。电台译电员戴镜元后来回忆时这样说道："土城的茅台酒很多，赤水河从土城流过，河水清澈见底，是酿酒的优质水源。在土豪家里，满屋的坛坛罐罐都盛满了茅台酒。我们将土豪家里没收来的财物、粮食和茅台酒，立即分给了贫苦群众，部队也留了一些。这时候，会喝酒的同志就畅饮一番，不会喝酒的同志在急行军后，拿点茅台酒来擦擦脚，也很舒服——第二天走起路来，两条腿就轻快得多。"

<h1 align="center">二</h1>

说起茅台酒，红五军团三十七团政治委员谢良的感慨更深，他说："遵义会议召开之后，1935 年 2 月我们回到赤水河附近。当时，中央红军原打算北渡长江，到四川去与红四方面军会合，由于敌人在长江两岸集结了重兵，阻击红军北上，党中央和中革军委英明果断地决定放弃渡江的计划，挥师向东，在太平渡、二郎滩再渡赤水河，重新向敌人防守力量空虚的贵州进军。为了配合主力部队完成这一行动，我们团奉命南下，走了两天，赶到官渡河以南四五十里的地方待命。"

谢政委说："一天下午，军团政治部宣传部部长张际春同志带着军团首长的命令，来到我们团。他一到达，就要我们迅速占领有利地形，准备阻击从北面过来的敌人。张部长还带来一部电台，供我们直接同军团、军委联系。傍晚，在全团排以上干部会上，张部长做了战斗动员。他说：'同志们！这是遵义会议之后，中央军委第一次交给我们的战斗任务。我们要以运动防御的方法，阻击敌人，把他们引向东北的良村、温水一带。只要拖住敌人 5 天，就能保证主力部队迅速南下，重占桐梓、遵义，歼灭敌人的有生力量。我们相信，三十七团全体指战员一定会充分发挥自己的战斗特长，打好遵义会议之后的第一仗！'会后，部队连夜进入阵地，构筑工事。团侦察排在排长王志雄的带领下，出发到官渡河方向去进行侦

赤水河元厚红军渡口（1991 年熊洪潘摄）

察。我们又留下各营营长、教导员，研究了战斗部署。根据上级的指示精神，张部长和政治处主任张南生同志带着我们团的一个连队，先到良村一带打土豪、筹粮筹款、发动群众去了。"

谢良同志说："一切布置就绪，已是深夜 10 点多钟，我们没有丝毫倦意。团长李屏仁同志提议到阵地上去看一看，我和孟焕章参谋长都非常赞同。说着，我们就离开了团部。检查完各连的阵地后，回到驻地已是半夜。李屏仁团长从墙上拿下装满酒的军用水壶，笑着说：'我这个毛病哪天才能改呀！'我递给他一只杯子，笑道：'喝点就喝点吧，预祝明天的战斗胜利成功！'次日拂晓，天空闪烁着稀疏的星星，山林逐渐显露出清晰的轮廓。侦察排在前边和敌人打响了。他们且战且退，一个营的敌人紧紧尾随而来。'好！敌人上钩啦！'李团长站在指挥所里，用望远镜望着，大声地说道。过了一阵，天已大亮，前面的一切都看得清清楚楚。只见侦察排的同志顺着田间小路，迅速撤过了河，回到自己的阵地上。接着，敌人分成两路，跑步赶来了。敌人接近河坝时，军官一吹哨子，那些士兵就像一群被赶着的鸭子似的往前拥，少数敌人已冲到河坝这头。李团长拿起电话话筒，喊了一声'打'。正面和侧面的枪声突然爆发，手榴弹在敌群中炸起团团白烟。"

谢良政委说："我们终于把刘湘教导师这头野牛牵到了温水。也就在这时，敌人突然发现5天来同他们周旋的并不是什么红军主力，仅是一个团的部队。这头野牛被激怒了，向我团阵地发起了一阵猛烈的进攻，我们打得更加顽强了，使敌人遭到迎头痛击。敌人奈何不了我们，只得在当天下午悄悄地撤出阵地，原地返回，追赶我军主力去了。"

谢政委说："我团完成阻击任务后，立即南下，迅速归队……走了20多里路，来到一条小河边，已是下半夜。许多人一边走路，一边打起瞌睡来。于是，我们停下来，又休息了一会儿。同志们就着河里的冷水吃些炒米，有的没有炒米，就抓生米吃。不少人的腿肿了，张南生同志正好背了一壶酒，就用酒给这些同志擦脚。不一会，一壶酒就擦得一滴不剩了。"

谢政委说："归队后，我们受到了军团首长的表扬，队伍顿时沉浸在一片喜悦和幸福中。每个伙食单位都宰了猪，买了酒，像过新年似的热烈庆祝这次胜利。我们全团指战员那种兴奋、喜悦的心情，真是无法形容啊！"

红军二渡赤水渡口——老鸹沱（1979 年熊洪潘摄）

三

　　1935 年 2 月下旬，中央红军在占领桐梓后，开始向遵义方向疾进，重新占领遵义城，取得了红军长征以来的第一大胜利，红军指战员喜气洋洋。蒋介石却急忙调集大军向遵义扑来，妄图"围剿"红军。中革军委洞察其奸计后，决定将计就计，故意吸引更多敌人前来合围。当敌人逐渐逼近时，为了进一步迷惑与调动敌人，红军突然于 3 月 11 日北进，在鲁班场与周浑元纵队作战，并于 16 日、17 日在茅台镇三渡赤水河，重进川南古蔺地区。

　　茅台镇是茅台名酒的家乡，紧靠赤水河边有好几个酒厂与作坊。红军政治部出了布告，不让进入这些私人企业，门都关着。大家从门缝往里看，见有一些很大的木桶与成排的水缸。酒香扑鼻而来，熏人欲醉。地主豪绅家都用很多大缸盛着茅台酒，有的还密封着，大概是多年的陈酒。我们有些人本来喜欢喝几杯，但因军情紧急，不敢多饮，主要是弄来擦脚，恢复行路的疲劳，而茅台酒擦脚确有奇效，大家莫不称赞。

敌人以为我军仍企图北渡长江，蒋介石急令四川、贵州与湖南军阀部队及周浑元、吴奇伟等各路大军向我进逼，又调云南军队从毕节截击，企图再次对红军形成包围圈，在长江南岸歼灭中央红军。

正当蒋介石忙着调兵遣将的时候，中革军委立即指挥红军向东回师，突然折回贵州，于 3 月 21 日至 22 日，经二郎滩、太平渡四渡赤水，然后掉头向南，在敌军的间隙中穿插疾进，经枫香坝、白腊坎、沙土直指乌江南下。除留下九军团在乌江北岸迷惑与牵制敌人外，红军主力于 3 月 31 日南渡乌江。乌江南岸早已有敌人防守，各渡口的船只与道路都遭敌人破坏。红军先头部队在大风雨的黑夜乘竹筏渡江，消灭了一个渡口的守敌，然后横扫南岸，在几处渡口架设浮桥，让主力部队迅速过江，把蒋介石集结的几十万敌军全部丢在乌江以北。

我军南渡乌江后，在牛场集结，即佯攻息烽城，大军继续南下。蒋介石当时亲至贵阳指挥，因害怕红军直取贵阳，急忙抽调部队增援贵阳，并调云南滇军到贵阳附近防守。但红军出敌意外，并没有进攻贵阳，而是迅速从贵阳郊区穿了过去，继续以每天 60 公里的速度向西疾进，从而实现了中央红军"调出滇军就是胜利"的目的，为西去云南北渡金沙江创造了先决条件，为红军继续长征取得胜利奠定了基础。

熊伯涛与茅台酒

梁少怀 / 口述　　罗洪恩 / 整理

1935 年 3 月 15 日，鲁班场战斗，熊伯涛将军所在的一军团二师教导营担任对仁怀县城中枢及茅台两条大路的警戒。这里离茅台只有五六十里，在这当中，将军所在的营除了侦察地形外，还时常打听茅台酒的消息，特别是没收土豪财物时，但是所得到的答复常是"没有"。

鲁班场的战斗未得手，军委决定不继续与敌对峙，撤向其他机动地区，与敌周旋。

黄昏前军团来了一对三个"十"字三个"圈"的飞送文件（是命令）："茅台村于本日到候敌一个连，教导营并指挥二师侦察连立即出发，限明日拂晓前占领茅台村，并迅速找船只和架桥材料，准备与工兵连到后协同架桥。"

黄昏时下起了大雨。在伸手不见五指的夜里，部队仍然紧张地冒雨前进。有的战士打着火把或电筒，仍然免不了在上山和下岭的泥滑路上跌跤。"糟糕！跌倒了！哎哟！"将军鼓励红军战士大声说："同志！不要紧，明天拿前面的茅台酒来滋补一下！"红军战士们也互相安慰着。走了30 里左右，军委来了命令，一律禁止点火把、打电筒，这样就增添了行

赤水河畔酒飘香（1992 年熊洪潘摄）

军的难度，红军战士更是不断有跌倒的，战士们都非常疲惫。

大雨泥泞的黑夜，所有红军都非常紧张地前进着，于拂晓前赶到了茅台附近。"啪！啪！啪！"枪声响了。到处都是"汪汪"的狗叫声，侦察连的一个战士向连长报告："报告连长！前面已发现敌人的步哨，排长已将敌步哨驱逐，并继续猛追去了。"连长很庄严地说："快去叫排长带这一排人猛追，这两排我立即带着来。"

连长亲率后面两个排，除派一班人占领茅台后面有工事的阵地外，其余飞也似的突进到街中，并立即派一部搜索两面房子，主力沿河急奔而下向敌追去。

追到 10 多里后，消灭该敌之大部，俘获敌人枪各数十，榴弹筒 1 个，并缴获茅台酒数十瓶，红军毫无伤亡，一个战士欣然给了熊伯涛将军一瓶，熊伯涛将军和红军战士们立即开始喝茅台酒驱除急行军带来的困乏。

此时教导营已在茅台搜查反动机关和搬运架桥材料，侦察连担任对河下游的警戒。

红军战士圆满完成了架桥任务时，茅台当地群众抬着茅台酒前来慰问，个个都是兴高采烈，见面就说："嗯！同志，吃茅台酒啊！"

"成义老烧房"的主人是当地有相当反动政治地位的人，听说红军来了，早已逃之夭夭。熊伯涛将军所在的二师住在这家酒坊里。所有的财产，一律没收。茅台酒也没收了！对其他的烧房进行了保护。

"成义老烧房"是一座很阔绰的西式房子，里面摆着每只可装20担水的大口缸，装满异香扑鼻的真正茅台酒。此外，封着口的酒缸，大约在100缸以上。已经装好瓶子的，有几千瓶，空瓶在后面院子内堆得像山一样。

"够过瘾的了！今天真是红军的世界了！"黄克诚带诙谐和庆祝的语调向熊伯涛笑着说。

真奇怪，将军拿起茶缸喝了两口，大声说："哎呀！真是好酒！"喝了几口以后，将军头就昏了，又喝两口后，就没有继续喝下去。而是转向鼓励其他的红军战士喝酒，暖身子，驱除寒气。

将军很不甘心，睡了几分钟又起来喝两口，喝了几次，甚至还跑到大酒缸边去看了两次。第二天出发，用衣服包着3瓶茅台酒带走，休息时，就揭开瓶子同战士小饮，驱除疲乏，不到两天，将军带的3瓶茅台酒在红军战士们共同品尝之下宣告完结。

夜袭下马田

钟金万

1935 年 1 月 28 日清晨，青杠坡战斗打响，由于情报有误，战斗处于胶着状态，红一军团火速回援后，才摆脱了困境。

天快亮的时候，红五团接到红一军团的通知，要他们立即撤退到元厚场去渡过赤水河，并由红三军团的一个团掩护他们过河。

红五团到了土城，天已大亮，就向元厚场进发。经过半天一夜的行军作战，指战员们疲惫到了极点，但大家依然振作精神，快速前进。

红五团到了元厚场，先头部队已经搭好了浮桥，早已开始过河了。他们渡过赤水河后，就朝着四川省古蔺县的大坝方向前进。大约走了 30 多里路，就到达了古蔺县管辖的下马田。这是一个比较大的自然村寨，散居着百十来户人家。这时，太阳还有好几竹竿高，天色还早。团领导考虑到官兵连日来昼夜行军作战，大家疲惫不堪，就在下马田宿营休息。

红五团团部驻在村东头一座三合头的房子里，一营驻在团部附近，二营、三营驻在村西头，离团部稍远一点。各连都放出了流动哨后，官兵们才入睡。李团长特地找来了几个有经验的侦察员，让他们去侦察一下附近一带的敌情。然后，李团长、曹政委一起开始研究第二天的行军方案。

元厚红军渡（2009 年）

半夜时分，侦察员回来报告说："在离下马田 10 多里的一个村子里，驻扎着国民党保安团的一个营。他们借防范红军之名，到处搜刮钱财，搞得鸡飞狗跳、鹅鸭叫的，老百姓寒心死了，咒骂他们是'强盗团'。今天，这些披着人皮的豺狼，又胡乱抓了几个老百姓当作土匪枪杀了，还把排长以上的人都叫到营部去喝庆功酒。酒足饭饱，就打纸牌、麻将、掷骰子……他们根本不晓得红军已经来到了他们的眼皮底下。"

听了侦察员的汇报，李团长、曹政委都觉得是个奇袭的好机会，就叫通讯排长邓寅章去把一营长喊来，共同商量出奇制胜的作战方案。决定由李团长和邓排长带着通讯排、团部部分人员，作为奇袭队伍，围攻敌人的营部，一营长带领 3 个连，去包围敌人的三连，二营、三营仍在下马田休息，曹政委留守团部。

在侦察员的带领下，李团长和邓排长借着半明半暗的星光，越溪过岭，神不知鬼不觉地来到了敌人的营部。敌人营部设在一所石围墙的四合天井院子里，围墙正面的朝门半开半掩，门口有一个站岗的哨兵，抱着枪正在打瞌睡。邓排长和通讯员张孟琴一个箭步上前去蒙住他的嘴，将他拖到僻静处审问。据哨兵交代，当官的正在大厅里赌钱。李团长、邓排长和战士们一起偷偷地潜入院内，天井里静悄悄的，漆黑一片，只有西面的大厅灯火通明，大厅的门虚掩着。邓排长用舌头舔开窗棂上的皮纸，往里一看：里面摆着六七张红漆方桌，四只桌角上点着四支蜡烛，敌军官有的在打麻将，有的在玩纸牌，有的在掷骰子，旁边摆着窖酒、油条、烧鸡、卤牛肉等食品，敌军官每人面前都码起一堆银圆钞票，擤拳挽袖，秽语浪声，丑态百出……

李团长把手一挥，红军战士一拥而进，把枪口抵着敌军官的背脊，齐声大喝："不准动，举起手来！"

这突如其来的袭击，好似晴天霹雳，把敌军官吓得魂飞魄散，一个个面如土色，也不知道是哪股水发了，连忙举起颤抖的双手，浑身直打哆嗦。敌军营长抬头看见红军帽子上的红五星和红领章，才恍然大悟，连忙"扑通"一声跪到地上，大声喊道："红军大人饶命！红军大人饶命！"此时，敌营长颤抖的手里还拿着一只卤鸡腿。有个敌连长，一听说是红军，连忙伸手到屁股上去掏手枪，早被身后的一个红军战士踢了一个趔趄，顺手就夺了他的手枪。其余的一见这阵仗，纷纷跪倒在地，举起双手连喊："饶命！饶命！"有一个吓昏了的排长，还像鸡啄米似的不断磕着响头。红军战士立即缴了敌人的枪。李团长向敌人交代了红军优待俘虏的政策，要他们立功赎罪，带着红军去缴敌士兵的枪。敌军官为了保住狗命，诺诺连声，完全照办。

这时，一营长早已指挥各连把敌士兵全都包围起来了。俗话说"蛇无头而不行"，敌人一见他们的长官一个个都当了俘虏，又命令他们缴械投降。知道抵抗只有死路一条，纷纷把枪丢在红军面前，乖乖服从命令。

李团长叫战士们清点好武器和军用物资，除愿意当红军的留下外，其余俘虏全都发给他们路费，让他们回家。这时，曹政委又派宋连长带着一个连来接应奇袭队伍，奇袭队伍就这样胜利地回到了下马田。这次奇袭，一枪未发，却解决了敌人的一个营，战士们都高兴得不得了，讥笑敌人全是伙夫、草包。

回到下马田，李团长将缴获的窖酒、油条、烧鸡、卤牛肉等食品，安排战士们吃了起来。吃着、喝着，邓排长这么感叹了一句："牛肉下窖酒，太美味了。"不知哪个战士接了这么一句"夜袭的滋味，胜利的滋味，就是这个味。"就这么两句话，夜宵顿时就有了欢声笑语。

在下马田休息一天后，红五团遵照红军总部的指示，继续向大坝、永宁进发，前往云南扎西（威信）地区集中去了。

赤水河游击队的故事

杨显章　杨显良／口述　　张宗荣／整理

在贵州省遵义市桐梓县容光镇云龙村三组，有一个二层岩叫雀井，又称雀井塆，至今流传着杨宗正一家端出甜酒敬红军游击队的故事。

雀井，属大山中的二层岩，背后高岩峭壁，前面坡陡谷深，中间有几块小坝子。过去只有三四户住户，因缺水，常年干旱，当地人比喻为井水只够麻雀吃，故而称这个地方为雀井。

为了在行动中消耗敌人，牵制敌人，赤水河游击队从仁怀经牛渡滩过河进入桐梓，经洗塘、乌云、马鞍坝到樊家沟、风水一带活动。

赤水河游击队在洪关休息时，花秋区公所地方势力得知红军游击队进入桐梓，便组织民团队长杜九如、石关土豪王同春等乡丁民团500多人袭击游击队，并叫邱同春（当地人戏称"掌柜"）去给游击队带路，故意将游击队引到雀井塆，然后分别从望天关和箐揙两路夹击包抄过来，企图在雀井将游击队置于死地。

据74岁的杨显章老人听其父亲杨荣太说过：1935年3月，油菜花开了。一天，住在雀井塆三合头的杨宗正家正在除灵。下午两三点钟，只有几十人的红军赤水河游击队来到雀井塆。杨宗正一家正将一坛封存好的甜酒（当地人用大米发酵后制成的一种食品，带有酒味）端出来，煮热后让红军游击队员吃。

突然，花秋区公所杜家民团100多人枪从望天关冲下来，抢占山头堡，在堡上向红军游击队开枪，截击游击队。当时游击队1名队员牺牲，1名队员受伤。为了保护当地群众，红军游击队立即组织在三合头对面山堡上还击，打死、打伤团丁多人，带路人邱同春正想逃走，被红军游击队拖到后面的塆塆竹林里砍头。

当地群众将牺牲的红军游击队员进行了安葬，住在银顶寨子的邓安洲将受伤的游击队员带到家中养伤，半个月后伤势好转，这名游击队员带上邓安洲给他准备的盘缠离开了雀井，追赶部队。

据68岁的老人杨显良介绍：当时当地群众把牺牲的红军游击队员埋在鬃堡坟处。1975年，他当生产队长时，上面要求将红军坟迁走，重新进行集中安葬。于是用木板做了个木箱，装上红军游击队员遗骸，由大队打着锣鼓护送到公社，再由公社送到花秋区，统一进行了安葬。

红军过仁怀

周山荣

一

二渡赤水，遵义大捷。蒋介石不甘心失败，决定亲自上阵，与毛泽东一决高低，彻底歼灭红军。1935 年 3 月 2 日，他飞往重庆"督师"。第二天，就发布电令："凡我驻川黔各军，概由本委员长统一指挥。"

毛泽东的指挥方法与作风，与蒋介石截然不同。他对前方只指出大方向，具体道路由前线指挥员决定，给予机动处置的权利，因为他们最了解具体情况。

蒋介石到重庆后，部署兵力四面防堵，川、滇、黔边界构筑四道封锁线，缩小包围圈。企图在乌江以西，川黔大道周围，特别是在遵义和鸭溪的狭小地区内，一举歼灭中央红军。

毛泽东洞察蒋介石的图谋，将计就计，故意在遵义一带徘徊，引诱国民党中央军出动，在黔北再歼其部分主力，以粉碎敌人的围追堵截。他集中红一、红三军团在鸭溪、白腊坎一带，寻机打击国民党中央军周浑元纵队。

3月6日，红一、红三军团的部分野战部队和干部团政工宣传机关进驻仁怀长干山（今长岗镇）的大王寨、井坝、新关、田湾等地，准备诱敌出击，然后围而歼之。

这时，周浑元纵队在坛厂一带构筑工事，畏缩固守，只派少数部队在长干山一带活动，驻大王寨等地的红军曾几次到长干山附近诱击敌人。因敌军畏缩避战，没有大的战果。

3月9日，红军再次决定在长干山进攻周部。红一、三、五军团于同日分三路进占长干山。这时，长干山守敌约一个营见红军一到，便向桑树湾方向逃窜。

红一军团一师的一个营追到二郎岩，在二郎岩旁的雷打岩击毙敌军两名。敌人丢下大量武器弹药，晒在竹竿上的衣服都来不及收拾，煮好的饭也顾不上吃，就狼狈逃窜了。

3月9日，蒋介石部署黔北防务。作战方针由"南攻北守"改为"分进合击"。这时，敌我双方相持在大山之中，红军想打运动游击战，敌人想打阵地堡垒战，红军主动挑战，敌人避而不出。

进入长干山地区的红三军团，开展了广泛的宣传活动，宣传党中央3月8日发出的《为粉碎敌人新的围攻，赤化全贵州告全党同志书》。红一军团进驻长干山期间还曾在长干山下场口马店杨树均家大院里召开了连以上干部会议。

3月12日，中央政治局在苟坝成立了以毛泽东、周恩来、王稼祥三人组成的军事指挥小组。红三军团遵照军委"关于在西安寨消灭犹禹九部"的电令，3月14日，红军主力分别从长干山、井坝等地，向仁怀南部挺进。

红军在长干山寻求与周浑元纵队作战的计划，因周部避而不战，终未进行，但红军在长干山一带的军事行动，调动了周浑元纵队向南移动，为在运动中消灭敌军创造了条件。

军委总部驻长干山时，毛泽东住在中街左侧李小怀家的旧式四合院木房内。青瓦木柱，竹壁粉墙，后面乱石、山前有小巷，直到街心。

当年，这里是木架青瓦的四合院，中有天井，上、下厅各三间，左、右两侧各三间，两楼一底，二楼全是房间，四周有走廊。

红军进驻之前，国民党军张贴告示，宣传红军青面獠牙，要吃小孩，"共产共妻"。当地居民害怕了，躲进附近山林里。姜在民全家也躲到了老鹰山上。李家除了李小怀的二嫂在家，其他人也躲了起来。

在毛泽东入住李小怀四合院右厢房的三昼夜中，敌机投弹20多颗，炸毁民房一间，炸伤镇上居民张子安的母亲等10多人。

在毛泽东办公室左侧，敌机丢下一颗炸弹，奇怪的是，炸弹没有爆炸。1977年，毛泽东当年的警卫员陈昌奉来到了长干山。他说，当时，毛泽东和朱德刚来到正庭中间，炸弹就从天井上方俯冲下来。他俩立即卧倒，陈昌奉随即趴在他们两个身上。李小怀的二嫂看见了，还以为他们在打架呢。然而，炸弹竟然没有爆炸。久经沙场的陈昌奉，也啧啧称奇。

无独有偶。1954年，镇上发生火灾，烈火烧毁了这所四合院的下厅，到毛泽东住过的这间小屋时，却突然烟消火灭，一切安然无恙。这场火灾沿街的房子几乎都化为灰烬，唯独毛主席住室以上的房子，完好无损。炸弹不肯炸，烈火不敢烧，颇有传奇色彩。

如今，当地群众在老鹰山上自己设计修建了"红军长征纪念亭"。亭子共三层，高12米，顶部的五角星象征革命；8根柱子则代表红军战士的八角帽；上山的200米山路有4道拐，则寓意红军四渡赤水。

二

在 1956 年的八大预备会议上，毛主席在回忆自己的战争岁月时说过，在自己打过的四次败仗中，"茅台那次打仗就是我指挥的"。所谓茅台那次打仗，就是指鲁班场战斗。

这场"败仗"，红军败而不乱。毛泽东指挥红军，在距离鲁班场 20 多公里的茅台渡过赤水河，跳出了敌人的包围圈。这就是四渡赤水战役中的第三渡。因此，鲁班场成了这场历史转折中一个重要节点。

当年的鲁班场，是一个只有 100 多户人家的小乡场。因上场口有一个小山洞，名叫鲁班洞而得名。红军部署在长干山地区消灭周浑元所部，但几次寻战，敌军退缩避战，先撤到长干山，见红军向长干山进攻，又撤到坛厂。

鲁班场战斗之前，林彪、聂荣臻曾提出进攻打鼓新场（今金沙县城），中革军委成员均赞同，唯独毛泽东一人反对。在苟坝，毛泽东"提马灯到我那里来，叫我把命令暂时晚一点发，还是想一想。我接受了毛主席的意见，一早再开会，把大家说服了"。周恩来回忆说。当时，周恩来是党内委托对军事方面下最后决心的负责人。

3 月 11 日，军委以朱德的名义颁发《关于我军不进攻打鼓新场的指令》，取消了前一天会议的决定，并召回了已经向打鼓新场运动的红一军团。

鲁班场东、西、北三面环山，东为海拔 1400 多米的摩天岭，西有突兀的马鞍山，北部是参差起伏的山峦，南面则是十多里长的棋盘山开阔地。地形险要，易守难攻。从打鼓新场到茅台的盐运大路，必须经过鲁班场。

所以不打打鼓新场而选中了鲁班场，也许是因为毛泽东已经有了三渡

鲁班场战斗遗址（熊洪潘摄）

赤水的战略构想。因此，在决定打鲁班场之前，红军已派出工兵部队和小分队先期到达茅台渡口，夺取和控制赤水河上游的渡河点，并架设了两座浮桥。

在鲁班场，周浑元部 3 个师 8 个团的兵力，他们比红军早 4 天到达这里，占据了有利地形，在 20 多个山头构筑了 70 多个碉堡，还用藤条、荆棘缠绕成一道道"土铁丝网"，以及用竹尖设置的陷阱作为屏障，三道防线，守备森严。

15 日晨，红军除九军团在坛厂做总预备队外，分成两路行动。一军团一师和干部团位于鲁班场北侧桃佳寨一线，二师在一师南端的团标寺附近；三军团和五军团各一部迂回到鲁班场西南的茅坝一带，红三、五军团主力进入鲁班场东南的摩天岭。各部进入指定地点后，待命向鲁班场守敌发动进攻。

从兵力上看，红军稍占优势；从地形上看，对敌人有利。这次战斗是红军主动去进攻敌人的阵地。3 月 14 日，红军前敌司令部发出绝密电报，决定于次日发动向周浑元部的进攻。鲁班场之战开始了。

战斗一开始就很激烈。红一军团第一师的一个团和第二师第五团，与敌第五师二十七团、三十团、三十七团，在白家坳和团标寺进行的战斗最为激烈。红军战士英勇奋战，利用敌人砍伐的大树作掩护，用马刀砍断敌人"土铁丝网"冒死冲锋，敌人抵挡不住，节节败退。

红五团一个连一直冲上白家坳山头，攻克敌碉堡。在团标寺，红军战士奋不顾身地向敌阵地冲去，与敌展开了激烈的白刃战，双方短兵相接，整个山头半人深的灌木、野草几被踏平，部分敌人投降。

15 日中午，红军主力向鲁班场敌阵地全面猛攻，战斗更加惨烈。红军趁敌在鲁班场南端野战阵地工事尚未构筑完毕之机，发动猛攻，迫敌撤回阵地。三军团一部随即占领敌阵地侧面高山，使守敌受我火力压制。

在双方鏖战之时，敌机飞来助战。敌机在步兵白色标志的指引下，向红军阵地狂轰滥炸，猛烈扫射，压得红军抬不起头，伤亡不断增加。后来，红军战士也脱下白衬衫摇晃，弄得敌机敌我难分，不敢盲目扫射。

激战持续到当晚 20 时，还未能解决战斗。军委和毛泽东果断决定撤出战斗。在这场战斗中，红军毙伤俘敌近千人，但自己也牺牲 489 人，伤 1000 余人。

鲁班场战斗，诱使蒋介石犯了一个错误：把兵力调集到黔西北地区来。这时，毛泽东从敌我双方的实际情况出发，决定从茅台三渡赤水，进行全军佯动，跳出敌人包围圈，争取主动。

当晚 20 时，红军大部队撤出战斗后，敌人摸不清虚实，不知道红军是真撤还是假撤，是转移还是"调虎离山""引蛇出洞"，然后"杀回马枪"吃掉他们。所以，他们一直龟缩在碉堡工事里，不敢轻举妄动。第二天清晨，红军进占茅台。

从军事角度来看，红军虽然没能拿下鲁班场，完全实现预先设想的目标，但也没有影响四渡赤水的成功，达到了战略目的。

三

鲁班场强攻不克，而国民党军已多路逼近，战斗不宜再打。1935 年 3 月 15 日 22 时，军委电令各部立即撤出战斗，乘夜转移到小河口、坛厂、中枢、茅台地域。

当晚 23 时、24 时，朱德电令上级干部队及第七团两个工兵连，立即夺取仁怀县城中枢。林彪、聂荣臻回电："已派三军团之教导营协同上干队袭仁怀（县城）"。

就在部署鲁班场战斗的时候，毛泽东等中央领导已由长干山出发，经坛厂、盐津河，来到距离茅台 10 里的梅子坳。毛泽东就住在梅子坳李玉楼家的房子里。

3 月 16 日凌晨，红军一、三、五军团奉命撤出鲁班场战斗，分三路向茅台疾进。是日上午，红三军团和萧劲光、莫文骅率领的上干队经两路口进占仁怀县城。军委总部、军委总部政治部、五军团一部亦随之进入县城，在城内稍做休整。

红军向仁怀县城挺进时，国民党县长刘珍儒已率民团仓皇逃跑。红军进入仁怀县城后，向群众宣传共产党和红军的主张，没收地主王泽生、李青廷、张小全等几家的粮食、肥猪、衣物等财物，分给贫苦人民。中午，国民党军飞机两批 8 架次前来轰炸县城，炸毁民房 22 间，三名红军战士牺牲，数名群众受伤。

红军抵达县城时，仁怀县商会会长曾荣章和穆正三等商界人士，率民众杨世邦、甘小云、胡德超等数十人，到城外青杠坡燃放鞭炮，欢迎红军进城。县城居民多数人家在门口插上小红旗欢迎红军。

曾荣章（1874—1956），四川富顺县人，1911 年到贵州，以贩卖小百货为业。先定居茅台镇，后迁往县城中枢。由于经营有方，曾荣章致富发家，先后开设绸缎、糕点、酱园铺，在仁怀享有盛誉，被推举为仁怀县商会会长。

红军入黔后，仁怀县城百姓受反动派的反面宣传，极为恐慌。县警备队抓了两个不明身份的外地人，但是却没有取得口供，一时无法处理。曾荣章得知后，出面保释二人出狱，并托人送往外地。

3 月 16 日清晨，红军大部队抵达仁怀县城，曾荣章便率领街坊邻居出城迎接红军的到来。在红军队伍中，邂逅了他解救的那两个人。原来，他们是红军的探子。见面后十分感激曾荣章的救命之恩，赠给曾荣章军刀留念。

红军进城后，有指挥员骑马绕城一周，用望远镜观察县城周围地形，并派出警戒部队进行警戒。热情的仁怀人民，抬着肥猪和大坛的茅台酒，到总政治部慰问红军。那种炽热的场景，在党史、军史等文献和革命先辈们的回忆录中，有着许多生动记录。

红军机关报《红星报》，以《仁怀工农慰劳红军》为题对此作了报道。报道说："红军进到仁怀县城时，仁怀的劳苦群众派了代表 50 余人，其中一半是工人，抬了肥猪三口，茅台酒一大坛，送到总政治部慰劳红军。"

总政治部派代表答谢了工农群众的慰劳，并详细说明了共产党和红军的主张，随即把肥猪、烧酒连同打土豪得来的东西分发给当地群众，并且抚慰被国民政府军飞机轰炸的人民。军民鱼水情深，全城"欢声雷动，盛极一时"。

这是红军在仁怀境内喝到的第一坛茅台酒。从此，茅台酒就与红色中国结下了不解之缘。红军播下的火种，也在仁怀生根发芽。

四

毛泽东作出在茅台三渡赤水河的决定后，军委即命令红三军团十三团侦察连为先头部队，向茅台方向侦察前进，相机占领茅台渡口，然后掩护工兵架设浮桥，以备红军从茅台渡口渡过赤水河。

红军侦察连接到命令后，立即出发，16日拂晓前赶到了茅台。茅台守敌黔军侯汉佑残部听说红军到了长干山，早就在四天前就率部撤到赤水，只留下第七团侯相儒部一个连，驻守茅台。

红军先头部队到达茅台，首先击溃这个连和仁怀县民团，俘敌人枪数十，并迅速控制茅台河东西两岸，掩护工兵连架设浮桥。随即，红军两个工兵连赶到了茅台。

这时，茅台河正值枯水季节，水面较窄。红军工兵连到达茅台后，立即投入架设浮桥的任务中。红军利用周浑元部逃离时留下的铁索，稍加修整，重新铺上木板，迅速地抢先修好了中渡浮桥。

接着，红军找来铁丝，扭成铁索，又找来一些拉船的竹纤绳，同时，征用了部分盐船。征用的盐船，每只预付30元大洋的赔偿费。把铁索和竹纤绳拴在两岸的大树和木桩上，盐船固定在深水处做桥墩，浅水处则用竹篓装上石头做桥墩，上面搭圆木、铺木板，很快架好了上渡和下渡两座浮桥。

红军四渡赤水纪念园（蔡海红摄）

　　3月16日早晨，军委总部从坛厂出发，经怀阳洞、两路口到达仁怀县城。18时，由仁怀县城出发，进入茅台，并下达"关于三渡赤水河的行动部署"。当天下午，红军主力全部到达茅台。茅台镇上，满街都住满了红军。然而，红军只住在沿街两侧的凉厅，连河滩也坐满了人。

　　敌机不断前来轰炸，茅台街上被炸毁房屋数十间，一名15岁的小孩被炸死。3月16日下午，红军各部在渡河司令员陈赓、政治委员宋任穷的指挥下，干部团派一个营先渡过赤水河，掩护中央军委渡河后的行动安全，干部团其余部队担任赤水河两岸的警戒任务。

3月16日清晨，毛泽东从梅子坳李玉楼家出发，经羊叉街，到茅台小学稍事休息，于上午10时左右，从中渡浮桥渡过赤水河。

中央首长毛泽东、朱德、周恩来、刘伯承走在浮桥上，毛泽东称赞"工兵连有办法"，并对身旁的其他首长说："好，我们三渡，把滇军调出来就是胜利。"刘伯承接话："这一仗工兵干得好，立功首先要给工兵连立一功。"朱德也接上话茬，说："成立工兵连时我就讲过，工兵很重要，1000年以前就有了。工兵逢山开路，遇水架桥，这个任务很光荣，也很艰巨。"

红军渡河期间，干部团冒着敌机的轰炸和扫射，连续3天在茅台渡口两岸坚守阵地，掩护全军渡河。其间，红军将茅台镇上"合裕祥""裕利祥"和"永丰裕"等盐号的盐仓打开，把食盐分给贫苦民众。

16日，红三军团途经小滥时，掉队战士被当地土匪劫杀。后续部队跟上来后，烧毁土匪巢穴，误烧了当地周姓人家住房。先期到达当地做裁缝的红军向导得知后，与红军战士立即从稻田里舀水，将周家住房的火扑灭。这段故事，在时任红五军团参谋长陈伯钧的日记中有记载。

16日晚至17日中午，红军大摇大摆、从从容容地渡过赤水河，再次来到川南。这次渡河实际上是一次绝妙的全军佯动，因而，不仅不怕敌人发现，而且还要专门做给敌人看。

敌机果然发现了，他们飞来骚扰，并如获至宝地迅速向蒋介石报告红军西渡赤水河的情报。3月17日中午，军委总部在茅台陈胡屯的树林隐蔽休息时，三架敌机飞来盘旋侦察，军委总部的几匹马受惊嘶叫，敌机发现后接连投弹，当即牺牲战士10多人，炸死骡马数匹，附近一间民房被炸着火，毛泽东指挥战士将火扑灭，军委后勤总部所带的苏维埃纸币包裹也被炸垮一部分。当晚，军委纵队就驻扎在陈胡屯。红三军团、红五军团、红九军团司令部均驻茅台。

红军西渡赤水河，进入古蔺县境后，立即由红一军团派出一个团伪装主力西进，公开摆出要北渡长江的姿态，给国民党的飞机看，以迷惑蒋介石的神经。而大部队却在附近山沟里隐蔽集结，伺机行动。

这一次，蒋介石又中计了。他判断红军必然西进，于是急忙调集重兵向川南追击，妄图把红军聚歼于赤水河西的古蔺地区。

红军三渡赤水河的当天，蒋介石急忙部署黔北、黔西各军"追剿"红军。20日至22日，红军秘密从太平渡、二郎滩、九溪口第四次渡过赤水河，迅速回师仁怀。"共匪拐个弯，国军跑断腿。"国民党的将领因此发牢骚说。

五

在贵州茅台镇，红花绿树之间，有一座"怀红亭"，亭南有一金墨玉花岗石纪念碑，上书"毛泽东由此过河"。

茅台虽然没有保卫延安那一段箭在弦上、惊心动魄的"由此过河"，红军当年在茅台的战略行动惊天动地、千钧一发。24集电视连续剧《长征》中，曾经有一场发生在茅台的戏，写得十分精彩，令人过目不忘。

红军到了茅台，张闻天、毛泽东、周恩来、朱德、王稼祥他们正开着会议。此时，桌上摆上了一坛醇香四溢的茅台酒，几个大土碗围在坛边。

周恩来说："人生能到茅台来不容易，我们能走到今天，更不容易。""对，不容易。"大家感慨地说。"所以，我今天慷慨解囊，请大家喝茅台酒，大家一定要喝好，喝痛快！""来，喝！干！"

这时，周恩来说："诸位，这酒可不是让你们白喝的，我们就要三渡赤水了。老毛，你今天要把肚子里的主意说出来！"众人异口同声：

茅台镇（1992 年）

"对！"……大家一边饮酒，一边急切地竖起耳朵听毛泽东"抖"出他思虑已久的谋略。

这时，遵义会议已经过去了两个月之久，红军虽然打了漂亮仗，但最终未能摆脱敌人的围追堵截，3 万多红军的命运如箭在弦，系于毛泽东身上。

毛泽东就着茅台酒，在桌子上比画起来："你们看，这是茅台，这是遵义，这是贵阳，这就是昆明，我们就牵着敌人的鼻子，走一个弓形，然后跳出敌人的围追堵截。"

这也许是《长征》的艺术加工，但是，《长征》和《延安颂》的编剧王朝柱说过，他的这些"加工"，都是以历史真实为依据的。

王耀南，少将，江西萍乡人，参加过安源罢工，也参加过红军在苏

区的五次反"围剿"，是红军中的爆破能手。长征中，王耀南是受到朱德、刘伯承表扬的工兵连的连长，后人因此称他为"工兵王"。

在茅台，王耀南率领工兵连把三座浮桥搭好。毛、朱、刘三位首长亲临桥上检查，对工兵"遇水搭桥"给予了很高的评价。

王耀南在回忆录中写道："听了首长们的议论，我心里真是热乎乎的。首长们过河后，进到一个小树林子里休息。我送走首长，正往回走，毛泽东同志的警卫员陈昌奉同志与周恩来同志的警卫员魏国禄同志，同时来到我面前，拉着我的手小声地说：'王连长，能不能弄点酒擦擦脚？'这两个小鬼在长征开始我就认识，想弄酒擦脚只是找个题目罢了，实际上是想喝两口。"

"买了酒，把它扛回小树林的时候，首长们围在一棵大樟树下，研究部队下一步的行动，地上还摊着一张大比例尺军用地图。"

此刻正是研究四渡赤水的问题。王耀南在回忆录中，干脆把这一篇章直接定名为《茅台策划》。好一个《茅台策划》！在这里，毛泽东为红军下一步的行动拟定了最终方案；在这里，他把自己勾描的出奇兵蓝图说给几个重要领导人听；在这里，他提出了"把滇军调出来就是胜利"的著名论断。

自江西出发以来，红军一直处于被追击的地位，而从这时起，蒋介石的军队都由毛泽东一手调度了。就是在这里，中国革命和红军彻底扭转自己的命运，毛泽东和蒋介石，在中国这块大棋盘上的对弈展开了新的篇章。

魏巍在《地球的红飘带》一诗中，也写到了相同的情节。不同的是，魏巍是用诗一般的语言，把"茅台策划"展示得如此优雅："美酒河畔险象丛生，愁煞人，前无进路，后无退路；黄桷树下忽生奇谋，顿时间，酒也风流，人也风流。"

这里，魏巍两次考察了红军在茅台的情况，因此，比较准确地记载了"黄桷树下"（黄葛树）这一地点，纠正了王耀南同志"大樟树"的回忆之误，魏巍写道："长征路上，开会少。总是有那么多重要的需要集体作出决定。"魏巍把王耀南同志的"茅台策划"直接定为"茅台会议"。

"大樟树"，王耀南把红都瑞金沙洲坝的那棵大樟树搬到了"茅台策划"里来了。其实，大樟树是江西苏区一棵标志性的树，就像后来延安的宝塔一样。

四渡赤水纪念塔下，是红军三渡的主要渡口，茅台人原称"黄葛树渡口"。鲜为人知，又确实存在的"茅台策划"，就是在这棵冠盖如伞的黄葛树下进行的。

而茅台渡口这棵黄葛树也是神奇得不得了。红军三渡赤水，架设浮桥就搭在这棵百年古树上，为红军渡河立下了汗马功劳。

如果三渡赤水时没有"茅台策划"的精心安排，没有工兵连先行再去太平渡、二郎滩守卫浮桥，第四次渡过赤水河就没有那么顺利。红军长征、红色茅台，因此充满了玄机。

六

红军三渡茅台后进入川南，为了迷惑敌人，打乱敌人部署，随即奔袭川军刘湘派驻镇龙山的廖九甫团，并公开提出"打过古蔺、占领叙永、北渡长江"的口号，造成红军北渡的声势。

镇龙山守敌一触即溃，掉头逃往古蔺城区。红军却返回镇龙山一带休整待命。蒋介石果然上当，认为红军要北渡长江，与红四方面军会合。于是，3月17日至20日，连电各军，部署追堵，欲将红军聚歼于江门、叙永、赤水河镇以东及赤水河以西地区。

3月20日，正当蒋介石指挥部队，再次扑向川南而尚未形成包围之际，红军当机立断，回师仁怀，东渡赤水河，以摆脱强敌的围攻。

红五军团在茅台河西岸驻防的两个营20日清晨接到命令，原地驻守。随即，以红军一部向草子坝、茅台前进，11时许，在草子坝与敌遭遇，因众寡悬殊，遂以运动防御抗退，16时许敌已近两河口，加之地形限制，当即于黄昏秘密脱离敌人，向善人场前进，23时许到达宿营地。

为了确保这次东渡赤水河的胜利，军委下达渡河具体部署时特别指出："这次东渡，事前不得下达，以保秘密。"

3月16日，就在红军三渡茅台的同时，毛泽东授意王耀南带领工兵

天平古镇（1994 年熊洪潘摄）

连一部，抄小路赶到太平、二郎渡口，对几座浮桥全面检修，并做了适当加固。当军委下达四渡赤水的命令时，几座浮桥几乎畅通无阻。

21 日，各军团遵照军委的渡河部署，有序渡河到达河东岸的集结点。21 日晚，军委总部从太平渡下游的老鸹沱顺利渡过赤水河。红一军团、红三军团从太平渡渡口过河，红九军团一部由二郎滩过河，一部由仁怀马桑坪、沙滩渡口过河，回师仁怀，进入黔北。

红一军团留下一个团，伪装主力西进，吸引国民党军的注意力。红五军团掩护主力过河。22 日上午，红军各军团全部渡过赤水河，脱离敌军正在形成的包围圈，重新进入黔北地域，将川、滇、黔三省军阀部队和中央军周浑元、吴奇伟部队全部甩在赤水河西岸及以西地域。

红军声东击西，成功回师东渡。就在红五军团等后卫部队全部渡过赤水河东岸后，三架敌机才到太平渡侦察，其报告的结果当然是"未发现目标"。而此时，红军全军正回师仁怀，向南迅速行进。

蒋介石最后判定，红军东渡赤水，回师仁怀以后，便于24日由重庆飞抵贵阳督战，企图寻找红军主力决战。这时的红军，面临着被围歼的危险。但是，在蒋介石的部署中，在仁怀县城北面、东北面及东西地段，留下了一条东西宽约30里、南北纵深300多里的缝隙。

这个缝隙，险峰突起，沟壑交错，山路崎岖，道路狭窄，人烟稀少，给养困难。英勇的红军，发扬艰苦卓绝的斗争精神，从国民党部队防堵的缝隙中秘密神速地穿插南行。

3月21日，军委总部和毛泽东从太平渡下面的老鸹沱浮桥渡过赤水河后，经下寨烟房沟到临江场宿营，次日从临江场到达回龙寺。

24日，军委总部抵达大坝场，毛泽东在大坝场附近的松林坡宿营。25日，军委总部经小箐沟到达闷头台（今喜头镇）的鱼塘、马上田一带宿营。26日，毛泽东率军委总部进入遵义县境内的干溪。

一军团由九溪口渡过赤水河后，经回龙寺、周家场、二郎坝、火石岗，23日驻火石岗，24日驻三元场，兵分两路，到遵义县观音寺会合后，进入遵义县。

三合区区长蔡维新率民团900余人，妄图在大坝场松林坡阻击红军，后见红军声势浩大，不敢妄动，便往沙窝口方向逃窜躲避，红军在后追击，击毙团丁四人。

一军团一师三团24日从古蔺县境出发，经土地岩，在茅台河上游大渡口渡过赤水河，沿五马河而上。在三元洞打垮周浑元侦察连，打死、打伤敌人 30 多人，缴枪 79 支，轻重机枪 3 挺。部队涉水过五马河后，经斯栗坝、高家洞，到阳落坡宿营后进入遵义县境。

五军团由太平渡渡过赤水河，经仁怀马桑坪、大沙坝、尧坝、楠木坝进入遵义县境。九军团一部由二郎滩过河，经仁怀马桑坪、大沙坝、楠木坝进入遵义县境。

三军团的一个排，因未赶上主力部队，在坛厂楠木坝大河沟宿营，不幸被民团捆绑到水木洞杀害 19 人，幸存者仅剩杜海臣、王中山两人。坛厂惯匪黄海云在青杠坡的立洞，杀害掉队红军战士 10 余人，仅两名年纪较小的红军战士被当地群众保护下来。

3 月 27 日，军委命令九军团到干溪后，立即转移到苟坝以西之马鬃岭，并于 28 日晨起分两部伪装主力活动，牵制国民党军，掩护我军主力南渡乌江。

军委总部和一、三、五军团，迅速从苟坝、花苗田地域经白腊坎、底坝等地，通过国民党军的封锁线，进抵现金沙县属的沙土、安底等地。

这时，在土城、习水、桐梓、松坎、花秋一线的国民党军，要 2 天才能赶到。就是在仁怀县城、吴马口、两路口、李梓关、大溪里、海龙坝等地的国民党军，也要一天才能赶到。

红军在时间上赢得了主动。3 月 30 日至 31 日，在沙土后山的大塘河、梯子岩、江口等三处南渡乌江。自此，红军跳出国民党军 50 多万人设在黔川边境的包围圈，把强敌抛在乌江北岸，从被动走向主动，为胜利完成长征奠定了基础。

（作者系仁怀市文联主席）

红色遵义
胜 利 酒

游家与红军的不解之缘

游国伦／口述　滕　新／整理

　　遵义酿酒历史悠久，名酒众多，其中赤水河所流经的茅台镇，更为白酒之乡，被誉为中国酒都，举世闻名。茅台名医游国伦便是其中一个代表。

　　古来药酒不分家。游家是当地的医学世家，同时也是酿酒的名家。游家行医的历史有多长，其酿酒的历史就有多久。纸面上可追溯到的是19世纪太平天国运动时期，石达开部入川过境贵州，到达仁怀之后，对当地人进行大肆残杀。游朝海（游国伦的祖父）作为当时幸存者之一，于飘摇乱世中继承家族门楣，延续家族使命，保下游家医术星星火种的同时，也将其家族酿酒的技术和配方一同传承了下来。其子游春庭（人称游二爷）继承父亲衣钵之后，在其基础上做了更多研究和改进，将医酒结合，以酒入药，救死扶伤，治愈疑难杂症无数，游家医术因此发扬光大，在民间广为流传。游家还因此与红军结下了一段不解之缘。

　　1935年3月16日，红军占领了仁怀县城和茅台渡口，于当地一户人家——茅台镇安龙场的王保长家整队休息。由于长途行军，连日作战，疲劳困乏，兼有伤员，红军大队伍亟须医疗救护。游二爷得知之后，便主动上门为红军治病疗伤。游二爷之子——当时年仅8岁的游国伦，已十分聪

清清的赤水河（1991 年熊洪潘摄）

慧能干，时时跟在父亲身边，为父亲打下手。其间，父子与红军同吃同住，一起生活数十天。据游国伦老人回忆，从小家里就有酿酒的作坊，酒曲由家族世代传下的中草药配方所制成。当时医疗卫生条件简陋，如果消毒杀菌不到位，很容易造成伤口感染。父亲在给红军治病疗伤的时候，就以自家酿的高浓度酒代替医用酒精使用。其时红军也久闻茅台镇酿酒传统，对游家的自酿酒很感兴趣。游家热情好客，为红军送上了自家精心酿制的好酒——既可镇痛消炎，还能满足口腹之欲，红军亦是赞不绝口。

与红军一同生活的日子给年幼的游国伦留下了深刻的记忆。游国伦为游朝海的第三世孙，1927 年出生，从小跟着父亲游二爷行医治病，现为茅台名医世家传承人。在亲历亲见了红军长征的艰辛与磨难之后，游国伦更加坚定了自己治病救人、悬壶济世的志向。游国伦在家周围建了一座百草园，专门进行中草药的培育和种植，在进一步融合了医药与制曲配方技术之后，精心研制出了以中草药成分为主的大曲，其曲药里含有诸如粉葛根、紫苏、春皮、八角枫、金菇莲、木通、麦芽等多达 50 种中草药，具有养生健脾、延年益寿之效。游国伦老人现已 95 岁，身体仍很矍铄，还能坚持每天上山采药，腿脚比青壮小伙儿还要灵便，据老人所言，就是因为日常饮用了以自己秘制大曲所酿的酒。

悠悠历史长河中，贵州遵义酒代代传承，见证了时代历史变迁，与红军长征结下了不解之缘。其内涵丰富，历史厚重，意义深远，是只有我们所在的红色遵义才能诞生出的红色之酒。

（整理者系仁怀市五马镇人民政府工作人员）

跛脚红军帮穷人建酒坊

张绍珍　付向财　钟庆武／口述　梁隆贤／整理

　　1935 年 2 月末，家住桐梓县城郊沙岗的穷人钟吉元给红军带路绕道茅石—娄山关—遵义后返回家中，见自己的母亲收留了一个年老的跛子男人（钟吉元的父亲已逝多年）。母亲悄悄告诉钟吉元，他是个老红军，四川泸州人，因脚跛走不了远路，反而拖累部队，更打不了仗，红军部队就安排他悄悄地留了下来。

　　一个月前，钟吉元家本就住过红军队伍，红军打土豪、分粮分物给钟家，钟吉元及母亲帮红军补衣服、打草鞋，军民关系非常好。

　　钟吉元这次给一支红军队伍带路绕道茅石—崇杠岭—板桥侧抢占点金山攻克娄山关，红军在点金山与敌军的激战中，有红军为保护他而被敌人的飞弹打中牺牲。钟吉元一家是非常敬爱红军的。

　　跛脚红军勤劳忠厚，为报答钟吉元母亲为保护他不被国民党地方武装追查和乡邻指责而受的很多委屈，他时刻想着要让钟家兴旺发达。抗日战争时期，川黔公路从桐梓经过，桐梓是缅、滇、黔、川公路要道，来往车辆多，汽油进口紧缺，就改用酒精代替汽油做汽车动力，于是需要大量的提取酒精的原料——白酒。跛子看准这一势头，就大胆地借钱建酒坊、买粮煮酒，他的酒作坊不是"小作酒"，是锡锅大甑酿，酿酒用粮以"石"计。更重要的是跛子他本就有煮酒的好手艺，既节省了请煮酒师傅的人工钱，又煮出了比别人家的酒坊更多、更好的酒。跛脚红军煮酒富家后便扩大了酒厂规模，扩建厂房，同时帮助屋后的穷人邻居杨正安建酒坊煮酒，杨正安家也因为得到跛子的帮助而变得富有。他们是当时桐梓县6家酒精厂的重要原酒供应厂，有力地支援了抗战并实现实力救国。

桐梓官渡河迎红桥（张宗荣提供）

高桥好酒

田清亮　程文杰／口述　梁隆贤／整理

　　甲戌年腊月十几，家住桐梓县高桥青斋堂的程区长在为自己的大女儿办出嫁酒。正酒席的那天，来了一个叫花子模样的人坐在酒席上喝酒、吃饭，给程区长家帮忙办酒席的亲戚和乡民们听他是异乡人口音，就追他走，不让他喝酒、吃饭。程区长急忙出来制止，请叫花子坐在席上安心地喝酒、吃饭。

　　叫花子酒足饭饱后，给程区长比大拇指，说酒香酒好，随即去拿烧柴的黑炭在程区长家最显眼的屋外墙壁上画了一个大大的"△"。

　　两天后，红军大部队来了，红军知道程区长家富有，但没有去骚扰他们家，而是去别的富有人家拿粮拿物。乡邻们都明白了，那是因为程区长的心善保护了红军探子（侦探）的好报。

　　大概一个月左右，红军二渡赤水返回桐梓再过高桥时，将病重年幼的红军朱统祥寄养在王家营地主姚某清家，姚某清的大老婆朱孝珍心疼这个与她同姓的异乡人弟弟，她给朱统祥吃好的肉食增加营养，拿出窖藏的高粱酒给朱统祥擦腰和脚上的脓疮，很快朱统祥就痊愈了。

　　朱统祥病愈后，为保护他不被国民党拉兵，她就把朱统祥送去程区长的面房做工而得到程区长的保护。

醉灌刘保长救红军

赵光耀　彭其仙／口述　梁隆贤／整理

桐梓县燎原镇的枇杷树（地名）与遵义市汇川区板桥的电厂（地名）交界接壤，曾经是桐梓往遵义最早的茶马古道。红军两过电厂—枇杷树—楠木厂是当地乡民津津乐道的谈资。

甲戌年腊月初，红军占领遵义，攻克娄山关后，除带着骡马、辎重的红军走正面大马路从娄山关向桐梓县城开进外，还有一支红军队伍从遵义板桥—电厂—枇杷树—赵家湾—楠木厂—穿洞山—大竹坝—田坝进入桐梓县城。

有胆子大点的乡民悄悄躲在路边草丛里，下午看见先头的十多个红军端着枪、背着发报机，从遵义方向走到枇杷树路段时，把线铺在地上发报，在路上用白石灰打了一个大大的朝桐梓方向的箭头"→"。

夜间，听见红军大部队经过枇杷树—赵家湾—楠木厂—翻穿洞山，红军们背的洋瓷缸发出叮叮当当的引路声。

红军大部队走过后的两天，枇杷树副保长赵礼兵的大哥家娶儿媳妇，有人看见有三个掉队的红军朝桐梓方向走，刘保长喊人要把三个红军办（害、整）了，赵礼兵不准，他以自家人在办喜事图吉利为由，不让刘保长喊人办那三个红军。副保长赵礼兵为稳住刘保长，就不停地在酒席上给刘保长添菜敬酒，刘保长喝醉了，醉得话都说不出来，如一摊稀泥睡了整整一天一夜。三个掉队的红军才免遭遇害。

1958 年前赤水通往遵义的大道（熊洪潘摄）

桐梓酒海

梁昌伦　黄玺琴等／口述　梁隆贤／整理

桐梓自古好做酒，秋冬之交，多以高粱或杂以稻、麦、粟、稗、玉米酿造，民间多以每酿两三斗粮为限的"小作酒"分盛瓮中藏酽。它们曾如清流润暖百姓与红军。

甲戌年（1934）腊月十六，桐梓县黑色溪游击队（亦称西郊游击队）在桐梓县城大十字旁的马空凡洋房里摆酒席为红军送行。这天，这1000多名吃酒席的红军中，有1000名是从南郊、北东郊、西郊游击队员中新参加的桐梓籍新战士，新战士们都佩戴写有"九江""江南"的红色布条符号，个个精神焕发，兴高采烈地谈笑和唱歌。红军欢迎从游击队员中参加红军的新战士，每人发了一双新胶鞋。

此时，黑色溪游击队员张占斌、陈玉州、梁锡章、肖焕章、李方亭及其他的游击队员梅海山、李广南、杨振友等正在搬酒出来，酒香四溢，引起了会场小小的骚动。当然不仅仅是因为有酒更增添了喜悦和快乐，也包括这样的盛酒器——"酒海"，是红军和游击队员们打土豪时难见的稀奇物，也是红军给这种盛酒器取的"酒海"名字。这种盛酒器非常特别，不是以前人们都见过的广泛的瓮或坛，而是一种身长三尺余、围径约二尺、无颈、口小如杯、身有提把的贮酒器，紧覆其口的是灰白色的天然圆石，叫石塞；据说，是发财人家带钱、带鸦片躲红军而带不走酒，才叫烧坛厂研制烧出的一种新型贮酒器，其存量大，酒耗小，又利于酒的熟化和长期存储；当它与石塞一起藏入山土或菜地中，它的承重力变大，伪装色增加，你一脚从它顶上的石塞踩过时，却浑然不知你正踩着一瓮甘汤芳醑。

红军在桐梓带领游击队员们打土豪时，见到这种储藏酒都高兴万分，红军给这种大家都叫不出名字的贮酒器取名"酒海"。游击队员们搬来的"酒海"当然不全是发财人马家的，有些是红军领导西郊游击队员打了杨应、陈向贤、陈八等土豪得来的。

游击队员们与红军们一同打藏洞、打土豪，一同分粮、分油、分盐、分肉、分衣给穷苦"干人"，一同吃糖果和吸白金龙香烟，而打土豪抬来的"酒海"却没有舍得吃，都很珍贵地统一放置在马空凡洋房，等待着一场游击队员与红军的盛会，等待着一场彼此感情深的一次豪迈释放和壮行。

白天开完会的1000多名红军战士和游击队员放开喝酒、吃肉，互道尊重和惜别，游击队员们不停地给红军倒酒、敬酒，劝红军们"酒海不干，我们不散……"；红军战士们也敬酒游击队员"酒海不干，等归来……"夜间，酒足饭饱的红军战士们不惧数九严寒，在红军老战士的带领下一同出发，向赤水挺进。

从此，那场桐梓游击队员与红军彼此以"酒海"喻一种企盼和奢望的相聚，成为桐梓游击队员摆酒席送红军的佳话，"酒海"器型和名字也传入桐梓民间。

抗日战争时期，"酒海"被桐梓提炼酒精而兴起的很多大型酒厂广泛推崇，它的名字伴随它存量大、酒耗小等优点一直沿用到桐梓解放后。

李朝科与红军筒的故事

钟金万

1935 年 3 月，平正乡仡佬寨人民怀着依依不舍的心情，送别了"干人"自己的部队——红军指战员同志。

回到家里，李朝科突然看见了红军留下的一个扁圆形竹筒。那是红军装饭用的饭筒，筒内还有 3 个小铜钱。李朝科拿着饭筒，急切地向红军前进的方向追去，他要把竹筒还给红军同志。可是，追了半天，他连红军的影子也没有见到。红军走远了，竹筒不能物归原主了。

从此，红军留下的竹筒就成了李朝科的随身宝贝。他随时把竹筒挂在自己的胸前，随时用它来盛水喝，还装自己最心爱的东西。时间久了，人们都知道了这个竹筒的来历。于是，你传我，我传他，附近山寨的人们都晓得李朝科有一个红军留下的"红军筒"。

不久，仡家人还相互传说着这样一句话："那个红军筒是个神药筒。"有的说："肚子痛的时候，只要用它来装上一筒开水喝，肚子马上就会好。"有的说："头痛的时候用它里面的铜钱来刮几下，脑壳就不痛了。"

由于有了"红军筒"，李朝科简直成了当地的神医。天天都有人来找他看病，人越来越多。肚子痛的来要求用"红军筒"装开水喝，头昏脑热的来要求用筒钱刮一刮脑壳；心情烦恼的人来要求看一看"红军筒"，心情顿时就开朗了；孤独的老人来看一看"红军筒"，就跟见到亲人一样高兴了；耳聋的人把耳朵贴在"红军筒"上，居然也能够听到"声音"了；眼瞎的人摸摸"红军筒"，就能够看见一线光明和希望；等等。

朋友，也许你听了这些故事，可能会在心里发笑，会感到那个"红军筒"真有那么神奇吗？不，那个"红军筒"寄托着仡家人的心愿，凝结着仡家与红军的血肉深情呢！

红军来到李朝科家那天下午，不仅倒出筒里的酱香型白酒给他们一家人喝，说出了白酒有活血通络、散湿气、驱寒冷、助药力的特殊作用，而且还说出了郑珍（子尹）先生在茅台村写对联救贫的故事。

红军说："一般情况下，郑先生写对联是要不了几个钱的，甚至由对方随便给，要价怎么也不会超过 30 两银子。但是，一个女孩的家人因为

平正乡仡佬族村寨（周菁提供）

欠了金老板 30 两纹银，家人正在街上将女孩身插稻草标进行鬻卖，这一幕恰好被西南巨儒郑珍先生看见了，可惜郑先生当时身上没有带钱。当郑珍先生知道前来请自己写对联以光耀门楣的人正是金老板时，他马上就说写对联的润笔之资是 40 两纹银，可已经叫人展纸磨墨的金老板却只出 20 两。"红军喝了口水又说："郑先生提笔写下'酒冠黔人国'这 5 个大字后，掷笔后收起 20 两纹银就走。金老板忙将郑先生拦住，问郑先生为何只写半副对联？郑先生冷冷一笑，理直气壮地回答道：'你只出一半的润笔之资，我当然也只写半副对联哪！'这样，金老板只好再捧出 20 两白花花的银子。"

同时，红军还说起仡佬族不仅喜欢饮咂酒，而且很会煮咂酒。红军说："同治元年（1862）三月，太平天国翼王石达开曾到过遵义仡家，深受欢迎。仡家特用咂酒来招待翼王石达开及大军。石达开饮后即席咏诗赞美咂酒：'千颗明珠一瓮收，君王到此也低头。五岳抱住擎天柱，吸尽黄河水倒流'。"

李朝科正是品尝了红军带来的酱香型白酒，听了红军讲述的那些精彩故事，亲身感受到红军是那么的关心爱护仡家人，才对"红军筒"爱得那么深切。

旺隆红军酒

李克强

"旺隆生产过红军酒。"革命老人袁廷华在回忆中说道，他说 1935 年 1 月 25 日，当天是赶场天，上午四乡农民开始离家赶场了，突然有人喊："看，快看，有支队伍从葫市方向开来了。"民国时期，兵匪一家，祸害百姓。乡民一听军队开来，不明真相。纷纷躲藏起来，家家关门闭户，人心惶惶地等待将要发生的事情。只见 100 多人的队伍在一个农民大汉引领下搜索前行到旺隆场上，不一会从旺隆区公所响起两三声枪声，人们不摸底，心情更加紧张了，呆坐在家请求神灵保佑。大约 10 分钟后，只听见旺隆小学聂亚群老师沿场街喊："乡亲们，不要怕，江西红军打过来了，他们是穷人的队伍，是来解救我们'干人'的。"群众一听聂老师喊话，悬吊的心放下来了。不一会哥老会管事、杀猪匠明三爷敲着铜锣，边走边喊话："乡亲们，'干人'的队伍红军来了，区公所被红军收拾了，大家快开门出来迎接红军，帮助红军做事情，支援红军。"大家一听，都急忙把门打开，只见场街上到处都是红军。红军对开门的居民说："老表不要怕，我们是红军，是'干人'自己的队伍。"居民把红军迎到家里，红军陆陆续续来了 1000 多人，几乎家家都住了红军。当年旺隆是旱码头，二三百

旺隆全景（周超南提供）

户，但他乡脚宽，赶场天加上外来人口二三千人至四五千人。红军的到来，使旺隆街上沸腾起来。红军派出若干小分队到场上和附近乡下，给群众做好事，宣传共产党的主张、红军的目的和任务等。

袁廷华说，我当年 17 岁，在我舅舅家酒厂当工人做点流水账，说起是厂，实际是一作坊，厂棚是泥夹壁的房子，看上去很宽敞，全厂 5 人，季节时 7～8 人，年产万把斤酒，除生产小高粱白酒外，也产一些谷子酒、红苕酒，配制一些花酒、果酒。满足旺隆地方各层人士需要，酒厂设在场当头，旺隆河河边，紧靠赤桐公路。红军来的头天，老板蒋四爷有事回孙家岩老家去了。红军先头部队最先从我厂门经过，他们没有惊扰我们，直接上场街上去了。当我听到明三爷号召，也想上街看看，可惜厂里酒糟刚上甑不久，正开始出酒，脱不了身。中午只见路上一队一队的红军开过来，他们都是年轻人，衣服杂乱，各种颜色都有，但大多数头上戴"八角帽"，帽子钉有红布做的五星，十分显眼，队伍很精干。有几个女红军，腰扎皮带，英姿飒爽，十分威武漂亮。有三个红军走进我们厂，领头的是一位30多岁壮年大汉，随行的是一个女红军，20多岁，背一军用大皮包，紧随其后是一个20多岁的高个子红军。

女红军对壮年红军说："刘主任，你嗅到酒糟味就进来了，你酒瘾发作了吗？"

刘主任说："嗅到久违的酒糟味，我的酒虫精爬上来了。"

那背驳壳枪的高个子红军问："老表，哪个是管事的，我们打点酒。"边说边拿出水壶，说："张英会计，付钱，好装酒。"

我忙上前，将水壶灌满酒，当女红军付钱时，我生死不要钱，我说："长官，一两斤酒，算什么，我们厂送给你们红军的，要只管来装，不收钱！"

刘主任走到我面前说："老表，你们辛苦了，钱一定要付，我们红军有纪律，不准拿群众一针一线，你就收下吧，不要为难我们犯纪律。"

女红军不容我说，直接将钱放在酒厂桌子上，他们三人转身追部队进场了。

我师兄赵兴皇说："这支秋毫无犯的军队，一定能得天下。"

下午，我们收拾好酒厂工作，留赵六看厂，一起到场上看红军。只见场当头空坝上，搭一台子，聂老师陪几个红军在那里宣传，听宣传的有1000多人。我挤进去听了一会，红军干部正在讲日本侵略中国，中华民族到了生死存亡关头，讲红军北上抗日，救中华民族于水火之中，又讲马克思、列宁，讲共产党、苏维埃运动，几个红军轮流上台演讲，有个剪短发的女红军，煽动性很强，她用手势配合肢体，听得人如痴如醉，当她讲到国民党阶级压迫时，男人热血膨胀，有的女人哭出了声。我听了好一会转身向场子上走去，只见场上红军有的在修路，有的在扫地，有的上房捡瓦，给群众做好事，有的在街上刷标语，一派忙碌情景。我回到家，见我家也住了20多个红军，楼上、楼下都打了地铺。

父亲正在忙着用凉板、木板、门板给红军铺地铺，他说："地下又潮湿又冷，我们不能亏了红军。"

母亲则戴着老花镜给红军补衣服，我帮父亲忙了一会就又上街，走到万寿宫，见苏邦然背一杆枪和一位红军在站岗。

我问："苏大，你参加了红军吗？为什么在这里站岗？"

苏大说："我没参加红军，红军帮我们场上成立了穷人赤卫队，队长是明三爷，我们自卫队有四五十人，配合红军站岗、放哨，盘查来往的陌生人，还给红军出勤务。一会红军要开仓，给'干人'发米、发盐。明队长领了一群赤卫队员去帮忙了。"

他悄悄地说："万寿宫是红一师师部，李师长他们住里头。所以我们在这里站岗，保卫师首长。"

我见来来往往的红军在万寿宫进进出出，不能久站就又向上场头走去。走到月台坝我干妈汤大娘家，见干妈汤大娘、干姐汤二姐在打草鞋，草鞋打了好几双了。我说："干妈，你们不去看热闹，听宣传？"

二姐说："我们有任务，给红军打草鞋。"

正在用刀背捶草鞋的干爹汤大爷接过话说："你没见红军大多穿的草鞋是习水上面的水巴龙草鞋，一点不结实，不耐穿，寒冬腊月，有些红军还打光脚板，好可怜啊！我们全场能打草鞋的人家都动员起来，义务给红军打草鞋。我用刀背捶过的草鞋，不打脚，巴适。"

我说："怪不得很多乡下人挑谷草赶场，是打草鞋用的材料哦！"

待了一会，我就顺场街往回走。走到林光堂庙前，听见有人喊："老表，小师傅。"

我一看刘主任几个人从堂屋里出来，刘主任说："小老表，我们正要去酒厂找你，走，去你们酒厂，边走边说。"

刘主任问我："厂里有多少酒？"

我说："有 2000 多斤。"

刘主任说："去厂里看看，我们准备购买一些酒。"

当我们快走到酒厂时，厂里的赵六正东望西望。他看见我们，忙走上来说："袁廷华，刚刚又来了一批红军，看样子要在厂里住。"

我说："没关系，能住就让他们住吧。"

当我们一进厂，刘主任就对一个大胡子红军说："唐营长，是你们。怎么才来？"

唐营长一听，立马上前，敬了一个军礼说："报告刘主任，我们是后卫营，刚刚到，听调整哨说旺隆住不下了，我们营部和七连准备在此住下，教导员带八连、九连已到附近农家找住处去了。"

刘主任说："好！部队准备买点酒，我来看看。"说着，刘主任、张会计、唐营长和我、赵六走进库房，我将存放的酒一一打开，刘主任一一品尝，刘主任问了我价格，说不贵，我们买一些。

我说："红军要，我按成本价给你们。"

刘主任说："不，我们一定按你市场销售价给钱。"

刘主任一边叫警卫员去通知师卫生队（消毒、处理伤口用）和各团后勤来领酒，一边对女红军张英会计说："你做好计量记录，不要搞错了，少给老表钱就不好了。"

我一听，真是无言了。正说着司务长过来给我说："老表，借你大锅大灶煮个饭，我们付柴火钱。"

我说："要什么柴火钱！"

我叫赵六将我们火房储藏的芽菜、粉条、腊肉拿出来慰劳红军。正忙乱中，刘主任招呼我们坐下，刘主任问我酒厂出酒率多少，我答38%左右，刘主任说怪不得你酒刮喉，不好吞，尾子苦。

我说："刘主任，你也懂酒？"

张英会计说："我们刘主任是上海的大学生，学的是酿造专业。在江西瑞金时，兼任过苏维埃政府酒厂厂长，他做的酒，在上海都是抢手货。"

我一听忙说："刘主任，你给我看看酒厂，帮我们指点指点。"

刘主任说："好，从头看起。"

我们领着刘主任和几位好奇的红军，从我厂焖粮、蒸生坯、蒸熟料、晾坯、拌药、进箱拌糟、入窖发酵、蒸酒等主要工艺流程介绍完后，刘主

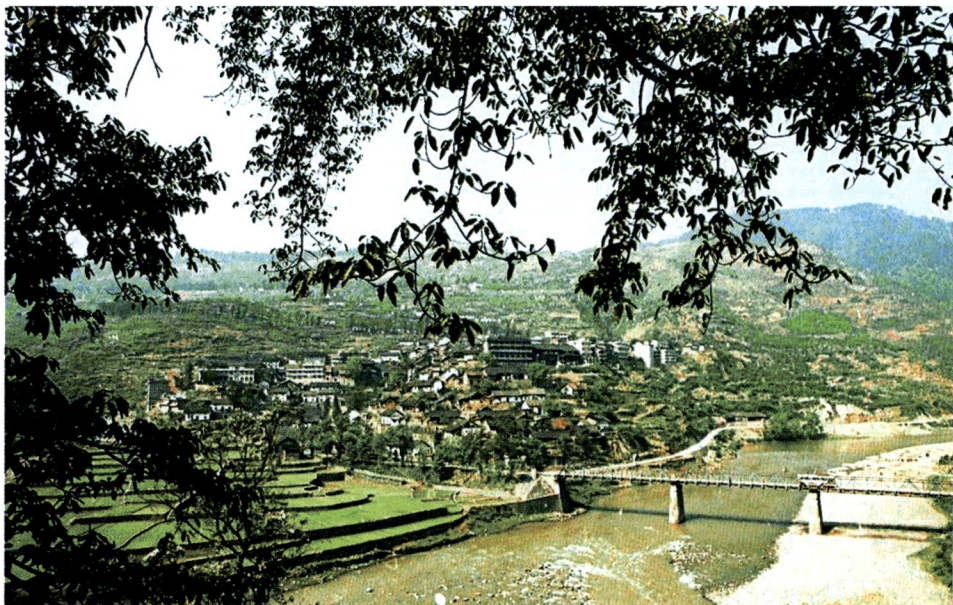

习酒镇（1992年熊洪潘摄）

任说："你们温度、时间没控制好，拌料谷壳比例不对，加得太少。目前这批酒你要加大谷壳比例，要蒸酸。我给你写个条子，注明各道工艺、时间、温度、配料比例及注意事项。你按我的做了，保证你厂出酒率45%以上，并且好喝不刮喉，不打头。"

我高兴得直说："好，好，要得，要得！"

刘主任拿起笔写起来，这时一个背短枪的精干小伙走到厂里，唐营长一见说："罗参谋，你来了，有事吗？"

罗参谋说："团长有令，你们营调整为前锋营，明天清晨出发，向赤水前进。我明天会带团侦察排和你们一起行动。"

罗参谋说完，转身要走。唐营长一见，忙拉住罗参谋说："不准走，刘主任在此，等会儿我们一起吃饭，整两口。"

罗参谋转过身来，用眼光找到刘主任后，忙上前敬礼，说："刘主任好！"

刘主任笑了笑，说："罗国喜，你有口福，你嗅嗅，腊肉好香啊！"

大家都笑了。开饭时，红军一个班一圈，每个班都背有两个脸盆，装饭、装菜，行军后烫脚都用它。刘主任、张会计、唐营长、罗参谋、连长、指导员、警卫员小王、赵兴煌、我等人坐了一大桌，我叫赵六给每桌红军满上一大海碗酒。我们边吃边听刘主任、唐营长讲红军趣事。

席间，刘主任问我，这么好吃的芽菜是什么做的？怎么做？我告诉他，是用贵州唯有赤水才有的大杆青菜，经晾晒、划丝、腌制而成的，他们都说旺隆芽菜好吃，汤好喝，粉条他们也说好吃。

罗参谋说："这个红苕粉好吃，但没卖相，颜色太黑了。如果脱色脱好了，就又好吃又好看。"

赵六一听忙说："罗参谋，这粉条是我家用红苕做的，你说脱色是怎么回事？怎么脱？"

赤水河入江口（1993 年熊洪潘摄）

　　罗参谋说："我们老家江西就大量生产红苕粉条，以前也是黑的，这几年改进工艺脱色。粉条不黑，亮晶晶的，就好卖多了！"然后，罗参谋告诉赵六脱色方法，大家边吃边谈边喝酒，相互敬酒，预祝革命胜利，其乐融融。

　　第二天，天麻麻亮，唐营长带着全营官兵作为先锋，先行悄悄出发了。天亮后，一阵阵军号声雄亮地响起，红军列队按战斗序列穿着旺隆人民打的新草鞋，告别旺隆众乡亲向赤水方向前行了。旺隆场不分男女老幼，全体出动欢送红军，明三爷带领着二三十个民工扁担队，也随红军出发。红军大部队走后，旺隆场归于平静。下午有人言传红军与川军在黄陂洞打起来了，下午就看见红军开始回撤，到了晚上，回撤的红军将旺隆场住满了，我跑到月台坝场当头等刘主任、唐营长他们。天完全黑下来后，终于见到了刘主任，我忙上前问刘主任怎么回事，刘主任对我和聂老师等人说，我们在距赤水 10 公里的黄陂洞，与川军章平安旅遭遇了。川军人多，武器精良，火力猛，我们吃了亏。二团龙政团长牺牲了，听说红二师打复兴场也失败了，牺牲了欧阳鑫团长，中央军委命令我们明天在葫市与九军团会合，尔后转移到猿猴，在那里组织渡赤水河，直接进入川南古蔺县。刘主任说，大部队在旺隆住一宿，现七里坎三团一个营在防守，估计明天上午会回撤路过旺隆。刘主任又说，我们走后，国民党军马上会追过来，他们要报复支援过红军的旺隆人民。你们要动员全场上的人家全部向大山转移，待川军走后才能回旺隆。

当晚，红军安宿了，而场上的居民则又沸腾起来，他们帮红军洗衣服、烘干衣服、缝衣服、打草鞋，他们炒苞谷、炒黄豆给红军做干粮，赤卫队员 20 多人，连夜不停推谷子做军粮。居民将能杀的活物杀了，卖给红军。不能杀的活物则牵到乡下藏起来，居民将一切生活物资能带的带走，不能带的就坚壁清野，不留一点可用的生活物资给川军。

天亮了，在一阵响亮的军号声中，红军集合开拔了，旺隆苏邦然等一二十个赤卫队员参加红军走了。居民在与红军挥泪话别后，也纷纷离场，撤到旺隆场两边大山上。袁廷华后来说，撤到红岩大山的居民有四五百人，有的抬着、扶着、背着红军伤员，有的背着家里可怜的物资。我见干妈汤大娘一手抱着一只生蛋母鸡，一手牵着 4 岁孙女，"嗨哧、嗨哧"随人流爬山，我忙上去帮她，她说："愿菩萨保佑红军吧！"快中午时分，旺隆场响起断断续续的枪声、爆炸声。大家坐在半山上，忘了饥饿，忘了寒冷，揪心地听着、看着、等待着。下午 5 点，白杨坎方向枪声停了，战场平静了。我们胆大的年轻人二三十个约起，悄悄下山，找到战斗现场，将 13 位牺牲红军战士的遗体分散就地安葬了。

　　川军走后，旺隆又恢复了往常的苦难生活。我们酒厂开工后，我按刘主任写给我的秘诀方法烤酒，果然，出酒率达到 45% 以上，接近 50%，并且酒的口感更加醇厚、缠绵，不刺喉、不打头，旺隆场酒仙、酒鬼们一致评价酒质好，问我酒怎么变了，我说是红军教我做的。从此，经酒仙、酒鬼口传，"旺隆红军酒好"，以致敬天敬地，红白喜事，都要请"红军酒"到场。老板很高兴，招了工人，扩大了产量，让红军酒发扬光大。

　　袁廷华后来参加了旺隆地下党，任旺隆地下党支部宣传委员。解放后，调县机关工作，任联防司令部参谋、大队长等。参加了剿匪、征粮等工作。可惜，在政治运动中受到不公正待遇，入狱 14 年。出狱后，帮助蒋叔英，利用盐化厂旧厂房生产白酒、黄酒、花酒、果酒，取名红军酒，质量好，获贵州乡镇企业优质奖，产品远销贵阳、重庆、江浙一带。1986年，中央落实地下党政策，袁廷华得以平反，组织上准备安排他到政协工作，他不想进机关，要求到生产一线。组织上考虑他的专长，安排到赤水县国营酒厂任技术顾问。到厂后，他和工人师傅一起，开展质量攻关，将赤水酱香酒、"赤水老窖"，原名"琼浆酒"的质量档次提升到国家优质酒标准。1988 年，全省白酒评比，赤水老窖得分最高，获贵州省酱香型白酒类第一名，为赤水增光添彩。县政府在全县经济工作会议上，江继伦县长点名表扬了袁廷华。后来，县酒厂多次改制，现名"赤水市酒业酿造公司"，法人周明武。周明武为传承这一段厚重的红色历史，将公司生产的白酒取名"红军渡 1935"。袁廷华于 2009 年去世，享年 91 岁，但他留下的红色故事仍激励着旺隆革命老区人民。

　　（作者系赤水市质量监督局退休职工，现任赤水红色文化研究会副会长兼秘书长）

压惊酒

钟金万

1935 年 1 月正是农历 1934 年腊月，当时遵义城区不断听说红军就要打过来了。至于红军是什么样的军队，打过来干什么，除了听说他们是打土豪、分浮财之外，别的什么都不知道。

当时赵家的人除了 60 多岁的赵乃康之外，其余的是他的妻子、儿媳、女儿赵璃、赵珣和三个孙子。他的儿子赵宗典到思南沿河一带刘思齐先生那里谋事去了。此外，经常来赵家看望的人还有侄孙世勋、世端，外孙刘德修，族侄宗伟。

红军要来了，赵夫人、赵璃、赵珣和儿媳都非常担心、恐惧，因为在她们的记忆里只有军阀混战时的滇军、川军、黔军，这些军队烧杀奸淫，无恶不作。

1 月 10 日这天早晨，赵世勋、刘德修来了，他们说昨晚红军已经进了城，刘伯庄先生还带了一些人去丰乐桥迎接呢。他们还说，街上安安静静，一派祥和，人们该干啥还干啥，红军对人客气有礼，不惊民、不扰民，宣传的是要北上去打日本鬼子……赵家人一听，全都安心了，家中的气氛又活跃了，赵珣还唱起了"欢迎，欢迎，欢迎嘉宾……"

　　大约又过了两三天的一个早上，赵乃康先生的学生郑石钧来家约他去吃羊肉粉，说他的姐夫詹叙清先生在豫章小学等他。于是赵乃康和郑石钧一道就去了。

　　中午过后，赵家人不见赵乃康回家。全家人都在等候，有些着急。突然，有人从街上回来告诉赵乃康的夫人，说他看见赵先生、詹先生、郑石钧被红军抓走了，至于抓到什么地方去，就没人知道了。顿时，赵家乱成一团，哭声骤起。天哪，红军抓赵乃康究竟是为了什么呢？他既不是土豪，又不是劣绅，他在百姓中是有好名声的人呐！他犯了什么法？为什么要抓他呢？

　　与此同时，又有人告诉赵夫人，说某某家被抓了人，花了若干银圆还有鸦片，才赎了出来。这个数字大得惊人。赵家虽然不穷，但也不富裕啊！赵家又听说某某家人被抓了还把人杀了，某某家还被抄了家……一连串惊心动魄的传闻，把赵家人吓得要死，担心得要死。于是赵夫人、儿媳赶快叫赵世勋等人去打听赵乃康关在哪里？要怎样才能把人放出来？赵世勋等人跑了几趟，毫无结果。此时的赵家，个个担惊受怕，人人抽声饮泣。

　　9岁的赵珣不太懂事，却晓得这事非同小可，一旦她的父亲回不来，全家该怎么办呐！这个家不就垮了嘛！她也像大人一样哭，吃不下饭，一阵阵发呆。

　　白天在煎熬中过去了，夜晚来临，赵家人仍旧聚在一起等待，看是否有人前来送信。赵珣闷坐在床上，一歪身倒在枕上，哭着哭着，竟然睡着了。不知道过了多久，有只手在轻轻地拍打着赵珣的脸，并轻声唤她："八，八！"赵珣醒来了，五姐赵璃对她说："别哭，别哭！快起来，爹回来了！"

　　"爹回来了！爹回来了！"赵珣的希望和靠山回来了，她一翻身，赶快下床穿鞋，直奔父亲赵乃康的寝室。

　　此时赵乃康先生的寝室内一根大红蜡烛正温馨欢快地燃烧着（本是准备过年用的），室内一片喜悦祥和的红光。赵乃康正坐在椅子上，一家老小团团围着他，听他讲述这一天不平凡的经历。

　　赵乃康和詹、郑两人吃了羊肉粉后，就在豫章小学内摆谈。突然进来了几个穿着军服的红军，见了他们后，稍事询问，就叫他们三人跟着一起走过丁字口，到了一座大宅院，然后就把他们关进了一间空房内。此时屋内早有二人蹲在房间的一角，他们三人也只好蹲在那儿。

　　整个白天，人们进进出出但不见喧哗，他们蹲着，心中颇为忐忑，不知道究竟犯了什么事，红军究竟会怎样处置他们。他们站到窗户旁边看见人进人出，就是没有一个熟人。他们只好在房内走动一下，又蹲下去，一直挨到傍晚。

　　天黑了，房角高高吊着一盏菜油灯，光很暗，看不清楚东西。突然进来一个人，他披着一件较长的衣服，似乎是件大衣，眉眼看不清楚，走到他们五人面前，指着一个说："你，一千！"又指着另一个说："你，三千！"走到赵乃康面前说："你，五百！"詹、郑也是几百元。只听那两人抱怨着说："哪有那么多钱啊！"

　　赵乃康等三人却默不作声。那时，赵乃康正在心中盘算：如何带信出去？如何借钱？如何还债？赵乃康还在想："看来他们有调查，为什么我出钱最少，他们知道我不是绅粮，是个穷教书的。但是，为什么要抓我呢？"

　　赵乃康等三人就这样各想各的心事，各做各的打算。不一会儿，听见外面打了三更。赵乃康没睡意，突然门又开了，进来一个人，高声问："谁是赵乃康？"

　　赵乃康紧张地站起来说："我是。"

那人又说："你出来。"

此时房内的空气紧张到了极点，詹、郑二人颤抖抖地说："先生保重！先生保重！"

赵乃康后来对家人说，他当时心中什么也来不及想，跟着那人走进了一间黑房间，看见另一个人站在那里。赵乃康一进屋，那人走过来握着赵乃康的手说："先生受惊了！先生受惊了！我因有事外出，回来听说他们把先生抓来了。经请示上级，说先生是好人，叫我们马上让先生回家，马上回家。"那人说完又出房去了。

真是喜从天降！一会儿，那人又进来了，一手提着一个已经点燃蜡烛的烙粑灯笼，一手拿着一根竹棍说："天冷路滑，先生小心点，拄着棍子走吧。"一股暖流注入赵乃康的心田，他的眼睛湿润了。但时间刻不容缓，赵乃康接过灯笼，拄着竹棍回身就走。

刚出房门，那人又叫："先生，等一等！"

赵乃康停下来，担心是不是又有什么变故。那人走到面前，从怀里摸出一张名片，说："差点忘了这重要的东西，先生带着，路上如果我们的同志清问，您出示名片就行了。先生早点回去，免得家人盼望。"

赵乃康接过名片就更加感动了。他抓住对方的手说："你是谁？替我想得如此周到，告诉我你的姓名，我好永远感念。"

对方说："别问了，我是×××，你的学生。"

就这样，赵乃康一手提灯笼照路，一手拄着竹棍走，怀揣名片，迎着寒风凝雨快速往家里赶。大约走了二三十米，传来一声"口令！"

赵乃康回答道："老百姓。"

待查哨的走来，赵乃康给他看了一眼名片，他们立即放行。这样经过七八次的盘查，赵乃康就径直回到了家。

赵乃康讲完了，大家都松了口气。

赵乃康又摸出名片，让大家一一传观，这是一张崭新的名片，上面印着四个字——周刘桂君。

赵乃康说："这大约是今晚的通行证吧，'周刘桂君'，显然是一个女人的名字，但她究竟是谁呢？"

那个"周刘桂君"究竟是谁呢？全家人都面面相觑，至今也还是一个未知数。"周刘桂君"究竟是谁虽然至今也没有弄得清楚，但当晚赵夫人却将她准备好的给赵乃康压惊的酒菜端上了桌子。

赵夫人说："今天全家都担惊受怕的，你回来了，大家也高兴了。来，我敬你一杯，压压惊吧！"

赵乃康欲言又止，将酒一饮而尽。

接着，赵夫人又说："来，媳妇儿、姑娘们，你们也来敬您爹一杯，感谢红军的不杀之恩，祝您爹劫后新生，健康长寿！"

此时似乎有点激动的赵乃康笑眯眯地又是一饮而尽。赵夫人见赵乃康高兴地喝了两杯酒，似乎更加激动了，而且兴致很高，她又无话找话地说道："孙子们也要敬爷爷一杯。他们虽然睡了，我们来代表他们表达心意吧。祝爷爷福如东海，寿比南山！"

赵乃康又是一饮而尽，并且再三感谢妻子这么贤惠，还为他准备了酒菜。

接着，赵乃康站起来说："酒不能多喝，多了伤身。但是，我也要提议三杯祝福的、祝贺的、祝愿的酒。"

赵乃康见大家都认真地听着他的话，也没有提出别的异议，就说："首先祝福我们遵义来了一支仁义之师、文明之师、子弟之师。这是国家之福！民族之幸！万民之喜！"

说毕，他依旧一饮而尽，见妻、女、媳都喝了。他又斟上酒说道："第二杯酒，祝贺我们生逢其时，得到了红军的礼遇，一个灯笼，一根竹棍，一张名片，周到而下细（'细致'的意思）呀。祝福老百姓自己的子弟兵百战百胜吧！"

接着是第三杯酒，赵乃康说："衷心祝愿：红军革命成功，万水千山一片红，红旗插遍全中国！"

这时，赵乃康的五女儿赵璃不知怎的却扑哧一声笑了。她这样说道："母亲的压惊酒却成了父亲的祝福酒、祝贺酒、祝愿酒。你们说好笑不好笑哇？"

赵乃康说："正是一种酒食几种心态啊，不亦乐乎！"

正说着，窗外的雄鸡却拉开了它那划破黑夜的叫声。

赵乃康说道："天快亮了，都去休息一下吧，明天该做什么做什么。"接着就将那张名片珍藏在他的眼镜盒内。

后来，八女儿赵珣再次问起红军"抓"走父亲这件事情时，赵乃康回答说："红军是一支有纪律的革命队伍，爱憎分明，纪律严密。你看，20个小时不到，就把涉及我的事情处理得清清爽爽，干净利落，这些风格做派，我很佩服。"

一名老红军的不悔人生

钟金万

　　1935 年 2 月 24 日至 3 月 1 日，中央红军长征期间"二渡赤水"后，重返遵义，先是一举夺取娄山关，最后再占遵义城，前后经过了一系列连续战斗，最终取得了一系列辉煌战果，史称"遵义战役"。红军战士潘青彪（潘先标）就是在老鸦山战斗中受伤，在好心人掩护下，定居在遵义县（今汇川区）沙湾镇柏杨坪的。左青云保护潘青彪，与潘青彪喝交杯酒的往事，至今一直被人们津津乐道，传为美谈。

　　潘青彪是江西人。长征时，他跟随红三军团从瑞金出发，经过湖南进入贵州，最后来到遵义。"二渡赤水"后，潘青彪在遵义县（今红花岗）老鸦山战斗中腿部负伤，被转移到毛石坎一户"干人"家养伤，却被国民党松林区区长牟华廷知道了。

　　得到消息的牟华廷立即派区里的区丁盛伯之前去毛石坎"处理"（杀害）潘青彪。幸遇混子场知名人士左青云挺身而出，严正劝阻，不准盛伯之杀害红军战士。左青云说："你看他的伤那么重，脚肿得像水桶，脸瘦得像猴头，这样下去他也活不了。你何必要背这条人命债呢？"就这样，左青云好不容易才劝阻了盛伯之。盛伯之回去报告区长牟华廷说，他已经

老鸦山战斗遗址南坡（曹旭提供）

把红军杀了，丢进了一个"无底洞"（消坑）。

其实，红军战士潘青彪此时此刻已经被当地的"干人"转移到混子场附近底水的一个山洞里，正在那里治病疗伤呢。后来，潘青彪又在混子场柏杨坪"干人"的掩护下，继续在知名人士左青云的家里养伤。

伤愈后，举目无亲的潘青彪就在左青云家当起了"长年"（以年为工作时间的佣工）。几年后，又在左青云的帮助下自立门户、结婚成家。此后，当地人一直称潘青彪为"老潘"。解放后，老潘因证明自己是红军身份的证据全部遗失，起初没有得到人民政府的承认。后来，经过政府相关部门的多方核实取证，才证明了他是红军战士的身份。原来，潘青彪是红三军团十团三营的司号员。1996年，潘青彪去世，享年80岁。

在混子场，除了知名人士左青云对红军伤员潘青彪的保护与帮助被传

老鸦山战斗中子弹打到石头上的痕迹
（曹旭提供）

为美谈之外，潘青彪对遵义酒文化的感受也刻骨铭心。他说，酒这种特殊的液体，已经融入了遵义人的日常生活，他欢乐时刻要饮酒，祭祀场合要用酒，出征时刻要助威，得胜归来要庆贺，亲朋聚会要"整酒"（斗酒）……啊！遵义人简直就没有不喝酒、不用酒的时候哇！

是的，遵义是酒乡，无酒不成礼仪。这里酿酒的酒坊多，喝酒的场合更多。善酿苞谷酒、高粱酒、窖曲酒的遵义人比比皆是。特别是山里那些人家，哪家不自酿"小作酒"、米酒（甜酒）呢？办酒席要上酒，赴宴时称为"吃酒"，亲友聚会要"整酒"。酒席上又以各种名义轮番劝酒，包括猜拳、估子或说"四言八句"（民间吉祥语），人人都是打"酒官司"的高手。在酒席上，一吃就是半天，最后酩醉而归，否则决不罢休。年节期间，来得起气（任其吃喝）的人家，设酒席轮流聚饮，半个月内醉汉不少。农忙时，一般村民喝酒解乏，舒筋活血，强身健体。酒席上，豪饮者多精于猜拳、估子或行酒令。酒量大而有瘾者，俗称"酒海""酒罐"或"酒缸"。喝酒的规矩也不少：父母在世，不可饭后喝酒；父母去世守孝三年内，赴宴不可坐首席；猜拳时，除空拳外，不能倒大拇指，帮会中更为严格。解放后，白酒的消费日渐上升，城乡豪饮之风一直兴盛不衰。

如果说，这是酒在红军战士潘青彪心里留下的普遍性印象；那么，新婚大喜那天经过的"酒精"烤炼，就是他终生难忘的特殊事情了。

潘青彪结婚那天，接纳人引着他们夫妇进入洞房时，堵在新房门外的亲戚、朋友和邻居无不用他们的拳头击打潘青彪的肩膀或背心。后来，他才知道民间"打一下生一个儿子"的说法，这是民俗哇！进入洞房后，接纳人还为他们举行了坐床、揭盖头、吃交杯酒的仪式。坐床后，潘青彪揭去了新娘子的盖头，接纳人就安排一男一女，拿来两个装有白酒的大水瓢，要他和妻子喝交杯酒。刹那间，潘青彪的脑袋迅速膨胀起来："我的天，这合卺酒，不是我喝它，简直是它喝我了。"原来，在潘青彪的家里一时找不到葫芦，接纳人只得找来两把大水瓢，在一把瓢里倒了一杯白酒，让他们夫妇喝合卺酒。出现这一现象，既有潘青彪贫穷的原因，又有接纳人尚古的理由。

喝完合卺酒，潘青彪夫妇就到酒席上去给客人拜客敬酒了。新娘跪地，潘青彪依次给保护过他、帮助过他和关心过他的当地老人一一敬酒，特别知名人士左青云。左青云受拜之后，喝了敬酒，立即将一绺近两米长的红绸披挂在潘青彪的身上，他说："吉星高照，鸿运当头，儿孙满堂，百年其昌。"这叫"挂红"。潘青彪敬酒后，有的老人给他了几文红钱，说这叫"打发"。婚礼结束后，夜间又有人来闹新房，逗笑戏谑。老人们说这叫"三天无大小"，也是一种民间婚俗。

红军战士潘青彪曾经说过，留居遵义是他一辈子的福分，民间医生给他治伤用的是药酒，左青云老人给他挂红，他敬的是白酒；妻子生儿生女来送祝米的人，吃的月米酒……遵义人的生活其实就是美酒飘香的世界。

潘青彪的话不仅道出了一名红军老人的不悔人生，知足常乐的心态，而且道出了遵义的诗意山水、风土人情和醉美生活。

红军在遵义最先用过的酒

林茂前

中央红军长征经过茅台时，红军将士与茅台酒的故事早已家喻户晓。但鲜为人知的是，红军 1935 年 1 月 1 日突破乌江进入遵义地域后，最先饮用并将白酒代替医用酒精的并不是已经名扬海外的茅台酒，而是遵义城郊董公寺一带生产的白酒。

遵义有新城和老城之分。那时从新城罗庄出城经梭子坎，再行十许里，便有一寺庙映入眼帘。此庙名董公寺，是一座小型佛教寺庙，初建于明朝万历年间，名"龙山寺"，后改名为"西乐庵"。清康熙元年（1662）迁任遵义兵备道的董显忠出资修葺该寺，划定庙产，委人管理，终因经营不善，致"西乐庵"墙倾瓦塌。清乾隆六年（1741），有燕僧云游至此，募资重修，感董显忠之举，将"西乐庵"易名为"董公寺"。

董公寺周遭田畴肥沃，泉水清纯，雨量丰沛，气温适中，极利稻黍、高粱等农作物生长。当地乡民每逢祭祀或婚丧嫁娶，素有用当地小麦、高粱加纯净泉水采用甑子蒸馏取酒之习俗。平播之役战火熄灭后，一部分未撤走滞留下来的官兵，将中原的先进酿酒技艺传授于当地，使董公寺周围团转、十里八乡的酿酒技艺逐步趋于完善。从此，董公寺一带酿制之酒声

红二师新站战斗遗址（张宗荣提供）

名远播，销路甚好，不仅黔北各地有售，还远销贵筑乃至成渝等处，就连滇康的客商也有慕名前来购买的。20 世纪 30 年代初，董公寺一带生产白酒的小作坊有好几家，其中尤以程姓人家酿制的酒知名度最高。

当年红军智取遵义城后，城的四郊都驻有红军部队，以拱卫中央政治局扩大会议即遵义会议的顺利召开。在董公寺一带驻扎的红一军团一师的一支部队，严格遵循红军总政治部发布的布告精神，积极主动为当地老百姓打扫院坝，砍柴挑水，深受乡亲们的拥戴。乡亲们主动给红军带路、送蔬菜，为红军烧水烫脚，还把积攒的鸡蛋和舍不得喝的窖藏酒拿出来送给红军。

对乡亲们赠送的酒，红军战士们如获至宝。他们发现，饮用之后，不但可以御寒保暖，消除疲乏，更重要的是，乡亲们赠送的酒还可当酒精用，对伤口、血泡进行消毒，防止感染恶化。据资深长征史专家费侃如介绍，"当年，不少红军卫生员用遵义百姓酿造的白酒替代奇缺的医用酒精，为伤员们治疗各种外伤，起了很好的作用"。红军对驻地周围老乡们酿造的酒喜爱有加，纷纷前往购买。一些轻伤员将买来的酒直接用来擦拭身体，消毒化瘀，缓解疼痛。据酿酒世家程氏后人回忆：老辈们说，那时候，来家里买酒的红军很多，一天要来好几拨，还有从老城赶来的，他们都是用军用水壶来装酒。

1935 年 3 月 4 日，红军第二次占领遵义城，党中央在杨柳街天主教堂内召开红军干部大会。会上，传达了"遵义会议"精神。参加会议的红军干部休养连连长侯政回到驻地，精神振奋，高声嚷道："今天要喝酒，大喜事！"侯政喝的，正是协台坝酒肆柜台上买来的董公寺一带生产的白酒。

红军第二次由北向南夺取娄山关后，战斗中负伤的胡耀邦、钟赤兵、孔宪权等曾在杨柳街天主教堂内的临时医护所接受医治。当时为钟赤兵已溃烂的大腿施行截肢手术时没酒精，只好用街上买来的酒进行消毒。解放后，曾任贵州省军区司令员的独腿将军钟赤兵，多次提及当年在遵义用白酒消毒、用木锯锯腿的往事。

当年长征到过遵义城的红军干部何笛亩的回忆文章，也曾讲到遵义的酒：遵义城很热闹，街上店铺很多。随便在街上走一走，有卖药的、卖布的、卖鸡蛋糕的。卖吃的饮食小店尤多，卖豆花面、羊肉粉、辣子鸡的。让人印象深的是，饮食小吃店门口一侧差不多都设有柜台，在柜台上可随意购一二两散酒伴豆花面、羊肉粉饮之。

（作者系遵义市历史文化研究会副会长）

王昆山行医

钟金万

今天生活在播州区（原遵义县）马蹄镇境内，七八十岁的老人都清楚地记得：成立于 1954 年春的大石乡联合诊所，有一位医生叫王昆山，曾是一名红军战士。

王昆山是 1935 年 4 月上旬来到马蹄镇团江村定居的，他的老家在湖北省红安县。1935 年 1 月上旬，他跟随中央红军从江西瑞金辗转来到了遵义市播州区。此前，他在黔南的一次战斗中不幸负伤，留在瓮安县珠场一个老乡家养伤。伤好后，他告别精心护理他的老乡，立即上路追赶红军队伍。1935 年 4 月 9 日到达马蹄镇团江村，不得已只得定居下来，另作打算。

那时，20 多岁的红军王昆山的分析能力和判断能力都是很强的，红军队伍确实于 1935 年 3 月下旬和 4 月上旬到过马蹄，只是他到达团江村的时间稍晚了几天。

据《马蹄镇志》记载：1935 年 3 月 1 日，红三军团从遵义老城出发，于 3 月 4 日经过鸭溪，7 日驻扎在白腊坎，8 日进驻马蹄镇太平场；3 月 26 日红五军团一部从仁怀县的校场坝进入遵义县的洪关坝，28 日到达枫香镇、白腊坎、马蹄石等地；3 月 29 日，红九军团驻扎马蹄石一带；3 月 30 日，红五军团一部从马蹄石出发，经过萝卜沟、核桃弯、割门塘，出遵义县进入金沙县苦茶园；4 月 4 日，红九军团一部在马蹄镇团江村的长坡岭岗一带完成迷惑敌人和牵制敌人的任务后，于当晚经鸭溪去打鼓新场（今金沙县城），经过马蹄、泮水等地，最后离开遵义县，向西而去；红九军团一部于 4 月 3 日奉命在乌江北岸的马蹄镇偏岩河一带担任迷惑和牵制敌人的任务，掩护红军主力南渡乌江，佯攻贵阳。

王昆山到达团江村时，向当地百姓打听到的情况是这样的：国民党第二十五军师长犹国才（老百姓称之为"油豺狗"）率 4 个团追击红九军团，红九军团在团江村长坡岭岗一带设防阻击。在战斗中，有三名红军战士光荣牺牲。4 月 4 日，国民党急调三个团增援犹国才，这时已经完成了牵制敌人任务的红九军团迅速撤出战斗。当晚出萝卜沟，经马蹄石，沿着遵义至金沙的大道经泮水，离开遵义县。沿着中央红军主力部队前进的方向向西而去。

经过反复的分析、判断和证明，王昆山认为红军的行动极为隐秘，再追下去不会收到更好的效果，于是决定在团江村暂时居住下来，继续革命。但是，如何面对国民党地方势力的追查盘问却成了一个非常棘手的问题。好在王昆山在珠场养伤时，了解到珠场的民风民俗跟遵义县差不多，包括用白酒活血、通络、助药力和散湿气，用酸辣汤治疗风寒感冒时要捂着被子睡上一觉，都是一样的。就这样，在当地老百姓的掩护下，王昆山开始了他一边以行医谋生、一边组织群众与当地反动势力斗争的革命生涯。解放后，根据群众推荐、地方政府批准，王昆山出任遵义县大石乡（今属马蹄镇）联合诊所负责人——这是后话。

1937—1949 年，国民党抓壮丁的手段野蛮而残暴，被抓获的壮丁都被五花大绑，押送到区、县，交师管区押送部队。壮丁如犯人入狱，毫无人身自由。各级地方官员层层贪污，虐待壮丁，各地壮丁纷纷逃跑。抓壮丁成为当时社会上特别是乡村最为突出的实际问题。

在跟地方反动势力进行的各种斗争中，王昆山始终站在贫苦百姓一边，坚决反对敲诈勒索、横行霸道，积极维护邻里和谐，大家和睦相处。马蹄乡石壁庄院子的王荣华，为了抵抗抓壮丁，手提梭镖躲进牛圈，将前来拉兵的赵保长刺伤。王昆山知道这件事情后，立即编成一首顺口溜《歌唱王荣华》，在全乡广为传颂。马蹄乡冷塘的进步人士王恩智、王恩烈、王恩学等痛打强行入室拉兵的赵应中，也是王昆山大张旗鼓宣传出去的。

为了反对拉兵过程中的贪赃枉法行为，王昆山积极动员哨楼堡的秦治其、赵小儒等组成抗丁小组，白天进行集体劳动，晚上同住同宿，让抓丁队无从下手。马蹄镇水源头华锡彬、华锡普等三弟兄，日夜同行同住，白天劳动也随身带着梭镖或长矛，使得抓丁队不敢下手。这也是王昆山帮助想的办法、出的主意。

王昆山认为，抗日战争胜利后，国民党为了"剿共"内战的需要，强抓硬捕壮丁，这是极端反动的。更为可恶的是，国民党的各级兵役官员一贯贪赃枉法，把征兵作为生财之道，四处敲诈勒索，横行乡里，乃至草菅人命。所以，王昆山勇敢地站到台前幕后发动群众、组织群众有礼有节开展各种斗争。

王昆山作为自学成才的乡土医生，始终以农村群众的常见疾病为导向，不懂就问。通过近20年的日积月累，到1954年春天，他就成了大石乡联合诊所的负责人。1935年4月，王昆山以行医为掩护，在马蹄乡团江村定居下来继续革命工作的精神，更值得学习。

王昆山作为红军战士，虽然没有走完二万五千里长征，但是红军伟大的长征精神在他的身上时时处处闪烁着永恒的光芒。

我遍访了熟悉王昆山行医经历的团江村民，没有一位能够准确地告诉我王昆山用白酒、用酸辣汤治疗疾病的事情。值得记录的是，他们把王昆山根据民间经验整理出来的白酒与辣椒验方告诉了我。

王昆山的白酒验方是这样的："白酒或者米酒：性味，甘、辛、苦、热；主治功用，活血、通络、助药力、散湿气。民间常用米酒作为温补活血，治疗跌打损伤，也可作为药引；白酒辛热，主散，性烈，风湿病多用作药引；此外，米酒还有滋补发奶作用，白酒还能提神醒脑、消毒杀菌等。"

他的辣椒验方是这样的："辣椒，又名海椒，辣子；人工栽培作物，茎高一二尺，叶互生，夏日开白色五星花，果实形状不一，呈红、赤色；药用部分有茎、叶、果实等；采集时间为夏秋；性味，辛辣、温；功用，健胃、祛风、兴奋和发汗；主治脏寒胃冷、呕吐、流涎和消化不良等症；外用治疯脚（脚抽搐）、关节肿胀、冻伤，配酒涂擦患处。"

五块大洋的酒席

钟金万

秋天到了，被国民党几十万大军围追堵截了大半个中国的中央红军终于走出了绝境。

此时，中央红军正从哈达铺出发，连续行军 200 公里，到达渭河南岸。红军之所以要如此急切地行军，是为了安全地渡过渭河，继续前进。万幸的是，出现在红军眼前的渭河，河岸没有遇到敌人的任何阻击。正值枯水期的河水深度仅能没过膝盖。红军全部过河后，前面响起了几声枪声。红军官兵看见说话开门见山、从不转弯抹角的那位首长站在一座小山包上，示意让队伍休息一会儿再走。这时，个子瘦高、头发很长的那位首长也赶了上来，官兵们问是不是前面有封锁线，那位首长说："休息片刻，让他们打一下，把敌人吓跑就是了。"

前面的战斗果然很短暂，红军队伍继续前进。新的宿营地是榜罗镇。

在榜罗镇，红军部队休息了一天。个子瘦高、头发很长的那位首长又获得了一些近期的报纸。也许是离陕西更近了的缘故吧，报纸上对陕北的情况又有了更详尽的描述。于是，红军队伍前进的目标又有了新的变化，红军首长们决定去陕北苏区。因为，陕北有一块比较大的苏区和一支比较大的红军队伍。如果在陕北扩大苏区、壮大红军，并以陕北苏区来领导中国革命，那是最为稳妥的，作用极为明显。于是，首长们决定立即召开连以上红军干部大会。会议结束后，部队继续北上，向陕北挺进。

通渭县城是一座古老的小城，城墙已经倒塌，城内基本看不见一座砖瓦房，全是土房。除了主要街道上有几家店铺外，居民不多，大多是农户。这里的守敌早在红军到达前夕就已经弃城逃跑了。红军顺利入城后，百姓见怪不怪，县城内生活如常，多了一份生机。

在通渭县城里，来自中国南方的红军官兵第一次住进了黄土高坡的窑洞，人人都感到十分新奇，因为睡在里面根本就不怕飞机前来轰炸，而且还很暖和，因此红军官兵都很喜欢这种特别的"房子"。

红军大部队在通渭县城休息了两天。通渭县的百姓从来没有见过这样一支纪律严明的队伍，他们白天帮助群众干这干那，晚上在夜空下放声歌唱。通渭县的百姓从没有听过这么多人一起在唱威武雄壮的革命歌曲，他们远远地站在一边，看红军步调一致地行走，听红军快乐大声地歌唱。他们对红军唱出的流尽"最后一滴血"的歌曲最为感动，这样的军队太可爱了，大家都感觉到通渭县的天空骤然间变得明朗了。

第二天，那位首长带着另外 5 位首长一起来到第一大队。杨大队长看见来了 6 位首长，对耿参谋长说："6 位首长都来了，咱们要好好招待一下。"耿参谋长回答说："汇报工作你负责，招待首长我负责！"于是，耿参谋长就在通渭县城里找到一家西北风味的小饭馆，让饭馆老板立即按照每桌 5 块大洋的标准置办两桌酒席。小饭馆的老板表情惊讶地说："在这里无论如何也做不出这么多钱的菜来。"耿参谋长把大洋拍在桌子上说："尽管把好东西都弄来！菜量要大！盘子要干净！酒要足！多放些辣子！"

这是红军长征以来，红军首长们第一次在小饭馆里聚餐。酒是耿参谋长经过贵州仁怀时在茅台装的酒,跟着耿参谋长爬雪山、过草地一路征程,那些艰难岁月都没有舍得喝,现在总算有了用处。他们在通渭县城这间简陋的小饭馆里一坐下,都没有客气,就开始大口吃肉,大碗喝酒了。吃了不多一会儿,首长觉得分成两张桌子吃起来不够热闹,就喊道:"合兵!合兵!"——当时,红军把两支部队的会合叫作"合兵"。于是,大家七手八脚地就把两张桌子合起来了,然后再次举起酒碗说:"为胜利到达陕北苏区,干杯!"

不喜欢喝酒的那位首长已经有些醉意了。他把辣子、酱油和酢醋抹在一块西瓜上,说这是"五味俱全",然后大口地吃起来,还热情地邀请大家也这么吃。

首长一再邀请,书生意气、博学善思的那位首长就尝了一口,连说:"太辣,太辣。"

个子瘦高、头发很长的首长说:"吃辣子的人最革命嘛。"

晚上,几位首长都睡在第一大队的驻地,耿参谋长在屋子外面亲自担任警戒。半夜时分,个子瘦高、头发很长的那位首长走出屋子,他仰头看了看天上的星星后,当他看见耿参谋长之后就说道:"有一个大队在这里,敌人是不敢来的。"耿参谋长回答说:"说是一个大队,实际上只有四个连。"个子瘦高、头发很长的那位首长甩着胳膊画了个大圆圈后,说道:"不要嫌少,等咱们站稳了脚跟,会猛烈扩大的,然后,再打出去!"

听了此话,耿参谋长对这位个子瘦高、头发很长的首长更加敬佩了。

三碗茅台酒

钟金万

生死存亡关头的重大决策必将牵挂一生，生死存亡关头的细枝末节必将萦绕脑际，赤水河畔、茅台渡口的三碗琼浆玉液必将温暖一辈子。这既是"胡公"的感受，也是"过江龙"的心得，赤水河畔的那三碗琼浆玉液确实温暖了他们一辈子。多年以后，"胡公"时常与老朋友聚会时分享他与"过江龙"的那三碗茅台窖酒。

1949年10月以后，温文尔雅的"胡公"在接待外宾、招待朋友时，都要用茅台酒表达他的热情与潇洒，总要说起1935年3月16日经过赤水河畔茅台镇的那一夜，回顾他与"过江龙"用饭碗痛饮三碗茅台酒的往事。"胡公"说："在长征途中，茅台酒是一种万能灵药。茅台酒释放了红军官兵的万丈豪情！"

原来，红军长征期间，作为红军首长的"胡公"，不仅要为摆脱几十万国民党军的围追堵截而昼夜操劳，还要为搞好红军内部的精诚团结而呕心沥血，既辛苦又操心，堪称劳苦功高的典范。红军在鲁班场狠狠教训了周浑元纵队后，于3月16日傍晚迅速离开鲁班场。在仁怀县城指挥战斗的"胡公"离开县城后，来到赤水河畔的茅台镇，在河西陈福屯村宿营。为了

茅台镇茅台渡口鸟瞰（1992年熊洪潘摄）

迷惑敌人、摆脱敌人，继续北上，这一夜"胡公"把先遣队司令员"过江龙"请来，了解川、滇、黔各路国民党地方军和中央军吴奇伟、周浑元两个纵队的最新动态，研究红军从川南折而向东可能遇到的各种问题。

敌军的情况了解清楚了，各种可能遇到的问题研究清楚了，跳出包围圈后的行军方向更加具体化了，夜更深了。"胡公"和"过江龙"两位首长都毫无倦意。

这时，红军首长"胡公"叫警卫员把白天买的茅台酒取来，满满地斟了两碗。"过江龙"知道"胡公"爱酒，能喝酒，但很节制，平时几乎滴酒不沾。"胡公"把一碗酒推给"过江龙"说："来，我们喝。"没有碰碗，没有推辞，两人一饮而尽。"过江龙"说："这酒性太烈，不好惹呀。"

"我喜欢！""胡公"边说边又斟满了酒。

两人又喝干了第二碗酒。"过江龙"见"胡公"又在往碗里斟酒，说道："可以打住了。"

"胡公"尚无一点醉意，两眼深深地注视着比自己年长 6 岁的"过江龙"，说："老耍，你知道的，我从不劝酒。茅台酒性极烈，浓度又高。但今晚不仅仅是这酒好，还因为我们就在茅台镇，任重道远啊。"接着，"胡公"突然又加重了语气，让"过江龙"吃了一惊。"过江龙"立即站起来，端起酒碗说："胡公，这碗酒我一定喝下去。"

此时，"胡公"的心更加温暖了，他有力地说道："对！酒不过三碗，我们不过岗！"

两人没有多说话，同时举起酒碗，仰头一干见底。这时，天边已经有了一抹红光。

1935 年 3 月 21 日晚到 22 日，红军在"胡公""过江龙"的具体指挥下，分别在二郎滩、太平渡、九溪口第四次渡过赤水河，而后掉头南下，从数十万敌军及碉堡群的间隙穿插而过，与正在北上的敌军相背而行，取得了战略转移中具有决定意义的伟大胜利。

从此，红军首长"胡公"、先遣队司令"过江龙"与茅台酒结下了不解之缘。

一杯庆功酒

钟金万

1935 年 3 月初，中央军委纵队进入遵义城后，电令第五、第九军团扼守娄山关，第一、第三军团开始休整。

3 月 4 日上午，中国工农红军在遵义老城杨柳街红军总政治部驻地召开营、连（一说是团）以上干部会议。红军干部们穿上了干净的军装早早地来到会场，频繁的行军作战使他们难得见面，于是相聚时便显得格外亲切。党中央、中革军委的领导同志来了，大家突然静了下来，目光集中在个子瘦高、头发很长的那位领导身上——至少有一两年了，他这是第一次出现在中央红军干部会议上。他在会上指出了取得"遵义大捷"的原因，这是中央政治局扩大会（遵义会议）反对李德的单纯防御路线、采取正确的军事领导才取得的。他说，红军当前的敌人主要有国民党中央军吴奇伟、周浑元纵队和贵州军阀王家烈、四川军阀等。他还分析了红军当前所处的严峻形势，号召各级指挥员要在党中央、中革军委战略战术方针的正确指导下，发挥运动战灵活机动的特长，冲破敌人的围追堵截。同时，他还要求中央红军积极配合红四方面军，红二、红六军团取得更大的胜利，继续消灭敌人，多打胜仗，全面赤化贵州。书生意气、博学善思的

红军总政治部旧址（陈登强提供）

那位领导在会上传达了遵义会议精神，号召红军官兵服从集中统一领导，充分发挥自己的主观能动性，多打胜仗，消灭国民党反动军阀及恶霸地主、土豪劣绅。

会后，全体干部就地会餐。为了筹备这次会餐，胳膊、双腿像铁打一样的那位红军首长专门派人买来了 200 多斤重的肥猪，采购了大量的蔬菜和茅台酒。由于人多，他们就用脸盆盛菜，酒杯是当地的土陶碗。一军团、三军团和中央纵队的干部自由组合，干部们席地而坐，围成圈子，炊事员把茅台酒在土陶碗里斟满后，再把大盆子装的猪肉、蔬菜端了上来。

这时，领导同志们开始敬酒。每一项工作都率先垂范的那位首长海量，他端着一只大茶杯到处碰杯而面不改色。憨厚朴实的那位首长拿的是一个拇指大小的酒杯，碰杯的时候他也憨厚地微笑着。书生意气、博学善思的那位首长几杯酒下来就有了略显飘逸的醉态。个子瘦高、头发很长的那位首长不善饮酒却端了只土陶碗，他不喝光碰，说的话却鼓舞人心。他掷地有声地说："各位劳苦功高！各位劳苦功高！"

刚开始的时候，干部们还有礼貌地互相让着，吃一口菜再喝一口酒。但是，很快就听见有人喊了一嗓子："同志们！干杯呀！今天喝个痛快吧！"于是大家都激动地大口喝酒，大口吃肉，大声说笑了。突然，红一军团二师四团的黄团长却哭了，他想起了在残酷战斗中牺牲的战友。他的哭声感染了在场所有的人，这时各军团的干部们互相拥抱在一起——能在一次又一次的激战中幸存下来，能在那么多生命离去之后喝上一杯又一杯庆祝胜利的美酒，这些红军指挥员怎能不把他们手里的铁饭盒和土陶碗碰得当当作响呢？他们都大声地说道："为了战友！为了胜利！为了明天！干杯！"

这次胜利，这次庆功，是中央红军二渡赤水回师黔北，打乱了国民党反动派的军事部署，取得了长征以来的最大胜利。当时，川军潘文华部3个旅慌忙由扎西（今威信）地区回头向东追击；黔军王家烈急忙抽调部队向娄山关、桐梓增援；吴奇伟第一纵队第五十九、九十三师由黔西、贵阳向遵义开进，企图阻止围歼红军于娄山关或遵义地区。

面对这样的险情，中革军委果敢决定：乘追敌尚在川南之际，以一部兵力于北面良村、双龙场一带阻击四川追敌，集结主力红军一、三军团，坚决消灭娄山关之敌，迅速击破黔军的拦阻，占领娄山关及以南地区，再取遵义城，以争取主动。

红军二渡赤水后，红一军团第一团于 1935 年 2 月 24 日晚抵达桐梓县城，趁黑夜攻城，不到两小时，黔军第四团两个连就向松坎方向溃逃了。

25 日凌晨，红军占领桐梓县城，揭开了遵义战役的序幕。

接着，就是娄山关战斗、重战遵义城、夺取红花岗、老鸦山战斗。此次战役，红军四天之内连克桐（梓）娄（山关）遵（义），歼灭和击溃国民党中央军及黔军两个师又 8 个团，俘敌 3000 余人，缴枪 2000 余支、子弹 10 万余发。遵义战役是红军长征以来第一次取得的巨大胜利，不仅打击了国民党军及黔军的嚣张气焰，而且极大地鼓舞了红军指战员的勇气。

遵义会议会址

红 军 渡

王昌宇

这是一段发生在赤水市复兴镇的故事，时间是红军"四渡赤水"前夕。

话说，第一次解放（赤水人把红军长征到赤水说成第一次解放）。1935 年 1 月 26 日傍晚（甲戌年腊月二十二），家住复兴水埫上的黄二舨主，闷在家中。几天前，他的船被黔军侯部与当地团练拉到风溪口搭浮桥去了，刚才又听说红军已经打到复兴来了，既没听到枪声，也没见到红军。外面寒风吹得呜呜响，酒又喝完了，心烦得很。想出去打酒，又怕遇着兵，万一这些兵拉差又怎么办？过了一杆烟时间，外边没有动静。心一横，管他的，是要打酒来喝两口才过得下去。于是，提上酒葫芦，轻轻开门，打酒去。

一开门，吓了一跳，门外屋檐下 10 多个穿灰军装、抱着枪坐着睡的兵。正准备退进屋去，有个醒着的红军说："老乡，一会儿要打仗，不要出去。"黄二舨主明白了，这就是红军。早就听说红军不拉夫，不打扰"干人"。黄二舨主说："外边这样冷，进屋去躲躲寒风。"十多个红军进了大门，在院坝里靠墙壁坐下，还是没进屋，留了两个在外面。院坝里比外

271

面避风点。

　　"怡和祥槽坊"就在水堖上的反背，掌火的酒师姓李，人们都叫李老板。黄二舨主走到李老板门口，有人问，"什么人？"随着一声拉枪栓的声音。黄二舨主说打酒的。这时李老板出来了，后面一个背手枪的红军，叫黄二舨主赶快进屋。李老板介绍说他姓苏，是一位红军军官，叫苏同志。进了院坝，浓浓的酒香扑面而来。到了储酒屋，摆了十多个装酒的葫芦和罐罐，原来李老板正在分装酒。

李老板对黄二舨主说，苏同志说红军是共产党的军队，红军大都是穷人，穷人只有自己救自己。红军来就是穷人帮穷人，是为我们穷人过上好生活。他们先是在沟边的仁怀洞，有几十个红军埋伏在那里，他们在冷风中得知我这里是酒厂，敲门进来。我见到背枪的就怕，不知道他们要干啥。他们说要买酒，我说送他们一缸酒，让他们喝酒御寒。他们说不行，红军不拿群众的东西，必须按价付钱。他们问了价格后，支付了酒钱。就这样认识了苏同志。

然后，听苏同志讲，1935 年 1 月遵义会议以后，中央红军离开遵义城，向黔北地区进发，准备经过赤水进入川南地区，在泸州附近北渡长江。1 月 25 日，红二师在师长陈光、政委刘亚楼的率领下，在陛诏赤水河渡口架设浮桥，过河后经红岩嘴、穿风坳、瓦店子、柏香林，宿营于丙滩。前卫部队继续沿赤水河北岸大路追击黔军。

黄二舨主说，怪不得，当时负责防守风溪口浮桥的鼎义乡保卫团，见黔军从丙滩方向狼狈而来，从浮桥经过，向赤水县城方向而去。也不顾得浮桥的存留，为了保命，也慌忙逃离风溪渡口而去，将渡口上的浮桥完整留在赤水河上。

苏同志又说，我们红二师先头部队顺利通过风溪口浮桥进入赤水河南岸，沿赤水河岸直抵复兴场外。这时，探到川军达凤岗旅的 2 个团已占据了复兴场。由于敌情不明，我们红军未发动进攻。红二师前卫部队经过风溪口浮桥渡过赤水河后，在风溪口留下一支部队，专门负责守护浮桥，以保证以后的部队顺利渡河，当晚就宿营在风溪口上。

这风溪口，风大。寒冬腊月留守浮桥的红军，冷得遭造孽，我灌了十多壶酒跟他们送去，人手不够，你能帮我送一趟吗？

黄二舨主说，把我这壶灌好，我送回家去，给在我家门口过夜的红军御御寒，我就回来帮你送。

李老板和黄二舨主，加上一个红军战士，一人背几壶，顶着黑夜寒风，把酒送给守护风溪浮桥的红军。

第二天下午，复兴场的打更匠郗三来水垴上打酒，跟李老板讲："你没看到个打仗火，前天晚上，我才真正看清楚了。"

李老板说："看打仗火，不是好耍的事情，子弹没长眼睛，不恰当就送你回去了（死了）。"

"有啥子办法。"郗三说，"我打更走到复兴场下栅子，清静得很。突然，有人小声喊，快找地方躲起来。我看栅子边有七八个穿灰衣服的兵，趴着，用担担面的灶头、石栅子门槛做挡的，一挺机关枪，对准大石桥。我赶忙退到土地庙背后躲起，街上清静得吓人。没隔好久，枪就响了，对面好多人从大石桥冲起过来。这边枪一响，那边倒一堆，其余的川军退回去了，停一会儿。"

"停了你不赶快跑。"李老板说。

"跑？你敢！你晓得几时又打起来，子弹乱飞。"郗三喝了口酒，接着说："这时白岩背、水垴上、袁家田、红岩寺都响起了枪声，像放火炮一样。对面川军没放松打进复兴场，一拨又一拨，兵越来越多。这边红军只有几个人，子弹越来越少。打机枪的人叫其他人赶快撤退到水垴上去与大部队会合。他一个人在那里堵到，接连打退了三拨川军的进攻。你没看，大石桥上堆了几十个死人。不一会儿枪声停了下来，先不觉得冷，一停了倒转冷得很，我取下腰杆上的葫芦喝了口烧酒。那打机枪的人隔我只有两三丈远，又在当风口，肯定很冷。我正想把葫芦丢过去，让他吃一口。突然，听到背后一声枪响，那个红军中弹倒下。"郗三越摆越扎劲，"原来狗日的川军，从河边转到猪市巷子来，从背后开黑枪。接着川军就打进场口了。"

赤水岔角滩码头（1992年熊洪潘摄）

"你没去看看那个打机枪的人？"李老板说。

郗三回答说："我说是打更匠，我拿出'梆梆'和更锣才放我走了。晌午，区长叫我收尸，我第一个就去收殓打机枪的人。这人瘦精精的，穿一件大衣，衣里面的荷包（口袋）上面缝有一布标牌，填的是'欧阳鑫'名字。背上还背一条毯子。我把毯子和大衣拿了起来（解放后重庆革命烈士陈列馆收集去了），用篾席裹起他埋在'梭扁头'。我还在他的坟前敬了三献酒。"

"你舍得你那酒？"

"这个欧阳鑫，够义气，叫其他人走，自己一人抵到。明明是死，自己认了。该不该尊敬？！"郗三说得非常认真。

红军撤走了，国民党地方民团返回了复兴。在区长、乡长、闾长的带领下，挨家挨户地查，是否有人跟红军有勾扯，收留得有红军的伤兵没有。没隔几天，来了两个团练来把李老板抓到区里去了。到了区里，王区长劈头劈脑就问："李老板，你给红军送了好多'单碗'（酒）。"

李老板说："王区长，你说些啥子。枪一响，我在家躲都躲不赢，敢去送酒？"

王区长加重了语气："你给风溪口红军渡送了好多酒？"

李老板说："没有送。"

王区长叫勤务兵把空的酒坛坛罐罐提出来，坛子上烧得有个"李"字。说："我们是在风溪口几个石楸找到的。"

李老板说："区长说的是送到风溪口的酒，我没有送。二十二晚上（1月26日），我在家装酒，来了几个红军，古到（一定、必须的意思）要买酒，我不敢卖，红军问了价钱，把酒打起，钱丢在桌子上就把酒弄走了。"

王区长嘿嘿地笑了一声，说："编得像。等我把黄二版主抓到了，看你又怎么编。"他派人把李老板家的酒运到区里，全部没收。还把李老板丢监关押。后来李老板找人通融，花了30块大洋才出了狱。

李老板回到家里，记住苏同志说的"只有自己救自己"，重新起本把怡和祥槽坊搞起来。并经常给后生们讲红军怎样英勇顽强、不怕牺牲、克服困难的精神。告诫家人，"宁亏己，莫亏人"。今后遇到什么困难，你们到风溪口红军渡口看看，想一想红军怎样在寒风凛冽、滴水成冰的黑夜熬过来的，你就能熬过来。

以后，不管遇到什么困难，李老板都会到红军渡口，看看，冥想……

（作者系退休教师，中华辞赋社会员、贵州省作协会员，赤水市"四渡赤水"红色文化研究会副会长、《赤水风光》季刊编委主任）

茅台镇沽酒的佳话

崔　政

　　茅台镇是中国茅台酒的产地，茅台酒 1915 年在巴拿马万国博览会上获奖而享誉世界。红军长征来到茅台，红军总政治部首先在成义、荣和等几家烧房发出关于保护工商业者的布告。红军纪律严明，使茅台的几家茅台酒烧房保护完好。作坊老板和酒师们都说，世上没见过这么好的军队。红军在茅台期间，部分干部和战士也曾在成义等酒坊买来茅台酒品尝，有的用来擦脚，治疗脚伤和疼痛。红军在茅台沽酒，留下许多佳话。红四团政治委员杨成武回忆，茅台土豪家里坛坛罐罐都盛满了茅台酒。红军将土豪家里没收的财物、粮食和茅台酒，除部队留了一些外，全部分给了群众。这时候，红军指战员中会喝酒的，都过足了瘾，不会喝的也装上一壶，留下来洗脚、活血、舒通筋骨。成仿吾回忆，茅台镇是茅台名酒的家乡，紧靠赤水河边有好几个酒厂与作坊。政治部出了布告，不让进入这些私人企业，门都关着。大家从门缝往里看，见有一些很大的木桶与成排的水缸。酒香扑鼻而来，熏人欲醉。地主豪绅家都有很多大缸盛着茅台酒还密封着，大概是多年的陈酒。红军中有的人喜欢喝酒，但因军情紧急，不敢多饮，主要用来擦脚，恢复行军的疲劳。而茅台酒擦脚，确有奇效，大家莫不称赞。九军团卫生所长涂通今回忆，在茅台见到了红军总司令朱德、总参谋长刘伯承等首长。红军军团司令部驻在一个地主开办的酒坊里，满地都是大水缸，缸里装满了酒，真是香气扑鼻。红军首长过河后，在河西的一小树林里休息，毛泽东的警卫员陈昌奉和周恩来的警卫员魏国禄，拿出工兵连长王耀南买来的茅台酒递给领袖们品尝。毛泽东和周恩来等红军领袖边饮茅台酒，边策划着四渡赤水的伟大构想。红军四渡赤水，四次转战仁怀。仁怀的山山水水留下了红军的足迹，洒下了红军的鲜血。在仁怀，红军与茅台酒，留下了许多脍炙人口的千古佳话。1998 年 6 月，经贵州省委、贵州省人民政府批准，茅台镇划定为革命老区。

红军茅台沽酒处遗址：位于贵州茅台酒厂一车间，地名杨柳湾。民国年间，在杨柳湾有三家生产茅台酒的私营酒厂，分别称为荣和烧坊、成义烧坊、恒兴烧坊。所产的酒又分别称为王茅、华茅、赖茅。当时，红军中有不少人都知道茅台酒于 1915 年在巴拿马万国博览会获奖的故事，有幸到了产茅台酒的地方，自然就有红军指战员从这三家酒厂买茅台酒品尝，或用于治病疗伤，这三家酒厂便成为红军在茅台的沽酒处。仁怀解放后，这三家酒厂的旧址全部划入国营茅台酒厂第一生产车间。2013 年 3 月 5 日，该车间所在地被中华人民共和国国务院公布为全国重点文物保护单位"茅台酒酿酒工业遗产群"。2016 年，已打造成"茅酒之源"景区，供人们参观。当年生产茅台酒的窖坑（池），至今仍散发出喷香扑鼻的酒味。

中华人民共和国成立后，许多当年在茅台三渡赤水的红军指战员纷纷撰写长征回忆文章，其中就有许多人多次谈到在茅台沽酒的往事。毛泽东的警卫员陈昌奉、周恩来的警卫员魏国禄回忆，用了 4 块银圆买了一些茅台酒给首长们品尝。聂荣臻、罗瑞卿回忆也买过茅台酒。张震、张爱萍、杨成武、耿飚、成仿吾、覃应机、曾三、李真、萧劲光、王耀南、林伟、陈士榘、孔宪泉等老红军们都曾在茅台买过茅台酒。据他们回忆，买来的茅台酒，除了饮用，有许多酒是用于红军战士搓脚、揉脚、擦脚、擦腿、疗伤等。在当时缺医少药的情况下，用茅台酒为红军消炎止痛、舒筋活血，收到了独特的效果。饮用茅台酒后，为解除红军在长时间的行军作战中造成的疲乏，效果更佳。茅台酒为红军治伤解乏，为红军顺利三渡赤水作出了贡献。民主人士黄炎培在1943年写道："相传有客过茅台，酿酒池中洗脚来。是真是假吾不管，天寒且饮两三杯。"就是写红军在茅台用茅台酒揉脚、擦脚、疗伤的故事。新中国成立后，当年长征时在茅台沽酒的一些老红军先后重返茅台镇，视察茅台酒生产情况和关心茅台酒的发展，纷纷为茅台酒的飞跃发展题词赞颂。红军在茅台镇沽酒，成为红军三渡赤水中的一段有趣而又意义非凡的故事。

（作者系仁怀市烟草公司职工）

红军将士与茅台酒的特殊情缘

龚　勇

　　1935 年 3 月中央红军三渡赤水期间及行军途中，许多红军指战员和战士都饮过茅台酒，或用茅台酒解乏、疗伤、擦洗伤口等，留下了一段历史佳话。

　　1935 年 1 月遵义会议以后，毛泽东重新回到在中共中央和红军中的领导地位，作为前敌总指挥协助周恩来指挥了一渡、二渡赤水战役，为其后来指挥三渡、四渡赤水战役，调出滇军、北渡长江与川西北红四方面军会合，创建川陕甘革命根据地这一战略计划的实施奠定了基础。二渡赤水后，红军再占遵义，于 1935 年 3 月 12 日在今遵义市播州区枫香镇苟坝村召开了中央政治局扩大会议，即"苟坝会议"，成立了以毛泽东、周恩来、王稼祥组成的新"三人团"，毛泽东重新成为中央红军的最高统帅，实现了中共中央和中央红军命运生死攸关的伟大转折。三渡、四渡赤水战役，正是中国共产党与国民党两军最高统帅的正面交锋。为了迷惑蒋介石，三渡赤水前夕，毛泽东与周恩来、朱德等少数几位中央红军领导人，在茅台河岸边一棵大黄桷树下秘密召开会议，即"茅台会议"，制订了三渡、四渡赤水的作战计划。会议决定从茅台渡口三渡赤水

茅台渡口（1994 年熊洪潘摄）

后，制造出中央红军再入川南，北渡长江的假象，将国民党重兵吸引至川南，然后悄然回师黔北，佯攻贵阳，将滇军调入贵州腹地，继而由贵州入云南，伺机渡过金沙江入川，实现北上建立抗日根据地的战略目标。这一绝密军事作战计划，只有毛泽东、周恩来、洛甫、朱德等几个重要的中央红军领导人知晓，而广大红军指战员一无所知。红军总司令朱德向广大指战员下令，要求他们只需执行作战命令，而不用问为什么。直至四渡赤水之后，中央红军于 1935 年 3 月 31 日南渡乌江，毛泽东去红军二师，于路旁摊开地图，在图上画了一道由贵州向东南、西、西南三个方向入云南，经昆明附近至元谋、金沙江畔的一长条大迁回红色弧线，首次公开了他"计调滇军、北渡金沙江"这一战略构想的"天机"。

　　为缅怀革命先辈，弘扬长征精神，传承红色历史，2016 年，在纪念红军长征胜利 80 周年之际，中国长征精神研究院授予了贵州荷花酒业（集团）有限公司一块"长征精神碑刻"（全国共 80 块，遵义境域仅此一块），立于其红色文化广场，并在石碑旁竖立了"天机"群雕，以展示当年中央红军领导人在"茅台策划"全军大佯动的真实故事。

　　关于中共中央红军三渡赤水期间及行军途中许多红军将士品饮茅台酒，用茅台酒解乏、疗伤、擦洗伤口等故事，在中共党史、军史等文献及革命先辈们的回忆录中有着许多生动的记录。

　　《红星报》1935 年 4 月 5 日第 2 版《肥猪烧酒——仁怀工农慰劳红军》一文，记述了中央红军进驻仁怀时受到当地工农群众欢迎的情况：

　　我军进到仁怀县城，仁怀的劳苦群众派了代表 50 余人，其中一半是工人，抬了肥猪三口，茅台酒一大坛，送到总政治部慰劳红军……总政治部派代表答谢了他们的慰劳，并详细说明了红军的主张，随即把肥猪、烧酒，连同打土豪得来的东西，分发给当地群众，并抚恤被国民党轰炸的人民。欢声雷动，盛极一时。

　　红军一向纪律严明。1935 年 3 月 16 日中央红军先头部队刚进入茅台，红军总政治部主任王稼祥、副主任李富春就联名签署下发了《关于保护茅台酒的通知》。中央文献出版社 2006 年出版的《征程万里过茅台》一书，载录有该通知。全文如下：

关于保护茅台酒的通知

民族工商业应该鼓励发展，属于我军保护范围。私营企业酿制的茅台老酒，酒好质佳，一举夺得国际金奖，为人民争了光，我军只能在酒厂公买公卖。对酒灶、酒窖、酒坛、酒瓶等一切设备，均加以保护，不得损坏。望我军全体将士切切遵照。

中国工农红军总政治部　　主　任：王稼祥

副主任：李富春

一九三五年三月十六日

为了严守通令，红军领袖亲自派人向酒厂老板购买茅台酒。毛泽东派了警卫员陈昌奉，朱德派了工兵连长王耀南，周恩来派了警卫员魏国禄，三人用4块银圆购买了两竹筒茅台酒，用来慰问战士们长途跋涉辛劳和庆祝遵义作战胜利。

《贵州社会科学》编辑部、贵州省博物馆编，1983年出版的《红军长征在贵州史料选辑》一书中，记有毛泽东警卫员陈昌奉1964年12月谈话的内容：

记得到了仁怀，主席开玩笑说："到产酒的地方了，要喝酒的赶快喝。"主席的马夫老于用个长竹筒把中间打通以后装酒，抬着走，就像机关枪，这次数他带的酒最多。那时到仁怀，群众没有怎样走，因此可以大量的买到酒。主席还跟我们谈到为什么茅台酒有名的道理。

又如《遵义党史》1997年第4期《难忘的记忆——胡耀邦同我们在一起》节录：

从鲁班转战茅台，到了茅台酒的产地，大家都很高兴，既畅饮茅台酒，又纷纷用它揉腿擦脚。茅台酒真有奇效，长途跋涉的疲劳一扫而光，我不会饮酒，在行军途中，同志们的喝光了，我的那瓶还在。有的同志走不动了，我就倒点给他喝，他就有了精神，走起路来挺有劲，茅台酒成了红军长征途中的灵丹妙药。茅台酒喝光了，大家抱着遗憾的心情拿着空瓶闻，舍不得甩掉。……你们茅台酒是1915年在巴拿马万国博览会上获奖的。我也正好生于1915年，我与你们茅台有缘……

聂荣臻著，战士出版社1983年版《聂荣臻回忆录》节录：

我军3月10日放弃遵义，军委机关与野战军会合以后，于16日攻占茅台。在茅台休息的时候，为了欣赏一下举世闻名的茅台酒，我和罗瑞卿两个叫警卫员去买些来尝尝，酒刚买回来，敌机就来轰炸，于是我们就赶紧转移。（注：聂荣臻长征时任红一军团政治委员）

萧劲光著，解放军出版社1987年版《萧劲光回忆录》节录：

茅台镇很小，茅台酒却驰名中外。我们在茅台驻扎了三天，我和一些同志去参观了一家酒厂，有很大的酒池，还有一排排的酒桶。我们品尝了这种名酒，芳香甘甜，沁人心肺，真是一种莫大的享受。有些同志还买了些用水壶装着，留着在路上擦脚解乏。有的同志打趣说，要不是长征来到

这里，这辈子哪能喝上茅台酒呢！（注：萧劲光长征时任军委干部团上干队队长）

杨成武著，解放军文艺出版社 1982 年 5 月版《忆长征》节录：

我们又发扬连续作战的精神，攻打遵义之西的鲁班场守敌，打了一夜，未彻底解决，又奉命转移到茅台镇。著名的茅台酒就产在这里。土豪家里坛坛罐罐都盛满了茅台酒。我们把从土豪家里没收来的财物、粮食，除部队留了一些外，全部分给了群众。这时候，我们指战员里会喝酒的都过足了瘾，不会喝的也都装上一壶，留下来洗脚活血，舒通筋骨。（注：杨成武长征时任红一军团二师四团政治委员）

王平著，解放军出版社 1992 年 10 月版《王平回忆录》节录：

部队休息吃饭，彭军团长一边吃，一边告诉我们明天部队要向茅台前进……他还兴致勃勃地讲起了醇香味美、驰名全世界的茅台酒，讲得有声有色，有滋有味，使大家恨不得立即带领队伍奔往茅台。第二天，红三军团乘夜经坛厂、两路口，袭取仁怀县城，推进到茅台。（注：王平长征时任红三军第十一团政治处主任）

李志民著，解放军出版社 1993 年 8 月版《回忆录》节录：

有几个战士在镇里找水井要提水做饭，无意中发现了存放茅台酒的酒窖，打开酒窖的盖子，闻得酒香四溢，芬芳扑鼻，便好奇地用茶缸子打出一缸喝了一口，真是清醇甘美，可是他们知道红军纪律是不准行军中喝酒的，怕喝醉了误事，遂将酒倒回了窖。这时，有个战士想起白酒能舒筋活络，连日行军打仗两条腿都跑得酸痛麻木，睡觉前用白酒擦擦腿脚，明天行军肯定轻松得多，便舀起一茶缸带回班里。大家用手指蘸茅台酒，揉搓小腿、脚板，热乎乎的挺舒服。一个班的人一茶缸子酒怎么够呢？他们又拿脸盆去装酒，全班同志都来擦脚。这下子一传十、十传百，消息不胫而走，都拿茶缸、脸盆找酒窖去打茅台酒，有的还把酒盛在脸盆里，轮流泡脚，相互按摩揉搓。我的警卫员不知从哪里得到这个消息，也悄悄地打了半盆茅台酒来给我泡脚，我追问他："酒哪里来的？"他把情况告诉我，我感到这样不好，批评他违反了群众纪律，可是警卫员还满不在乎地争辩说："酒窖到处有，像水井一样，随便打，兄弟部队早用这个办法泡脚了，你还批评我！"我看酒已经打来了，而且盛在脸盆里（当时脸盆有三用：洗脸、洗脚，还盛饭菜），再倒回来反把酒窖弄脏了，只好写张条子叫警卫员拿给供给处，请他们明天留几块银圆给酒坊老板作为赔偿。接着，按警卫员教的办法，先泡泡脚，再边泡边按摩揉搓。果然，这一夜脚暖烘烘的，睡了一个好觉，第二天走起路来轻轻松松舒服极了。新中国成立后，每当宴会上饮茅台酒的时候，我常回想起长征途中这段用茅台酒泡脚的故事。（注：李志民长征时任红三军教导营政治委员）

潘振武著，解放军出版社 1984 年 12 月版《战地春秋》节录：

长征路上还有酒喝？这的确是真有其事。那还是一个多月前，队伍二渡赤水后，占领了茅台。我们走在街上，只见一幢又高又阔的洋房，这就是出产茅台酒的"成义老烧房"。酒厂的主人是当地颇有声势的反动豪绅，红军未来，早已闻风丧胆，逃之夭夭了。烧房里摆着一两百个能装二三十担水的大酒缸，缸内盛满了香味扑鼻的真正老牌茅台酒。我在酒缸里舀了半茶缸子酒，还顺手拿了三瓶散装茅台酒塞进了干粮袋。我本来不会喝酒，半缸子酒下肚，酒兴发作，走起路来深一脚浅一脚，有点昏昏然了。是喝酒误事，干粮袋里三瓶酒也迷迷糊糊送给了别人，到了宿营地再摸干粮袋，早已空空如也。（注：潘振武长征时任红一军团一师政治部敌军工作科科长）

曾克林著，解放军出版社 1992 年 5 月版《戎马生涯的回忆》节录：

茅台镇是茅台酒的故乡，赤水河边有好几个酒厂和作坊。3 月 15 日前，红一军团教导营首先进入茅台镇，大家发现茅台镇大街小巷都是酒，加上长途行军，十分疲劳，都想轻松一下，便纷纷用茅台酒擦脸、洗头、洗脚。由于茅台酒能舒筋活血、消炎去肿，战士们感到浑身痛快，美不可言。

两天后，大部队来到茅台镇。周恩来副主席随我们干部团到达后，见一些战士在用酒擦脚、洗脸，十分生气，连声批评道："真是糟蹋圣人……"他语重心长地说："同志们，这是我们国家在美国巴拿马万国博览会上获得金牌的贵州茅台酒啊！"接着，他又讲述茅台酒的历史。听了周副主席的批评，教导营的同志羞愧难言，立即纠正了错误做法。我们在茅台镇停留了三天，品尝了久负盛名、沁人心肺的茅台酒。临走，后勤部门又筹款买了一批茅台酒，每人发了两三瓶，从此我们把它珍藏在身边，不得已时不拿出来喝，一直到过草地才喝完。（注：曾克林长征时任红三军团第十二团连政治指导员）

熊伯涛文章《茅台酒》（载四川人民出版社 2005 年 5 月版《中国工农红军长征亲历记》）节录：

追到 10 多里后，已消灭该敌之大部，俘虏人枪各数十和枪榴弹筒 1 具，并缴到茅台酒数十瓶，我们毫无伤亡，战士给了我 1 瓶，我立即开始喝茅台酒了。

此时教导营已在茅台村搜查反动机关和搬运架桥材料，侦察连担任对河下游的警戒。

我们的学员和战士在圆满的胜利之后，在该地群众的慰问中，个个都是兴高采烈，见面就说："喂！同志，喝茅台酒啊！"

"成义老烧房"是一座阔绰的西式房子，里面摆着每只可装二十担水的大口缸，装满异香扑鼻的真正茅台酒。此外，封着口的酒缸，大约在 100 缸以上，已经装好瓶子的，有几千瓶。空瓶在后面院子内堆得像山一样。

"够不够你过瘾的？今天真是你的世界了！"老黄带诙谐和庆祝的语调向我笑着说。

真奇怪，拿起茶缸喝了两口，"哎呀！真好酒！"喝到三四五口以后，头也晕了，再勉强喝两口，到口内时，由于神经的命令，坚决拒绝入腹，因此除了鼓动其他人"喝啊"以外，再没有能力和勇气继续喝下去了。

很不甘心，睡几分钟又起来喝两口，喝了几次，甚至还跑到大酒缸边去看了两次。第二天出发，用衣服包着 3 瓶酒带走了，小休息时，就揭开瓶子痛饮。不到一天，就在大家共同品尝之下宣告完结了，一二天内队伍里"茅台"绝迹了。（注：熊伯涛长征时任红一军团教导营军事教员）

王耀南著，战士出版社 1983 年 6 月版《坎坷的路》节录：

毛泽东同志的警卫员陈昌奉同志和周恩来同志的警卫员魏国禄同志同时来到我面前，拉着我的手小声地说："王连长，能不能弄点酒擦擦脚？"这两个小鬼在长征开始前我就认识，我想，弄酒擦脚只是找个题目罢了，实际上是想喝两口。但转念一想，茅台是驰名中外的茅台酒的产地，好不容易来到这个地方，不该尝一尝吗！何况 1 月下旬从遵义出发到现在已快两个月，一路上作战行军，真是脚不停步，累得腰酸腿软，买点酒擦擦腿脚，对驱赶疲劳和恢复体力都有好处哩！当时，工兵连就住在靠河滩的一个酒厂旁边，听说酒的价钱也不很贵。于是，我领着他俩一起来到酒厂买酒。酒没有容器装，我们就找了两段碗口粗、半人来长的竹子，用烧红的铁条把中间的竹节捅开，上面再用玉米瓢子紧紧塞住。然后在竹筒里满满灌上酒，上面再用玉米瓢子紧紧塞住。当我按时价把 4 块白花花的银圆递给酒厂老板时，他激动得不知如何是好，一股劲儿地说："军队嘛，这么点酒还给钱。我活了 40 来岁，还是第一次见到啊！"（注：王耀南长征时任中革军委作战科科员兼军委工兵营营长）

耿飚著，解放军出版社 1991 年 7 月版《回忆录》节录：

这里是举世闻名的茅台酒产地，到处是烧锅酒坊，空气里弥漫着一阵阵醇酒的酱香，尽管戎马倥偬，指战员们还是向老乡买来茅台酒，会喝酒的细细品尝，不会喝的便装在水壶里，行军中用来擦腿搓脚，舒筋活血。（注：耿飚长征时任红一军团第二师四团团长）

成仿吾著，人民出版社 1977 年 10 月版《长征回忆录》节录：

茅台镇是茅台名酒的家乡，紧靠赤水河边有好几个酒厂与作坊。政治部出了布告，不让进入这些私人企业，门都关着。大家从门缝往里看，见有一些很大的木桶与成排的水缸。酒香扑鼻而来，熏人欲醉。地主豪绅家都有很多大缸盛着茅台酒，有的还密封着，大概是多年的陈酒。我们有些人本来喜欢喝几杯，但因军情紧急，不敢多饮，主要是弄来擦脚，恢复行路的疲劳，而茅台酒擦脚确有奇效，大家莫不称赞。（注：成仿吾长征时任中央党校政治教员）

林伟著，战士出版社 1983 年 10 月版《战略骑兵的足迹》节录：

今晨 3 时许，我军团始抵茅台镇。这是黔北著名的重镇，靠赤水河东岸，赤水河流入合江县的长江口，是一个商业市镇。茅台酒，是以这里的清泉水酿出，用大水缸埋在地下，装在外表很难看的小陶瓷罐子里，每瓶有一磅半，洁净清新，比白干酒好，它曾在巴拿马赛会上被誉为世界名酒……军团司令部就驻在这所巨大的酒店里，我们没收了很多茅台酒，会喝酒的同志就大喝起这个闻名世界的好酒，弄到满房子酒香扑鼻……我虽然不会喝酒，因为茅台酒是全国好酒，同时又有这样难得的机缘，远离家乡一万里，来到祖国的西陲，实为难得，也用瓷缸子盛了半缸，与郭辉勉、黄魁等参谋一起举缸，为苏维埃胜利而欢。（注：林伟长征时任师参谋处书记、军秘书科股长）

张云龙著，人民出版社 1984 年 9 月版《革命回忆录》节录：

我记得，部队还没有进茅台镇，远远地就先闻到了酒香，越走酒香越浓，待到进了茅台镇，就更是酒香四溢、嗅之欲醉了。当时，也颇有不少人，喝了个酩酊大醉，但是，我倒不记得曾经看到过什么"酿酒池"。我们在茅台镇所看到的，乃是排列得就像受阅方队那样整整齐齐的、一片一片的、很高很大的酿酒缸，每个缸都有一两抱粗，半人来高，口小肚子大。没有人在什么酿酒池中洗脚。不过，我们确实是用茅台酒擦过受了伤的脚。现在看来，自然是一种极大的浪费，但在当时，倒是茅台酒一项极大的功劳，红军医务人员的一种"重大发明"呢！开始时，红军指战员们自然是舍不得用茅台酒擦洗伤口、消毒，但是医务人员强调：这是出于革命人道主义的考虑，也是为了胜利的需要。

于是，卫生员们久已空空如也的药用酒精盛具，统统装满了清香浓郁的茅台名酒；指战员们的军用水壶，也统统装满了茅台酒。此后，在相当长的时间里，以茅台酒代药用酒精，在救死扶伤、祛寒治病中大显神威。应该说，茅台酒对两万五千里长征是作出了巨大贡献的。对茅台酒来说，这也算是一段光荣的"革命历史"，可以称之为茅台酒"光辉的战斗历程"吧！（注：张云龙长征时任红三军团保卫局侦察科科长）

光明日报出版社 2001 年版《罗元发将军回忆录》节录：

当我军经过茅台地区时，缴获很多茅台酒。有的战士喝了酒，有的战士不会喝，便把茅台酒当泡脚水。有人提醒他说："你真是土包子，茅台酒是好酒呀，不能泡脚呀！"后来我们才知道，这些酒真是最好的酒，这些酒厂是大地主和当地土军阀开的，属于官办的。现在一瓶茅台酒卖几百元，想起当年的情景真是可笑。（注：罗元发长征中任三军团第五师十五团政治委员）

覃应机著，中共党史出版社1991年11月版《硝烟岁月》节录：

早晨，我和韦杰察看了镇内外的地形之后，正走到街上，向几位老人询问镇里的民情，通信员跑来报告：在一家酒窖里，发现了满满一窖茅台酒，司务长请示怎样处置？我对韦杰说："走，看看去！"便邀上几位老人一起走。

才走到酒房门口，就觉得异香扑鼻。走进房里，灯光之下，但见半人高的大圆缸一个挨一个，满满一屋，少说也有四五十缸，缸盖都密封着，只有靠近门口边的一个酒坛盖子被打开了，酒香就是从那里飘溢出来的。

我们向老人们了解这家酒房的情况，问哪些是新酒，哪些是陈酒。老人们给我和韦杰一一指点。随后我们吩咐司务长，那一缸原先已经打开了的酒谁也不准喝，把它分给大家，用来擦擦身子，泡泡脚，好松松筋骨。另外新打开一缸陈酒给大家喝，但不能喝醉。喝不完，还可以用水壶装上一些带走，其他的保护起来，不准动。同时，我对司务长说，我们的政策是保护工商业者，拿酒要付钱，你先把我们现有的钱拿出来，不够就打条子。

发现了酒房以后不久，镇上老百姓又引我们找到另外两个酒房。我们像对那家酒房一样也将它们保护起来，并且对替老板看管作坊的人说："我们买卖公平，你们不要害怕。"使他们放心。

上午这一餐，炊事班给大伙加了菜。菜香加酒香，吃饭的时候十分热闹，会喝酒的喝了，不会喝的也尝了。我和韦杰当时都不会喝酒，也都尝了几口。大家你帮我，我帮你，用酒来擦身子，又都泡了泡脚，然后躺下休息了一会。起来时，大家都顿觉神清气爽，腰腿灵便了许多。

下午，渡口的浮桥还未架通，我连就奉命先行乘船过河去执行新的侦察任务。临走之前，我交代司务长把那两缸茅台酒移交给后面来的部队。（注：覃应机长征时任红三军团保卫局科员）

此外，中共十三大代表、红军女战士李坚真回忆称："1935 年 3 月，我们长征到贵州仁怀县茅台镇，由于长途劳累和暂时甩掉了蒋介石军队的围追堵截，大家都希望能轻松一下。当听说当地酒好，芳香味美，大家很兴奋。买来酒后，有的用酒揉揉手脚，擦擦脸，擦过之后，真有舒筋活血的作用，浑身感到痛快。同志们喝了酒后，长途行军的疲乏全消失了，因风寒而引起的泻肚子的同志喝了酒也好了。这时，周恩来同志到达我们驻地，一看这情况，就问我们知不知道这是什么酒，我们都说不知道，他告诉我们：'这是巴拿马万国博览会获得金奖的茅台酒啊。'随后他又给我们讲茅台酒的名贵和有关酒的一些知识，使我们长了不少见识。我们才知道那种喇叭形的土罐盛装的竟是世界闻名的茅台酒。"

中国工农红军长征时期许多红军将士与茅台酒结下的特殊情结，对茅台酒的发展产生了深远的影响，成为茅台酒发展史上永不褪色的红色历史记忆。

（作者系茅屋书苑联合创始人，《贵州省志·酒业》执行主编）

红军过茅台镇

周山荣

一

1935 年春，中国工农红军转战黔北，攻占了遵义城，在遵义休整十余天，召开了著名的"遵义会议"，确立了毛泽东的领导地位。红军在位于黔北仁怀、习水县境赤水河中段的茅台渡、二郎滩渡、太平渡、土城渡4 个渡口上，来回四渡，打乱敌军部署，摆脱了国民党几十万大军的围追堵截，取得战略转移的伟大胜利，这是中国现代战争史上以少胜多的著名战例。茅台渡口是红军四渡赤水战役中的第三次渡河之处。

在《中国工农红军第一方面军史》一书中，有红军三渡赤水，驻军茅台镇的记载。军史中，红一方面军每道作战命令，甚至每张作战地图都必须有准确的记录。与此同为史料并列书中的，还有一份在贵州茅台镇由红军总政治部主任王稼祥、副主任李富春签署的以总政治部名义下发的《关于保护茅台酒的通令》（以下简称《通令》）。《通令》内容是："民族工商业应该鼓励发展，属于我军保护范围。私营企业酿制的茅台老酒，酒好质佳，一举夺得国际巴拿马大赛金奖，为国人争光。我军只能在酒厂公买公卖。对酒灶、酒窖、酒坛、酒瓶等一切设备，均加以保护，不得损坏。望我军全体将士切切遵照。"

这是一份具有特殊意义的通令，记载的是 1935 年 3 月，红军再度离开遵义，分三路向仁怀县茅台镇进军的事。当时红一军团为一路，走文昌阁、乌龟石、中华嘴达茅台镇；三军团、五军团和中央纵队为一路，走盐津河、梅子坳到茅台镇；九军团走岩栈口、仁怀县城到茅台镇。1935 年 3 月 16 日晨，红军一军团教导营袭击了驻茅台镇后面的寒婆岭、麻柳坳驻军，歼灭了国民党县长刘聘俊的地方武装力量，攻占了茅台镇。弹丸小镇，一下进驻数万人马。

茅台镇是历史名酒茅台酒的产地，因此，严明纪律是红军领袖们首先想到的事情。先头部队刚进茅台镇，便接到周恩来副主席的命令，要求在茅台酒产量最大的三家酒坊（成义、荣和、恒兴）厂房门口张贴政治部颁发的保护通令，在通令旁边，还贴有标语："红军到茅台，开仓分浮财。土豪把头埋，'干人'笑开怀。"（"干人"即"穷人"）茅台镇的工农群众举小旗、放鞭炮，欢迎红军，茅台镇几家酒厂工人和群众代表 20 多人抬着茅台酒和大肥猪到红军政治部慰问红军。红军在茅台镇张贴标语，宣传抗日救国，号召人民群众打土豪、分田地，并把地主的粮库打开，分给穷人。《红星报》上刊载了这则消息。

红军过茅台镇后，国民党的一些报纸大造舆论，污蔑红军用茅台酒洗脚，当时身居国民党要职的黄炎培先生根本不相信这种宣传，黄老先生系老同盟会员、著名的教育家、诗人，他想，红军中不乏有识之士，哪有如此糟蹋美酒的道理。于是他唤来贴身副官，要他打听有关情况，这位副官姓刘，系黄埔军校毕业，恰好是仁怀籍人，曾进出过茅台酒几家烧房，对茅台酒生产有所了解。他告诉黄先生："茅台烧房装酒用高齐肩头、大肚、小口的陶制坛子，要在大酒坛中洗脚，一是没有那么高的板凳，二是人没有那么长的腿，要钻进坛子里洗澡更不可能。"黄炎培一听有理，便写了一首《茅台诗》：

> 相传有客过茅台，酿酒池中洗脚来。
>
> 是真是假吾不管，天寒且饮两三杯。

（"相传"亦有文章中为"喧传"）

此诗经过一些进步刊物转载，很多人印象很深。

1984年4月24日，茅台酒厂的工作人员在北京访问了著名作家姚雪垠。姚老说："40年前在重庆时，我就听周总理讲过茅台酒。周总理说，1935年，他们长征过茅台时，当地群众捧出茅台酒来欢迎，战士们用茅台酒擦洗脚腿伤口，止痛消炎，喝了，治疗泻肚，暂时解决了当时缺医少药的一大困难。红军长征胜利了，也有茅台酒的一大功劳。"

2001年11月，中国人民解放军上将张爱萍将军在致中国社会科学院喻权域先生的一封信中写道："在红军长征途中，为缓解连续长途行军的疲劳，上级规定，只要条件许可，每到宿营地，我军指战员都必须要烧热水泡脚，然后用烧酒搓脚板。各级领导对此很重视，营、连领导还亲自检查。当我军过茅台镇时，每个连队的炊事班都用伙食挑子担上些茅台酒，以备晚上宿营时供战士搓脚用。看了你信中关于有人污蔑红军战士在茅台酒池洗脏脚的事，不禁不使我联想到，当年我红三军团长征经过川西天全时，我和彭雪枫同志在天全图书馆内发现国民党的《申报》，报上载有红军的李德跳进茅台酒池洗澡的奇闻，当时这类造谣污蔑令人可气又可笑。"

现茅台镇河东岸竖有"毛泽东从此过河"的碑记，西岸渡口竖有茅台渡口纪念碑，上款为"中国工农红军四渡赤水"，正中为"茅台渡口"四个大字，末署"贵州省仁怀县人民政府 1980 年 3 月"。纪念碑右侧，一株古老的黄桷树（榕树）粗大数围，虬根盘曲，绿叶繁茂。当年红军渡河时曾以此树干拴系架浮桥缆绳，树干上弹痕累累，为茅台渡口纪念碑的重点保护范围。

二

1935 年 3 月 15 日，红军转战仁怀，准备在茅台镇三渡赤水。16 日晨，红一军团教导营袭占茅台镇。毛泽东、朱德等派警卫员用 4 块银圆向茅台酒厂老板买了两竹筒散装茅台酒，共庆娄山关战役、遵义战役的胜利。

在茅台镇，特别让毛泽东、朱德等红军首长高兴的是，找到了一种用茅台酒解除红军将士铁脚板疲乏的良方。解放后，朱德还动情地回忆道："长征过茅台镇时，当地群众捧出酒来欢迎我们。战士们用它擦脚和伤口，止痛消炎，喝了可治疗泻肚子，解决了我们缺医少药的困难。所以，红军长征胜利也有茅台酒的一大功劳。"

3 月 16 日，冲锋号响起。毛泽东等人来到下场口黄桷树下的渡口，渡过了赤水河。渡过赤水河的当晚，船工赖应元接毛泽东等人到家里住了一晚，并拿出茅台酒招待他们。第二天，赖应元又帮红军带了一段路。临别时，毛泽东给了他一些路费，并给他妻子一副银手镯。

当时，赖应元还不知自己招待的红军首长是毛泽东。直到 1958 年，毛泽东警卫员陈昌奉到茅台一带调查，拿出毛泽东当年的照片比照，赖应元这才知道自己当年招待的首长是毛泽东。

仁怀红军四渡赤水纪念园（2013 年）

三

1935 年 3 月 16 日至 18 日，中国工农红军在仁怀的茅台三渡赤水河。

茅台是中国茅台酒的产地，茅台酒 1915 年在巴拿马万国博览会上获奖而享誉国内外。红军长征来到茅台，政治部首先在成义、荣和等几家烧房发出关于保护工商业者的布告。红军纪律严明，使茅台的几家茅台酒烧房保护完好。作坊老板和酒师们都说，世上没见过这么好的军队。

红军在茅台期间，部分干部和战士也曾在成义等酒房买了茅台酒来品尝，有的用来擦脚，治疗脚伤和疼痛。红军茅台沽酒，留下许多佳话。

红军第十三团侦察连进入茅台后，住在茅台街上"山窝里的一家造酒作坊的老板家里"，当连长韦杰和指导员覃应机观察地形，在街上向几位老人询问时，通讯员跑来报告，在一家酒窖里，发现了满满一窖茅台酒，司务长请示怎样处置。韦杰和覃应机即请几位老人一起去看。"走到酒窖门口，就觉得异香扑鼻"，几位老人说，这是赖家的酒窖。走进酒窖，但见半人多高的大圆缸一个挨一个，满满一窖，少说也有四五十缸，缸盖都密封着。只有靠近窖口边的一个酒缸盖子被打开了，酒香就是从那里飘溢出来的。几位老人向红军介绍哪些是陈酒，哪些是新酒。随后，覃应机、韦杰吩咐司务长，那一缸事先已经打开了的酒谁也不准喝，把它分给战士们，用来擦擦身子，擦擦脚，好松松筋骨，另外打开一缸陈酒给大家喝，但不能喝醉。喝不完，还可以用水壶装上一些带走，其他的保护起来，不准动。同时还特别强调："我们的政策是保护工商业者，拿酒要付钱，你先把我们现有的钱拿出来，不够就打条子。"

侦察连发觉赖家酒窖之后，老百姓又引他们找到了另外两个酒窖，红军也像对赖家酒窖一样将酒窖保护起来，并对替老板看管作坊的人说："我们买卖公平，你们不要害怕。"

侦察连上午这一餐，炊事班加了菜，菜香加酒香，吃得十分热闹。听说这就是得国际奖的好酒，会喝酒的喝了，不会喝酒的也尝了。不会喝酒的韦杰、覃应机也都尝了几口。侦察连战士你帮我，我帮你，用酒擦身子，又都擦了擦脚，然后躺下休息一会儿。起来时，大家都觉得神清气爽，腿脚灵便多了。浮桥还没架通时，侦察连奉命先行乘船过河去执行新的侦察任务，临出发前，覃应机特别交代司务长把那三窖茅台酒移交后面来的红军部队。

红四团政治委员杨成武回忆：茅台土豪家里坛坛罐罐都盛满茅台酒，我们把从土豪家里没收来的财物、粮食和茅台酒，除部队留了一些外，全部分给了群众。这时候，我们的指战员里会喝酒的，都过足了瘾，不会喝的也装上一壶，留下来洗脚活血，舒舒筋骨。

成仿吾回忆："茅台镇是茅台名酒的家乡，紧靠赤水河边有好几个酒厂与作坊。政治部出了布告，不让进入这些私人企业，门都关着。大家从门缝往里看，见有一些很大的木桶与成排的水缸。酒香扑鼻而来，熏人欲醉，地主豪绅家都有很多大缸盛着茅台酒，有的还密封着，大概是多年的陈酒。我们这些人本喜欢喝几杯，但因军情紧急，不敢多饮，主要用来擦脚，恢复行路的疲劳。用茅台酒擦脚，确有奇效，大家莫不称赞。"

红九军团团部卫生所所长涂通今回忆："在茅台，我们军团司令部驻在一个地主开办的酒店里，满屋都是摆在地下的大水缸，缸里装满了酒，真是香气扑鼻。"

红六团大约于 16 日中午赶到茅台，按代政委邓飞回忆："久负盛名的茅台酒，几里之外就能嗅到扑鼻的醇香，部队到酒厂后开始原地休息，当时我们团部的十几个人就休息在一个装酒的大仓库旁，听说这个酒房是姓华的资本家开设的，叫成义酒房，年产量二三十吨。仓库里并排摆着几十个大酒缸，每个都有一搂多粗，一米多高，当时我们真想进去弄点尝尝，但想到红军的纪律就谁也没有动。"

红三军团参谋孔宪权回忆："共产国际顾问李德，那天他去茅台酒厂，在缸子里用瓢舀了二瓢半酒来喝，喝醉了。红军用茅台酒擦脚也有这回事，因当时战士们脚走痛了，有的肿了，就用茅台酒擦一擦，活血止痛。"

李德不知茅台酒的后劲，确实喝醉了，国民党抓住李德茅台醉酒的事，在《申报》上载文造谣污蔑李德跳进茅台酒池里洗澡。

聂荣臻在茅台休息时，为欣赏一下举世闻名的茅台酒，和罗瑞卿叫警卫员去买些来尝尝。酒刚买回来，敌机就来轰炸。到口的酒都没喝成，又踏上了征程。

童小鹏长征日记载："16日晨1时出发到茅台，此地系著名茅台酒之产地，见一被没收之酒厂，门面颇大。"

张爱萍回忆："在红军长征途中，为缓解连续长途行军的疲劳，上级规定，只要条件许可，每到宿营地，指战员们都要烧热水泡脚，然后用烧酒搓脚板，各级领导对此都很重视，营、连领导还要亲自检查。当红军部队经过茅台时，每个连队的炊事班都用伙食挑子担上茅台酒以备晚上宿营时，供战士们搓脚用。"

熊伯涛所属的军团教导营，鲁班场战斗时担任对仁怀县城及茅台两条大路的警戒。在这当中，除了侦察地形和进行军事教育外，时常打听茅台酒的消息。16日拂晓赶到茅台时，追击敌人，并缴得茅台酒数十瓶。

曾三回忆："在长征路上，我深深感到脚的重要。道理很简单——长征是要走路的，没有脚就不能行军，没有脚就不能战斗，大家不是听过红军过茅台用酒洗双脚的故事呢？这不是假的，因为用酒洗擦是最好的保护用法。"

耿飚回忆："这是举世闻名的茅台酒的产地，到处是烧锅酒房，空气里弥漫着一阵阵醇酒的酱香。尽管戎马倥偬，指战员们还是向老乡买来茅台酒，会喝的组织品尝，不会喝的便装在水壶里，行军中用来擦腿搓脚，舒筋活血……"

萧劲光回忆："茅台镇很小，茅台酒却驰名中外。我们在茅台驻扎三天，我和一些同志去参观了一家酒厂，有很大的酒池，还有一排排酒桶。我们品尝了这种名酒，醇香甘甜，沁人心脾，真是一种莫大的享受。有的同志还用水壶装着，留着在路上擦脚解乏。"

李真回忆说："用茅台酒擦脸、揉手、搓脚之后，真有舒筋活血的作用，浑身感到痛快。有的同志长途行军中感冒风寒，泻肚子，喝了茅台酒，病就好了。"

林伟在长征日记中写道："茅台酒，是以这里清泉水出名，用大水缸埋在地下，起落循环地装在外表很难看的小泥瓷罐子里。我虽然不会喝酒，因为茅台酒是全国好酒，同时又有这样难得的机缘，远离家乡一万里，来到祖国的西陲，实为难得，也用瓷缸子盛了半缸，与郭辉勉、黄魁等参谋一起举缸，为苏维埃红军胜利而饮。"

红军首长过河后，在河西的一小树林里休息，毛泽东的警卫员陈昌奉和周恩来的警卫员魏国禄，找到工兵连王耀南，说："王连长，能不能弄点酒擦擦脚？"当时，工兵连就驻在靠河边的一个酒厂旁边，听说酒的价钱也不很贵，于是，王耀南领着陈昌奉、魏国禄一起到酒厂买酒。酒没有容器装，他们就找来两段碗口那么粗、半人来长的竹子，用烧红的铁条把中间的竹节捅开，只留最下面一个竹节，然后在竹筒里满满灌上酒，上面再用玉米瓢子紧紧塞住。酒装好，按当时的时价把 4 块银圆递给酒厂老板时，酒老板激动得不知如何是好，一个劲地说："军队嘛，这么点酒还给钱。我活了 40 来岁，还是第一次见到。"

红军沽酒过茅台

王正贤／口述　　刘一鸣／整理

　　1935 年 3 月 15 日下午，中央红军一、三、五军团围攻龟缩在鲁班场街周围的周浑元部 3 个师，总攻开始后朱德即安排实施夺仁怀县城、占茅台后渡赤水河进川南计划。在明广寺朱德对刘伯承说："伯承，现在只有按老毛到川南走一圈安排办。选定在茅台一带渡河。事关全局，只有你亲率人马打前锋喽！"伯承行礼："好！"朱德当日傍晚 8 点半给一军团林彪、聂荣臻下达命令："令你们教导营附一军团之两工兵连及干部团之二十九分队电台，限明十六日拂晓赶到茅台至小河口一段架浮桥三座并侦察徒涉地点。"中央纵队司令刘伯承和政委陈云领命后当晚率工兵连出发，从坛厂、怀阳洞、岩栈口、两路口到仁怀县城边黄树桩稍事休息，天麻麻亮就集合经三百梯往茅台行进。教导营前锋于寒婆岭与仁怀民团督练长徐必成率领的民团分队开战后很快被击毙消灭，驻在茅台街上的黔军侯相如团的侯连长闻枪声密集，即令全连沿河往二合树逃窜。中央红军先头部队控制了茅台一带。

　　早在几天前，周浑元纵队追堵中央红军从古蔺经茅台搭浮桥南渡，在朱砂堡和珠旺沱间拉扎在黄桷树上的铁丝尚在。黔军侯汉佑旅第七团于

12日撤往下游，只留一个连守茅台。王成俊、阎端华等富豪听说要打仗了，且共产党要"共产共妻""比上轮甲子长毛还凶"便逃往乡下躲藏了，街上只剩做生意的小商小贩和酿酒师与护厂工人以及最基层管理者保长和穷人。当时茅台街上及附近只有600余户3000多人。周浑元纵队叫"中央军"，纪律比黔军好，小商小贩因人多可赚钱而不躲藏。

红军从寒婆岭大道而下，先到王思鸣、王思堂两家买米粑等小吃充饥，用苏维埃纸币时，王余氏和王张氏不收，怕用不了。红军政工人员解释说："你收后可去后续部队换银圆的。"二人才大胆交易了。

在茅台，红军教导营负责警戒，工兵连在刘伯承等指挥下向船户征木船（每天每船八块大洋），再向民户征门板（每天一或二块大洋），将盐船用竹纤绳和茅台邮局找来的铁丝拴好置于深水处，再将绳丝两头拴在河两岸的大树和木桩上。以盐船为桥墩，浅水处再用竹篓装石头放入水中做桥墩，上面搭上圆木、木板（门板），这样很快架好上渡和下渡两座浮桥，修复了朱砂堡1座浮桥。刘伯承命工兵连长王耀南派一排长张景富率6名老战士骑马去太平渡和二郎滩侦察，教导营先过河控制要隘。军委得报后，朱德命令各军团3月16日和17日12点前全部西渡赤水河到川南寻求新机动。

陈云率政工人员宣传共产党北上抗日主张和打倒新旧军阀，实行孙中山耕者有其田主张。家居高榜、大山堡一带的保长王德友初识文字，他家上两辈本是水洪树一带最早的富户，在河东茅台街上码头至盐号间有十多个门面和长膀岭山脚一号堰有几十亩良田，因吃鸦片烟被同姓不同宗者挤占，再加上1918年水灾冲毁，家道衰落，只是堂弟兄还守着两个门面做小生意度日。他在朱砂堡往膀上大路边也经营饮食小店供过往行人歇脚方便，宅旁是"天和号"酒房。红军战士向他询问地方情况，有的用苏维埃纸币或银圆买东西。苞谷、高粱烤的土酒七八角一斤，茅台酒工艺烤出储存、勾兑出售的四五块银圆一斤。刘伯承、陈云等大多数红军将士是知道茅台出世界名酒的，但部分战士还是不知道，买酒主要用于擦脚解乏，特别是对"大富翁"天和号的坛子储酒也用来擦脚解乏。16日下午至傍晚，中央军委总部抵茅台，王稼祥和李富春才以政治部正、副主任名义出具张贴保护酒厂和设备的布告。王德友家几百斤土酒被买空，好多酒店各档酒也被买空。据说，李德这洋顾问连喝几茶缸，醉了两天多，全靠单架抬着走。周恩来叫警卫员魏国禄用竹筒子一头打通装酒，买了不少带上，周因患病吃不下东西，每天就喝几口酒，直到过草地前服中草药痊愈。

中央红军主力在茅台一带三渡赤水河，在缺医少药的年代，茅台产的酒对他们疗饥解乏治伤确有说不完的故事。

参考资料:《毛泽东年谱》《朱德年谱》《刘伯承年谱》《陈云年谱》《中央红军过仁怀》《中央红军过茅台》《王氏族谱》等资料。

（整理者系仁怀市历史文化研究会会长）

龙坑场来了红军

钟金万

1935 年 1 月 7 日，中央红军占领遵义城（今遵义老城）。离城 20 里的龙坑场住满了红军。当时，黔北大地主华家的管家乔浩然就居住在这里，但在红军到来之前，他携妻带子举家逃走了。驻龙坑场的红军总部就设在乔家豪华宽敞的房子里。

住在这里的红军，根据中央红军在遵义创建新苏区根据地的精神，于 1935 年 1 月 11 日发动和组织群众成立了龙坑土地革命委员会，决心在这里开展一场声势浩大的土地革命斗争。一是打土豪，首先在政治上和经济上打垮地主豪绅阶级；二是分土地，将地主豪绅的土地分配给无地少地的农民，实现耕者有其田。

经过红军的发动、群众协商，龙坑土地革命委员会的委员有艾文彬、王德云、王万、张朝云、王昌贵、艾云武、艾吉宣等 7 人，王万任主任委员。"土地革命委员会"首先打开了黔北大地主华家设在龙坑场的粮仓，分了龙坑场地主豪绅张烂之、胡彭年、吴银舟等人家囤积的粮食，杀了他们的肥猪，使土豪劣绅受到了应有的制裁，人民群众无不拍手称快。

龙坑场有个土豪叫田庆阳，坚决反对革命委员会和红军的革命行动，

1935 年 3 月初，童小鹏所在部队被敌机轰炸处——贵州省遵义县龙坑镇杨梅台（杨生国提供）

被懒板凳武装游击队一举抓获后，带到懒板凳枪决。白家湾（今谢家坝）有个叫陈蒋灵的土豪劣绅，平时经常欺压群众，群众反映十分强烈，被驻扎在懒板凳的红军队伍罚款 200 元。

没有几天工夫，土地革命委员会就取得了极其辉煌的战果，没收地主的粮食 4 万余斤，并将土豪张烂之的酒库打开，没收了里面存放的茅台酒，实行军民共享，只要是龙坑场的农民群众都分到了茅台酒，让这里的农民群众在历史上第一次品尝到了贵州名酒。

对于享誉世界的贵州名酒，谁不希望品尝一口呢！相传，很多年以前，茅台村的杨柳湾住着一户勤劳朴实、心地善良的农家，有老汉和老伴两个人。有一年的数九天，天寒地冻，大雪封山，冷得出奇。老两口正在门前扫雪，见一相貌清丽的姑娘，衣衫单薄，面黄肌瘦，瑟瑟发抖，很是可怜。老两口就扶她进屋烤火取暖，舀了一碗米饭给她吃，还舀了一碗高粱酒给她喝。那姑娘饿坏了，接过碗，三两口就把饭吃了个干净，把酒也喝了个精光。老两口见天气太冷，就留她住宿，叫她等第二天雪化了再走。姑娘就住了下来。当天晚上，老两口同时做了一个梦。一个美丽的仙女，容貌似那个留宿的姑娘。她头戴琉璃五彩冠，项挂黄金锁子链，身穿镂金斑斓衣，腰系两根大红飘带，手捧白玉瓷盅，对着他们，把杯里的玉液琼浆泼在他家门前的一株杨柳树下，说："大伯大娘，感谢你们的好心，我没有别的谢你们，就请你们用水井里的水酿酒吧！……"老两口惊醒过来，十分诧异，忙跑去姑娘住的房间，姑娘没了踪影。老两口又到门前柳树下，只见泥土湿漉漉的。用锄一挖就沁出了一股泉水，清汪汪的，尝尝，甜滋滋的。老两口就用这泉水酿酒，酿出的酒晶莹清亮，醇香回甜，盖过一方白酒。这就是最初的茅台酒。后来，这个美丽的传说，被做出了茅台酒的商标——"仙女捧杯"图案，茅台酒瓶上系着的两条红绸飘带，就是仙女腰间的红飘带。

红军转移后，国民党地方反动势力疯狂反扑，龙坑场保董王子舟、劣绅周吉兴、张烂之将土地革命委员会委员张朝云、王昌贵和积极分子张七、张开云等人逮捕杀害，其中张开云一家 5 口人全部遇难。

龙坑场的土地革命，虽然存在的时间不长，但党对土地革命的主张，却在群众的心里扎下了根。贵州解放后，龙坑场土地革命委员会的负责人再次参加村里的工作，重新投入土地改革的运动中，最终迎来了土地革命的新胜利。

纪律作风不能丢

黄光荣／整理

茅台镇虽地处山区，崎岖人稀，但却得天独厚，能酿造出世界上独一无二的美酒。这里几乎家家都酿酒，有些大户人家还窖藏着上百年的陈年老酒，曾有"迎风香十里，隔壁醉三家"的精彩描述。然而，熏着酒香的红军官兵却没有一人擅自去老百姓家里喝酒。

先期到达茅台镇的红三军团十一团政委王平一再告诫官兵："酒好喝，但红军的纪律和作风绝不能丢！"

遵照军委领导的嘱咐，军委后勤供应部门的同志按 4 个银圆买两竹筒酒的价，抬出已经和店主、厂家办好了手续的大坛小罐的酒。战士们纷纷掏出小搪瓷碗、小口缸，你给我舀、我给你舀，甘醇清冽的茅台酒顺口而下，有的人喝着酒，还嘲笑着国民党军队："要不是蒋介石，这辈子哪能喝上茅台酒呀！"

《仁怀县志》记载：1935 年 3 月 16 日这天晚上，对于红军来说，醇美的茅台酒让他们终生难忘。由于存酒很多，他们还用茅台酒擦伤、擦手、泡脚，以驱除行军疲劳……

再说侯政、李坚真带着休养连的女红军正朝着茅台镇走来。几里之外，一股浓烈的酒香扑鼻而来。走在最前面的李坚真首先惊呼起来："好香呀！是哪儿有酒吧？！"

紧随其后的徐特立告诉李坚真，可能快到茅台镇了，只有茅台镇才有好酒，这分明是空气中飘逸的酒分子散发出来的味道呀！

果然没走多远，就看到一块刻有茅台的石碑。不远处便是滚滚流淌的赤水河。徐特立停下脚步给女红军们讲起了赤水河的故事："这条河呀发源于云南镇雄，全长有1000余里，经云南、贵州，在四川合江汇入长江。古称大涉水、安乐水，后称赤虺河，再后称赤水河，因沿岸土壤为紫红色，雨水冲刷流入河中呈红色而得名。赤水河延绵着几百公里的两岸大山，本来都有近1000米的高度，但到了茅台镇，突然低矮下去，海拔降到了400米，这样，四面的高山把茅台镇紧紧地围成盆地状低谷，形成了独有的小气候，很适宜酿酒微生物的生成与繁殖，成就了茅台的酿酒业。据初步考证，早在16世纪，茅台村就有了手工作坊意义上的酿酒业。到了宋代，手工作坊生产的酒成了朝廷贡酒，并记入宋书《名酒记》中。而茅台酿酒的史实早在公元前135年，汉武帝饮'枸酱'而'甘美之'的赞叹中就已经定格。也是茅台人的幸运，饱含多种微量元素的赤水河，一路奔腾把最华彩、丰腴的身段留在了这里，成就了茅台酒香自天成。赤水河像一条红色的绸带缠绕着连绵的山川，为沿途打下了热烈而温暖的底色，又像一条流淌着鲜血的动脉，为这片土地注入了生命和精神的滋养。"

谢觉哉也走上前来大声说道："我曾经读过茅台的一个故事，说的是在很久以前，茅台古镇住着一个青年小伙子，有一天他看见一只蝴蝶在泥水当中挣扎，他就把这只蝴蝶放飞了。晚上这只蝴蝶为了报恩，就化成一个美丽的姑娘给小伙托了一个梦，她在梦中说，茅台杨柳湾有一股很好的泉水，可以酿出琼浆玉液。第二天，这个小伙子就在茅台附近找到了杨柳湾，但是他在杨柳湾怎么也没有找到泉井，正在他犹豫不决的时候，忽然天上掉下一颗宝珠，地上立即闪现一道金光，瞬间就变成了一汪清澈透亮的泉水。于是，这个小伙子就按照姑娘给他托的梦，就在井水边建立烧房，就在这个地方烤出了茅台最好的佳酿，这个井称杨柳井。"

董必武还给女红军们介绍说："明朝时期，赤水河的盐运业开始形成，到清朝达到鼎盛，仁怀是川盐入黔的四大口岸之一 ——仁岸的一个码头。盐业兴旺时，各地盐商云集于此，形成'盐登赤水河，秦商聚茅台'的商贾云集景象，极大地促进了茅台酒的发展，贵州省三分之二的食盐由此起程运销各地，茅台酒亦由此远销省内外，并逐渐名声大振，茅台这个商业古镇也由此形成，有'天下第一酒镇'的美誉，与打鼓新场（金沙）、湄潭永兴、遵义鸭溪并称黔北四大商业古镇"。

徐老、谢老、董老讲述的故事深深吸引着女红军们，激起了她们对茅台古镇的向往。

茅台这个赤水河东南岸上的小镇，与临江城镇一样，很具特色，建筑物从河边呈阶梯形向坡上延伸。也许大凡江河边上城镇大概都是如此，但这座小镇与其他城镇不同的地方在于，未入城门先闻其香。在雨雾蒙蒙的空气中，醇厚的酒香随着牛毛般的细雨扑面而来，沁人心脾。女红军们便是在浓浓的酒香中走进茅台镇的。

干部休养连住进了茅台镇的富户商家——"成义老烧房"的前店。老烧房是一座阔绰的房子，前店后厂，不但门面宽，而且后面的院子还大。住下后，女红军们放下背包，像以往宿营一样，先拿起脸盆去找水洗脚。当她们在院子南侧发现成排的呈喇叭形的大陶缸，连盖子都没有，盛满了一坛坛的清水，兴奋极了。于是，舀出"水"来就开始泡脚。金维映先叫起来："这里的水泡脚真舒服呀！"

赤水河古盐道（2008 年熊洪潘摄）

　　远闻酒香，近了却不知道酒是啥模样，错把美酒当净水。几个女红军都来舀"水"泡脚，欢笑着，嬉闹着，搅得一池"水"花四溅。大家都觉得难有这么清凉的水，个个都啧啧称道："好清凉的水哟！洗起脚来真舒服！"

　　听到女红军们的嬉闹声，大家纷纷围拢来，凑到缸前一闻，原来，这哪里是水，分明是酒哇！到此时，她们才恍然大悟，早在路上闻到的芳香味就是这个酒香，到了近前，反而见酒不识了。但这些工农出身的女人，从来没喝过茅台酒，要不是三位老革命讲起茅台的故事，就连茅台和这个酒的名字都未曾听说过哩，就别提了解它的品质与历史了。

董必武在院子外听到里面如此热闹，很纳闷，就一边往里走，一边问："姑娘们，遇上什么喜事了，看把你们高兴的？"

谢飞见了董老，大声叫道："董老，你见多识广，这该不是什么神水吧？"董必武看了看缸子，蹙起眉头，摇着头说："什么神水呀，傻姑娘们，这是酒，是名贵的茅台酒嘞！"听董老这么一说，女红军们顿时傻了眼，都为自己的无知感到惭愧。

李坚真立即制止大家，但经不住好酒的诱惑，大家还是三五一群，有的拿着脸盆，有的拿着缸子，有的拿着碗从那口大缸里舀起酒来。就在那个大院子里，大家擦伤口、揉胳膊、揉腿脚，各自摆开了阵势。有的人甚至来了酒瘾，相互推杯换盏。一时间，"好酒！好酒！"称赞声不绝于耳。她们纷纷舀起缸里的酒，会喝不会喝的都尝试着喝了起来，她们哪知酒劲的厉害，不一会儿，女红军们全都晕乎乎的，脚下软绵绵、轻飘飘的，有的甚至醉意朦胧，一坐下浓浓的睡意便袭了来……

正当大家高兴得不亦乐乎的时候，周恩来带着警卫员来到了院子里，一见大家都在缸里舀酒，马上表情严肃了起来，感叹道："真是暴殄天物！"周恩来大声地说："同志们，你们知道这酒的历史吗？"

见没有人回应，他接着说："这是名贵的茅台酒。1915年，茅台酒在美国旧金山召开的巴拿马万国博览会上一举获得金奖，与法国科涅克白兰地、英国英格兰威士忌一起被誉为世界三大蒸馏白酒，成为响当当的世界品牌。伴随着茅台酒的腾飞，茅台镇从此也走向了世界，闻名中外。这可是我们民族的招牌酒！你们可不要乱糟蹋哟！"这一席话，说得这些叽叽喳喳的女人全都傻了眼。接着，周恩来又给大家讲解了共产党保护工商业者的有关政策，要求大家不再随便乱动缸里的酒，如果需要，可以按总政治部的规定用钱买。

长征时任三军团卫生部政委的李志民过茅台后曾写了一首诗，真实地表达了当时的情景和心绪：

茅台酒

没有月亮没有星，踏过沙河爬过山岭。

公鸡啼叫天发亮，红军走过茅台镇。

眼发花来头发晕，人在梦里夜行军。

想喝一口茅台酒，解解疲劳爽爽心。

茅台酒呀喷喷香，一瓶一瓶摆在窗台上。

看着酒瓶心里痒，不敢走近窗台旁。

情愿喝凉水清清口，不要为了喝酒失人心。

人心有钱也难买，人民利益记在心。

这首诗真实地记录了当时红军过茅台时总政治部所做的规定，在铁的纪律面前，身为红军的干部更是带头执行命令，不能因为想喝茅台酒而失去民心，民心是用钱也买不来的。

女红军们到达茅台镇，立即按照总政治部的要求开展打土豪，首先打开官仓，没收了土豪们的浮财，将食盐和财产分给了"干人"。茅台镇的"干人"们真是笑逐颜开。当地的老百姓为了表达对红军的感激，编了一首黔北山歌赞颂红军：

红军过茅台，分盐分浮财。

土豪把头低，百姓笑开怀。

民国廿四年（1935），红军要入川。

绅粮喊皇天，百姓一尽欢！

红军一到春雷响，财主老爷都跑光。

打开官仓分浮财，山欢水笑乐洋洋。

有的老百姓为了表达心中的情意，精心为红军打草鞋、做布鞋、缝补衣服，唱着黔北山歌为红军送行：

打双草鞋送红军，表我"干人"一片心。

亲人穿起爬山岭，远征北上打敌人。

去把魔鬼全消灭，"干人"当家享太平。

针脚细密线儿长，一心做鞋送红军。

灯油点了不要紧，革命成功得翻身。

长征期间，中央红军每到一地宿营，都要派出巡视员检查部队纪律，对广大指战员执行三大纪律、八项注意和群众政策的落实情况进行严格的检查，这已经是红军的传统了。

妙用茅台酒

黄光荣

早在 1915 年，茅台酒在巴拿马国际博览会上荣获金奖，从而名扬天下。1935 年 6 月 16 日，红军占领了仁怀县城和茅台渡口。红军将士有幸享用了历史悠久的茅台酒。

严明纪律规定在先

6 月 16 日，红军在茅台镇期间，红军总政治部以主任王稼祥、副主任李富春的名义发布《中国工农红军总政治部关于保护茅台酒的通知》：

民族工商业应鼓励发展，属我军保护范围，私营企业酿的茅台酒，酒好质佳，一举夺得国际金奖，为人民争了光，我军只能在酒厂公买公卖，对酒灶、酒窖、酒坛、酒瓶等一切设备，均应加以保护，不得损坏。望我军全体将士切切遵照。

古镇茅台（1992 年熊洪潘摄）

时任红军将领与茅台酒

时任红一军团政治委员聂荣臻将军回忆说："在茅台休息的时候，为了欣赏一下举世闻名的茅台酒，我和罗瑞卿同志叫警卫员去买些来尝尝。酒刚买来，敌机就来轰炸。于是，我们又赶紧转移。"

时任第一军团军团长杨成武将军回忆道："奉命转移到茅台镇，著名的茅台酒就产在这里。土豪家里坛坛罐罐都盛满了茅台酒。我们把从土豪家里没收来的财物、粮食和茅台酒，除部队留了一些外，全部分给了群众。这时候，我们指战员里会喝酒的都喝足了瘾，不会喝的也都装上一壶，留下来洗脚活血，舒舒筋骨。"

时任中央局电台台长、红军通信学校政委曾三将军回忆："在长征路上，我深深感到脚的重要。道理很简单，长征是要走路的，没有脚就不能行军，没有脚就不能战斗。大家不是听说过'红军过茅台，用酒洗双脚'的故事吗？这不是假的，因为用酒擦洗是最好的保护脚的办法。"

时任第一军团一师参谋长耿飚将军回忆："这里是举世闻名的茅台酒的产地，到处是烧锅酒坊，空气中弥漫着一阵阵醇酒的酱香。尽管戎马倥偬，指战员还是向老乡买来茅台酒，会喝酒的组织品尝，不会喝的装在水壶里，行军中用来擦腿搓脚，舒筋活血。""1935年，红军长征进入贵州以后，由于长途跋涉，加上激战连连，不少红军很是疲惫、浑身是伤。即使没有受伤的同志，由于大多穿着粗糙的草鞋，双脚早就磨起了水泡，而长征途中又缺医少药，不少红军战士都是带伤前行。""红军战士就用茅台酒疗伤、擦脚。此外，由于当地气候特点且盛产白酒，把烈酒倒来'洗脚'，在当时是川南黔北一带的常事。正因为如此，茅台酒给人们留下了非常深刻的印象。"

时任红三军团参谋长萧劲光将军回忆："茅台镇很小，茅台酒却驰名中外。我们在茅台驻扎了三天，我和一些同志去参观了一家酒厂。有很大的酒池，还有一排排的酒桶。我们品尝了这种名酒，芳香甘甜，沁人心肺，真是一种莫大的享受。有些同志还买了些，用水壶装着，留在路上擦脚解乏。"

不喝三碗，不过河

1935 年 3 月 16 日，红军在梅子坳、寒婆岭等地，打败了国民党的地方武装挺进茅台镇后，经休整准备三渡赤水河，时任红军总参谋长、军委纵队司令员的刘伯承向周恩来报告说："周副主席，红军渡河的便桥已搭好，毛泽东和同志们已在小学校里休息，现在先头部队正在渡河，您还有什么指示？"

周恩来掏出怀表看看时间，对刘伯承说："还有一件重要任务，等待你来完成。"

"你下命令吧。我保证完成！"刘伯承表情凝重地说。

"真的？"周恩来看着认真的刘伯承，神秘地一笑，然后侧身喊：

"魏国禄，你把刚才买的酒拿出来，我给伯承一个任务。"

原来是喝酒的任务，刘伯承有点莫名其妙。周恩来风趣、认真地说："武松三碗不过冈，我们来个不喝三碗不过河，怎么样？"

刘伯承一听，把土碗往周恩来的酒碗上一碰，豪爽地说："一言为定！"两人一仰脖子，一碗酒下了肚，魏国禄又倒满了两碗酒。

"这是蒋介石给红军的口福啊！"刘伯承第二碗酒下肚后说。

就这样，周恩来和刘伯承在谈笑之间，三碗茅台酒下了肚，真有点"豪气越赤水，把酒识英雄"的味道。

妙用茅台酒

1935 年 6 月 16 日，中央红军三渡赤水，来到了仁怀县城和茅台渡口，有幸在行军途中享用了历史悠久的茅台佳酿。茅台酒享誉中外，但红军长征到这里时，正被国民党追兵追赶，哪里有什么品酒的心情和时间？但红军战士们对茅台酒的记忆却是极深的。

有的同志在赶往茅台的路上就四处打听，想买几瓶茅台酒来尝尝。山路难走，有的战士滑倒了，战友们就用茅台酒来安慰他："同志，不要紧，明天拿前面的茅台酒来滋补一下！"到了茅台镇，同志们确实把茅台酒用来"滋补"了。

到达茅台镇之后，同志们惩治坏地主，安抚老百姓。进入小镇的红军，纪律严明。见人就说："同志，吃茅台酒啊！"战士们去买酒，要把钱给酒店老板。

在红军心目中，茅台酒的作用，还不如擦脚解乏令人印象深刻，在那样艰苦的岁月中，由于要行军打仗，来不及享受美酒，只能带走一些。茅台酒的其他妙用就被红军战士发扬光大了。

长岗红军医院的"新药"

汪德贵

一

1935 年 1 月，中央红军来到遵义。因在这以前，中央红军经过了第五次反"围剿"的斗争，由于错误路线的指挥，失败了，损失惨重。那时不但红军人员大减（从 8.6 万人减少到 3 万多人），而且伤病员增多。这就引起了当时中央领导的重视（特别是遵义会议后），重视了医疗队伍的建设，部队根据行军情况，随时建立了临时医院。1935 年 2 月，中央红军二渡赤水后，第二次向遵义进发，大战娄山关和遵义城的老鸦山、红花岗等，取得了遵义大捷的胜利。这时，就在遵义老城天主教堂处设立了红军医院。

遵义大捷，震惊了蒋介石，蒋介石视为奇耻大辱，急从东南西北方调集 40 余万大军又一次包围中央红军，于是中央红军又移动了。3 月 12 日苟坝会议后，毛泽东及其大部队就开往并驻扎在仁怀县（今仁怀市）的长干山（其先头部队于 3 月 6 日和 9 日就到达长干山）。

仁怀市长干山（今长岗镇），位于仁怀市的东南面，山高面大。街上海拔高程有 1200 余米，高的地方在 1300 ~ 1500 米。整个大山连绵起伏有 2000 ~ 3000 米，幅员辽阔。此山及周围（幅员 10 余平方千米）森林茂密，笔挺的大树一棵接一棵，真是躲避敌人及敌人飞机的好地方。过去，此地是盐运大道，从长干山街上横穿而过，是遵义地区通往周边几个县以及四川古蔺、合川等县的必经之路。所以长干山的街道历史悠久，旅店、客栈不少，各种商贩经常云集此地，热闹非凡。毛泽东等中央领导选择长干山为研究红军战略的暂住地、栖息地，是明智的选择。

中央红军进驻长干山后，其领导很重视伤病员的医治，决定在长岗街背后（堰塘村）建立临时医院。农民张兴安、张潘智两兄弟经过红军的宣传及红军行动的表现，使他们非常感动，就毅然将自己刚修建好而尚未住人的新房子给红军做临时医院的房屋。张姓两兄弟修建此房，是木柱木楼

仁怀县长岗红军医院旧址（熊洪潘摄）

两面水瓦顶，下部为木壁木门木格雕花窗，上部是石灰夹壁，朴实淡雅。此房正面开房 5 间，南侧还有相连的转角瓦房两间，北侧另有一栋 4 间木屋的厢房并与正房呈丁字形相接。这种奇特造型，当地人唤作异形三合头，也有人叫长五间转角楼。两种叫法都很形象。此房屋子大，堂屋面积超过 40 平方米，其余各间也有 30 平方米，很适合安置伤病员。同时，周围山岗环抱，树木葱茏，很适合隐蔽，是办医院的好地方。

二

当时长岗红军医院住了在遵义大捷中受伤的干部和士兵及周围生病的群众 100 多人。住进医院的还有一些受伤的红军指挥员，如在遵义大捷中受伤的孔宪权同志也在医院疗伤。3 月 12 日，一位红军战士为救护长岗街上一位名叫张芝莲的姑娘而身负重伤，也是当地群众送到这个医院的。

这个医院当时可"热闹"了，突出的是每间病房都是伤员呻吟声、阵痛声。有的伤员说："我宁愿在战场上牺牲，也不愿受这个罪！""我痛得这么厉害，什么时候好得了？怎么再去消灭敌人啊？""哪个拿药治好我的伤，我感谢他一辈子。"医院的伤病员，几乎都是枪伤，由于药物严重紧缺，没有食用酒精消毒。当时，这里虽然是盐道，但是食盐也非常紧缺，用食盐消毒也不可能，医治很困难。这时，伤口不但不好转，有的伤口还感染，病症蔓延，甚至化脓，所以就出现了大量伤员的呻吟声。医院的领导、医师、护士也非常着急，医生们说："听了伤员的呻吟声，我都急哭了！""伤员们痛苦，我知道，若能换位，我愿意换，我来当伤员，给你们分担伤痛。""我们只有勤快点，积极想法医治。"……他们确实辛苦，但紧缺药物使他们伤透脑筋，无所适从。

红三军团第十三团的党总支书记胡书记也在这里疗伤，看在眼里，急在心里。

他到了仁怀长岗，了解和看到了仁怀的茅台酒，高兴极了，想到了疗伤的办法。

茅台酒高于"食用酒精"的质量，这比"食用酒精"治伤强。

胡书记给院长建议，用茅台酒做"药"、疗伤。就这样，医院从私人处及仁怀县城弄来了茅台酒，开始给伤病员疗伤。医生、护士昼夜忙个不停，用茅台酒给伤病员清洗伤口、消肿、杀毒、擦身子，不使伤口化脓，对极少数严重者，还用适量的酒泡脚。这样一来，医院的呻吟声减少了，医院也安静了很多。伤员的伤好得快，出院的人逐渐增多，这些战士、干部、首长出院后，又投入了战斗。胡书记在这里医好了伤，及时参加了鲁班场战斗。

（作者系遵义市人社局退休干部，现任遵义市老区建设促进会副会长，遵义市长征学学会驻会理事）

半山祖祖的敬酒壶

李瑞林／口述　梁隆贤／整理

　　解放前，桐梓县城郊一个叫半山（今桐梓县城鱼溪沟、云盘巷一带）的地方，有一位德高望重的老人，老人姓樊还是姓范大家都记不准了，只传说他寿高硬朗，正直善良，威信极高，整个半山人都喊他"半山祖祖"。

　　甲戌年腊月间，红军来到桐梓，半山祖祖见红军大多穿着草鞋烂衣，稚气年幼，身上或手脚有战伤或冻疮，很是心疼他们。红军们很礼貌很守纪律，他们把打土豪得来的盐、米、衣物等给半山祖祖送来时，也喊半山祖祖，并悄悄送给他一小陶壶酒（约 1 斤装），那是红军对半山祖祖最高的拜礼了。

　　其间，半山祖祖常吸着大烟杆在红军驻扎的李家祠堂（今逸夫小学位置）、王家院坝、转嘴等地方走走转转，逗逗喊他祖祖的小红军们。其中有一个住李家祠堂的拖着一条伤腿的年幼红军最黏半山祖祖了，他常常拖着一条伤腿也要和半山祖祖一起逗弄，半山祖祖喷土烟呛他，他拔痛半山祖祖的长白胡须……半山祖祖常溺爱地喊他"我的蛮孙儿呢"！

　　红军大部队离开桐梓时，要把这个伤腿年幼的红军留在半山祖祖家，可是，这个拖着一条伤腿的红军却坚定地要跟着红军大部队走。半山祖祖

桐梓县城（黄光荣提供）

来李家祠堂接他时，他把分给他擦伤的大半碗酒递给半山祖祖后，就坚定地爬进了已行进的红军队伍中，他边爬边喊："老乡带上我嘛！老乡带上我嘛！"当红军急速前进时，他又哀求着从他身边经过的红军："老乡，补我一枪嘛！老乡，补我一枪嘛！"

半山祖祖冲入红军队伍中想把这个拖着一条腿的红军古倒抱出来，但不知他哪有那么大的力气，将半山祖祖推开，继续边爬边喊："老乡带上我嘛！"或"老乡补我一枪嘛！"哭叫声甚为凄惨。

天已黑下来，行军声渐渐淹没了那令半山祖祖心疼无奈的乞喊声，这情景、这声音撕裂着半山祖祖的时时刻刻。

从此，半山祖祖迷上了天主教，不再吃烟吃酒，过年也不再烧香点烛。每年家里摆起年夜饭时，他就会从屋的香火（一般最简单的是正对门的屋内正中墙壁上钉一块小横板，上方用红纸写上"天、地、君、亲、师"即成香火，横板上一般都是存放香、烛或供果之类）上拿下红军送给他的那个盛酒壶，从饭桌上开始向地面敬酒，滴洒酒到屋院坝、到大路、到红军去脚板山九坝（半山解放前就有一条通往脚板山九坝的路）方向的路。当酒壶的酒敬完后，半山祖祖又去酒铺把酒壶打满带回家供在香火上，一家人才开始静静地吃年夜饭。

从此，每年腊月底，只要看到半山祖祖拿着敬酒壶在半山向红军走过的地面敬酒时，都会升腾起一股对苦难红军的心疼。

红军走后，抗日战争全面爆发的几年中，重庆的高物价波及桐梓，重庆人在桐梓屯起收粮食，见到就买，有好多收好多。这个时候桐梓的强盗也多，他们什么都拿，搞得桐梓很多穷人更穷，种的菜都吃不饱。这样的日子，半山祖祖就一直把家门开着，偶有人或强盗经过半山祖祖的屋时（那时的半山，人烟稀少，住户分散），从门外一眼就能看见那个香火，就会情不自禁地说："咦，半山祖祖的敬酒壶还在！"

这个再无法进一步追踪的故事，常常让笔者抱憾。但每当想起这个故事的片段时，热泪总会奔涌双眼，所以决定还是整理成文字，献给说不完的长征……

背着酒壶的铁流后卫

梁隆贤／整理

1935 年 2 月末，红军主力在攻克娄山关时，我红五军团铁流后卫团还在习水的温水牵制刘湘教导师这头野牛。

5 天后，敌人发现与他们周旋的并不是什么红军主力，仅仅是一个团的部队。这头野牛被激怒了，向我铁流后卫团发起了一阵猛烈攻击，铁流后卫团迎头痛击敌人，敌人奈何不了，只得悄悄撤出阵地退回原路，追赶红军主力去了。

这时，铁流后卫团接军委电，说娄山关大捷我军取得了胜利，阻敌任务已完成，要铁流后卫团迅速到桐梓县城北石牛栏警戒并归队。

为避免在路上与敌过多纠缠，部队决定走小路迂回桐梓。

阴沉沉的天空，飘着牛毛细雨。队伍冒着雨在山间崎岖的羊肠小道上前进，大家的棉衣被雨湿透，水渍裹身，又冷又重，脚下更是泞滑难行。战士们相互鼓励、扶持，一边走路一边打瞌睡的同志靠着彼此挤拢和吃把生米坚持着。

不少人的腿肿得实在无法行走了，张南生同志正好背了一水壶酒，就用酒给这些同志擦腿。不一会儿，一壶酒就擦得一滴不剩了，腿肿的红军

娄山关小尖山红军战斗遗址（熊洪潘摄）

也得到了缓解，继续前行。

拂晓前，铁流后卫团终于抢在敌人前面，赶到桐梓县城北的石牛栏警戒。

一壶酒助力了红军铁流后卫团一天一夜在风雨交加的山路上行走140里。

（根据谢良《铁流后卫》整理）

一张红军字条的故事

钟金万

"红军打过河来了"的消息，一传十，十传百，很快传遍了懒板凳。这天是 1935 年 1 月 4 日，懒板凳居民百姓有的兴奋，有的惶恐，有的听信国民党反动派的欺骗宣传，已经躲到山林中去了。

1 月 5 日，红军先头部队的一个连队，在经过尚嵇、三岔、关门山，进入懒板凳时，见一户农民家里养有一口肥猪，就想买来给艰苦转战几个多月的战士改善一下生活。可一打听，姓张名金和的主人却不在家，派人四处寻找，都不知张家人的下落。由于部队随时都有战斗任务，不容多等多待，战士们就先把猪给杀了。本来，红军从江西出发时，规定沿途不准使用苏区纸币。但到贵州黎平时，中央政治局会议决定，准备建立以遵义为中心的革命根据地。因此，又给先头部队发了一部分苏区纸币，用于购买急需的生活用品，待随后的苏维埃国家银行到来，再以银洋进行兑换。为了说明情况，先头部队连长赵命容用毛笔给主人家写了一张字条，并留下 16 元中华苏维埃共和国国家银行发行的纸币（当时一元银圆可以买猪肉 28 斤，一元苏币兑换一元银币），放在张家堂屋的桌上，字条是这样写的：

收 条

红三军团某连买到张金和肥猪一头，应付银圆壹拾伍元整；加上壹元钱的苞谷酒，用于擦洗伤口和解除疲劳，共应付壹拾陆元整。我军走后转来再用。

此致

连长赵命容

红军撤离懒板凳后，猪的主人张金和回到家中。他一进门，就看见了红军留下的买猪、买酒的字条和 16 元钱的苏币，心里非常感动，立即打消了受反动宣传而产生的对红军的误解，并对儿子张玉林说："这样纪律严明的军队，一定会胜利地回来的，等着吧！"就把字条和印有列宁头像的苏币仔细珍藏了起来。

1949 年 11 月，遵义人民沉浸在翻身得解放的欢乐喜悦中。一天，张玉林想起红军买猪条上写的"我军走后转来再用"这句话，现在不就是当年的红军又转来了吗？就取出冒着白色恐怖保存下来的字条和苏币，准备到人民银行去兑换。但一想到历史上有的军队所过之处，强行推行的"军用票"过后都成了废纸的惯例，何况这张字条和苏币已经过去 15 年了，现在的人民政府还会承认吗？张玉林怀着试一试的心理来到人民银行，叙述了字条和苏币的经过，并拿出当地政府的证明，银行工作人员当即按照规定以一比一的比值兑换了人民币 16 元给他。

兑换回来后，张玉林高高兴兴回到家里，这才将埋藏在心里的红军当年买猪买酒的字条告诉周围的群众。他说，"今天的人民政府就是当年的红军建立起来的革命组织和办事机构，红军当年说过的话不仅管用，而且都会一一兑现；今后我们大家一定要听党话、跟党走，不断作出自己的贡献，才能过上更加美好的幸福生活"。

一位活在祭祀中的红军战士

钟金万

在那信息闭塞的时代，家人以为留下诸多童年趣事的他已经去世了，在家里给他烧纸钱、献酒献饭、做道场，乃至用衣冠冢进行安葬。可他却当了红军，一直战斗在祖国和人民最需要的地方，早已成为一名高级干部。他就是这个故事里的主人公——王宗金同志。

王宗金，1914 年出生于赤水县隆兴区（今习水县隆兴镇）。他从小读书认真，学习成绩一直优异，而且留下了诸多的童年趣事。比如，塾师出了一副下联"汤圆汤"，要求学生应对。在没有一个学生能够应对的情况下，王宗金却脱口而出，回答道"豆豉豆"，赢得塾师的夸奖。

当红军第一次经过王宗金的家乡时，他放寒假在家。有几个红军挑了一担银圆住在他的家里。当时，红军在筲箕岩、阳华沟、漏风垭、三锅庄一带与川军郭勋祺部进行战斗，并在王宗金家附近设置了红三军团的前沿指挥所。腊月二十六晚，有一位红军干部正在给上级写报告，忽然有一个字想不起来了。当时王宗金正站在他的身后，他就问王宗金："老弟，你会写字吗？"王宗金接过纸笔，很快就写上了那个字。红军干部见王宗金的字写得非常流利，文化一点也不差，就喜欢起他来，晚上还动员王宗金参加红军队伍。

第二天，红军要出发了，这位干部要求王宗金给他们带路。可王宗金的父亲不愿意儿子跟着红军走，就说："干脆我给你们带路吧！"这位红军干部说："有你们两父子就更好了。"于是，他们父子二人带着红军，经核桃庄直下，义从鸡啄嘴到淋滩，最后到达太平渡，与从土城渡过赤水河的一路红军会合。当时，王宗金的父亲走到半路就回去了，他就跟着红军一起离开了家乡。

王宗金跟着红军走后，一直杳无音信。后来，家里人就以为他死了，还给他做了道场。

做道场那几天，王宗金的父亲在他的灵前用酒、用肉祭祀他时，悲伤地说："你要是真的当了红军就好了，能够为天下的贫苦百姓打天下、谋幸福，能够打土豪、分田地，让耕者有其田，让饥者有其食，让贫苦百姓能过上温饱小康的日子。可是你却不知魂归何处，无依无靠，太可怜了。哎——"吊客和抬棺材的人吃酒吃饭时也痛心地说："我们敬你这杯酒、这片肉就是希望你在阴间，也要像在阳间一样，聪明伶俐，学好知识本领，始终扶弱济困，专干打抱不平的事，活得更加精彩。"由于活不见人、死不见尸，他的父亲只得给他埋了个衣冠冢。父亲和地邻都觉得一个人要有"虎气""豪气""雄气"，是男儿都应该喝酒，做鬼亦然。于是，在王宗金的衣冠冢里放了三瓶好酒和一个酒杯。

光阴荏苒，十多年时间弹指一挥间就过去了。1949 年 11 月，遵义解放了。

不久，王宗金给家里来了一封信。家人和地邻乡亲这才知道他早已投身革命，当了红军，而且还成了一名国家的高级干部。

王宗金，1935 年 1 月参加红军，最初在红三军团十一团一营三连当战士，任通信员。1936年4月，他光荣地加入了中国共产主义青年团。一年后，他又转为中国共产党党员。后来，王宗金在红一军团四师司令部警通排任班长。接着历任军委三局无线电通信学校学员、报务员；中共北方局电台代理队长、队长；西南军区通讯科副科长，电管局副局长；东北民主联军炮兵司令部通讯科长；志愿军炮兵司令部通讯科长；军委炮兵司令部通讯处副处长、处长；赴越南军事顾问团通讯顾问；锦州炮兵基地副司令员；沈阳炮兵学校副校长；西安炮兵技术学院副院长兼三机部十总局副局长；四机部基建局局长；第四机械工业部副部长；1982年，任电子工业部顾问。

　　王宗金去世后，他的骨灰葬于习水县隆兴镇春光村民族小学操场前面。他的坟墓与普通坟墓没有什么区别。墓碑上除刻有"王宗金之墓"字迹外，没有其他的记述。王宗金落叶归根，不忘贫穷落后的故土，家乡人民都敬仰他、怀念他。他的许多童年趣事一直在群众中传为佳话。

为红军捐献程家窖酒的程明坤

陈守刚

　　程明坤先生，字翰章，生于 1903 年，祖籍江西，先祖明代中期入播，入黔已十五代人，至十代开始便学会酿酒，是酿制白酒的世家。程明坤生长于遵义城北郊，自幼读私塾并受到酿烤的熏陶，心中一直有传承前人酿造事业的雄心。到程明坤这一代时共有兄弟五人，他是老五，小时人称程老幺，董酒成名之后，人称程幺爸，同辈人则称他程翰章。其父程恩龙早丧，他与四哥住在一起，从小参与小曲酒的酿造，十分勤奋好学，23 岁时，便直接从事试酿窖酒；他还好读医、药古籍，读过《黄帝内经》《温病学》《本草纲目》等医著，能问病开药方，治疗一般常见病，但对切脉不得要领。平生无嗜好，酒量甚微，酿造时只用指头蘸酒品味。一生为人谨慎，说话轻言细语，不愿轻易得罪人，乡邻关系融洽，做事十分认真，理财精明，一生生活节俭。

　　程明坤因得祖上酿造技艺陶冶，进入青年时期后成家立业的抱负使他对日复一日的小曲酒操作感到厌倦，当他 23 岁（1926 年）时，向四哥提出要研制窖酒的要求，当即得到四哥的赞赏和支持，并从经济上予以援助，四哥希望他能专心研制，得到圆满的回报。1927 年，他传承祖上的酿酒技艺和制曲配方，结合当地水土、气候、原料等条件，经过对制曲配方及酿酒工艺调整、增减、检验、改进、纠错等一系列循环往复、缓慢而且稳定的实践过程，决定选用产自松坎、山盆一带的本地产糯红高粱，这种高粱皮薄粉多，颗粒饱满，能确保酒的质量。在窖酒试制成功后，他曾在董公寺附近引种，试图建立窖酒原料自给基地，但由于局部气候及土质条件，试种的高粱起吊、陷心、空壳无籽而未能如愿。

程明坤除了严谨、细心外，还有不怕失败和持之以恒的精神。曾有一段时间，他的产量总比二哥程明典（1876—1942，字念五）家的少，可条件都一样，为什么酒会少呢？反复观察仍找不出原因，搅得他坐卧不安，十分憔悴。有一天，他把秤拿出与二哥的秤核对，才发现自己的秤大了五钱。后称药时减去五钱，其产量随之而上，这件事直到他晚年时还不断讲述给后人和知己，告诫大家：煮酒可不是一件简单的事，简单的事一定要谨慎做好，千百遍做好简单的事，才是成功之人。

当时，董公寺一带有不少家庭都有酿酒作坊，都只从事单一的酿酒，所需曲药大都要到黄平县重安江去买，雇人或自去，往返需半月，十分不便，加上曲药批次质量不稳，引起出酒率波动很大，他决心自己学着做。经他广泛收集曲药配方，结合祖上酿制经验，又经多次实验，终于自制米曲，满足了本作坊小曲酒酿造的需要。后来一位姓高的黄平人氏迁居董公寺做曲药卖，又陆续出现几家制曲人，但曲质优劣不等，致其他酒坊产量不稳，古德洲、钟德章等几家酿酒作坊就是这样先后倒闭的。程明坤因已能自给，并未受曲药质量冲击，数年后，程明坤酒坊不论在产量或是酒质上都遥遥领先于他人，在董公寺牢牢站稳脚跟。

试制窖酒，关键在于用烤酒后的粮醅（酒糟、红糟）再发酵产香，但用米曲下窖后，热度增高，反烧快，不易达到发酵产香的目的。这是程明坤碰到的一个大难题，接连不断的失败让他冥思苦想，最后他看到书中有小麦性温平的介绍，便将米曲改小麦制曲，又对中草药配方进行适当增减，几经反复，终于制成下窖产香的麦曲。将配方取名为"产香单"，将麦曲取名"产香曲"（即现在的麦曲、大曲）。紧接着程明坤又对用粮糟（酒糟、红糟）下窖再发酵产香的时间做了多次对比观察和总结，经过近一年的摸索，最后选定以半年开窖为最好。功夫不负有心人。经过几年的潜心研究，艰苦实验，1929年底窖酒终于问世了，取名"程家窖酒"。经反复品尝，其味醇和绵甜，尾子干净，饮后打嗝、放屁不燥不热，具有浓郁的窖泥味，常饮酒之人很快就接受了它的独特风格，认为是一种好酒，但普遍反映窖泥味很重。之后，程明坤又着手研究改进窖池结构，程明坤在《黔书》上看到这样一句记载："羊桃藤呈碱性。"将原用石灰泥巴加河沙打窖壁和隔墙的窖池改为石灰加白泥、再加羊桃藤之汁混合的窖壁，果然酒质大大改善，窖泥味变成了窖底香。程家窖酒的质量得到了遵义人和客商的肯定，宾朋至家中必以陈家窖酒作招待。

程家窖酒应市之时，茅台镇、四川等地的酒已经打入遵义城销售，程明坤的窖酒要想得到社会广泛认可，难度很大。于是，程明坤采取先尝后买，且价格上给予优惠，很快占领了市场。他迅速在城内开设了20家销售点，遍布老城、新城，连饭馆、客栈也争卖程家窖酒，销售价格从试销时的每斤0.50元增到0.80元，到1930年增至1.20元（均为银圆）。销路与价格的改观打开了家庭经济长期紧张的局面，他先后开设了榨油、织布、纺线等作坊兼农田耕作，置办了牛车、马车等，雇请数十人经营，成为董公寺一带有名的大户。

民国时期的董公寺既是贸易集市，又是川黔交通要道，马驮队、盐巴客、过往客商都要在此地歇息。程家窖酒自然地成为客商解乏、交易谈判和远道客商作为土特产纪念的重要商品，客商们吃到窖酒深为赞叹，说这个酒吃起来爽口、解乏安神。因此，程家窖酒销售一度红火，但众多客商都觉得只有散酒，是一件很遗憾的事，不便于携带，很希望程明坤能像茅台镇的酒那样做成瓶（瓦罐）装。这引起了程明坤的注意。于是，他决定去有着"酒冠黔人国"美誉的茅台村看一看，学习经营理念。

1932年，程明坤骑上一头骡子经蔡家坝前往茅台村。实地考察了"华茅"（成裕酒坊）、"王茅"（荣和酒坊）、"赖茅"（恒昌酒坊），一是考察其生产酿造工艺；二是考察瓶装情形；三是了解销售渠道。经过两天的走访，他认为操作太麻烦，瓶装投资太大，自己本小利微，还没有做瓶装的实力。但考察中他了解到了"造沙"工艺，回来即着手堆积发酵的试验，并将自己窖池中发酵产香较好的香醅作母糟又返回于窖中，使优良菌种扩大培养，循环往复，窖酒质量得到保证和提升，产量也逐年扩大，董公寺程家窖酒的酿造工艺也日臻完善。每年产量均在6吨左右，从未突破8吨纪录。

1935年1月，红军进驻遵义。中革军委组成地方工作队开展宣传共产党的政策，打击土豪劣绅，开仓放粮放盐，救济穷苦群众活动。李坚真带领王泉媛、李群先、洪水等小组成员到董公寺开展宣传，找到程明坤交流，讲明红军北上抗日的主张，红军经长途征战，药品缺乏，程家窖酒度数高达58°，对疗伤、舒筋活络有很好的作用，希望将程家窖酒支持一些给红军。程明坤深明大义，立即将家里现存的酒提供给红军，并动员董公寺一带其他小作坊也给红军捐献白酒。李坚真回到军委政治工作部汇报情况后，李维汉指示按市价收购部分董公寺产的窖酒。红军得到董公寺窖酒后，为伤员疗伤、消毒、解乏提供了很大的帮助。李坚真在《我的革命道路》一书中对此专门作了记述，赞扬了程明坤支持革命的行动。

红军在遵义召开遵义会议后，中革军委重新运用运动战的战术，取得了遵义战役的伟大胜利，极大鼓舞了红军士气。第二次复克遵义时，时任干部休养连党支部书记的董必武特别高兴，破例在驻地喝了白酒借以畅怀，董必武当时率领团级以上受伤干部和中央领导家属住在老三中即现在的遵义十一中里面。3 月的一天，他被叫去听取遵义会议精神，回来一进门就兴奋地喊了几声："问题解决了，问题解决了！"然后就叫侯政连长去给他打酒来庆祝。侯政在回忆录中说："董老从不喝酒，而且部队有规定不准喝酒呀，因此他感到很奇怪，就问董老，'今天为什么喝酒，纪律不允许呢'！董老说：'今天有喜事，一定要喝，因为我去听了遵义会议精神，毛泽东又回到领导岗位，红军今后有希望了'。"据红色文化专家费侃如查阅大量资料考证，在长征期间，红军凡是喝茅台酒他们都要注明，但这篇文章没有写明是茅台酒，只是说上街买了酒，董老当时喝得很高兴，按当时遵义的情况推理，应该是程家窖酒无疑。

娄山关战斗纪念碑（熊洪潘摄）

红三军团十三团作战参谋孔宪权在娄山关战役中担任突击队长（营级干部）与黔军英勇作战右腿胯骨被打碎，伤势严重，由担架员抬着三渡赤水、四渡赤水。在大军准备南渡乌江之时，因形势紧张，上级决定将他安置在金沙大岚头一地主家中养伤。他因在战斗中路过董公寺，喝过董公寺的酒，因此，部队留给他300块大洋，便吩咐随身通信员龙世文和军医张万魁到遵义城购来程家窖酒为其疗伤，起到了很好的辅助治疗作用，孔宪权的身体因此一天天强壮起来。孔宪权经过两年多的卧床治疗，终于站立起来。

红军要离开遵义时，总政治部代主任李富春，群众工作部部长李维汉，干部休养连指导员李坚真，苏维埃银行行长毛泽民，为了表达对开明商人、绅士谌明道、刘伯庄、张鑫华等宣传红军政策、为红军筹备军需、支持帮助建立地方政权的感谢，在桃源饭庄设宴盛情招待他们，特意购买了程家窖酒作为款待。

《陈云文选》一书在第一卷中写道：红军在黔北休养12天，而12天的休息使红军在湘南的疲劳完全得到恢复，精神一振，使以后的战争不仅战斗力不减，反而生龙活虎。这其中有遵义百姓的贡献，也有程家窖酒的功劳。这些资料都能说明，董公寺产的窖酒也就是后来的董酒与后来国家授予秘密配方的渊源，可能就起于红军对董酒的感知。

1949年11月，遵义解放。1950年，程氏家族内有被镇压的，有财产被没收后宽大的。程明坤因在红军长征时期支持红军，支持中国革命，做过好事，解放前夕又先后两次向国家捐献家产，受到宽大保护，成为自食其力的"开明地主"。并鼓励、支持他将家族的窖酒生产恢复起来，取名董酒，以振兴地方经济。

（作者系中国退役军人就业创业服务促进会遵义示范基地主任）

玉液琼浆
祭英灵

青山有幸埋忠骨　玉液琼浆祭英灵

李清贵　李森国／口述　安守琴／整理

80 多年前，红军进入了一个小镇，他们匆匆而行将开拔到新的战场，谁也不曾想到，仅仅几天时间，他们中有十几名战士却永远地留在了这里。他们的鲜血洒满了黔北这个叫天城的小镇，而他们的英雄壮举谱写了一曲惊天地、泣鬼神的英雄壮歌，从此彪炳史册，永励后人。

天城镇原名天城堂、天锡乡。这里风光旖旎，山野雄壮，水纯悠长，民风淳朴，人文历史厚重。有明代举人、清朝进士的文风遗迹。

抗战期间，急救战区儿童联委会贵州分会湄潭第二育幼院就坐落于此，抗战遗址、红色文化遗迹无不透出天城这个地方的不平凡。那些红色的印记，让人从心底深处产生出一种由衷的敬仰。

怡情天城堂，每一草、每一木或落叶飘然，或嫩芽初上，春夏秋冬来得自然，去得自然。

然而，一种情怀，不必说春时、夏日、秋季，这种感恩的情怀却长长久久地珍藏于心底，是天城人难以忘记的痛。尽管硝烟已散，岁月已远，80 多年过去了，那十多名鲜活的生命却在当地村民的记忆中栩栩如生。

1934 年 12 月，天很冷，寒风刺骨，红军官兵不畏严寒顶风前行，他们遵照中共中央的决定向敌人力量薄弱的贵州前进。12 月 18 日，中央政治局在黎平召开会议，作出了"红军向贵州北部发展，以遵义、桐梓为中心，创建新的根据地"的决定。12 月 25 日，中央军委命令红一军团迅速抢占施秉城，为中央机关和主力红军挺进遵义地区扫除障碍。红一军团负责全军的先遣任务，红一军团的先头部队逢山开路，遇水搭桥，一路披荆斩棘前行。其中有 4 名红军侦察员（佚名），以唱猴戏为掩护，在湄潭天城一带活动，他们的主要任务是侦察全县国民党军队及反动民团人员布防情况。其时，国民党湄潭县政府向全县各区下令，凡发现不是本地口音的外地人一律抓住关押。由于 4 名红军侦察员不懂当地语言，不幸被国民党天锡乡团防队发现后关押，后被秘密押至青草窝用马刀残忍杀害抛尸于消洞内。

1935 年 1 月 5 日，红九军团大部队进驻湄潭，红军在湄潭一面宣传发动群众，一面派了一支部队去攻打永兴和琊川方向的国民党部队，在取得战斗胜利后，有 7 名负伤的红军战士（佚名）撤退回湄潭，转战于皂角桥，在天城镇德荣村的猫田沟与被打散溃逃的国民党二区团防队相遇，反动派用马刀残忍地杀害了这 7 名受伤的红军战士，惨无人道地将他们的遗体推抛到猫田沟山脚下的消洞里。

红军战士的故事让人敬仰，而在当地也有一些可歌可泣的人物与故事。天城镇有一个裁缝，人们叫他王裁缝，红军去攻打永兴、琊川的国民党军队时，他主动给红军提供国民党团防队情报，送了 10 多斤白酒给红军战士洗伤口。红军走后国民党进行疯狂的报复，将王裁缝抓获杀害后抛尸于八木窝深不见底的消坑里（至今尸骨未找到）。

1950 年元月，国民党残余势力勾结当地土匪武装攻打天锡乡人民政府，因叛徒出卖，天锡乡人民政府指导员汤学敏（江西广丰人）和乡政府工作人员谭发育被土匪捆绑押往上厂沟秘密枪杀。

英烈牺牲在革命最艰难的时期。他们和很多中国革命军人一样，付出了生命的代价，而牺牲在这里的红军战士却都不曾留下姓名，至今都无档可查他们是何方人士。

每个人都应有属于自己的名字，牺牲在他乡的战士却只有这样一个共同的名字"佚名"。年轻的他们，也许是湖南伢子，或许是江西老表，他们来自四面八方，为了一个共同的理想走到了一起。他们的心中一定藏着自己的故事，却来不及分享给战友与同志，就长眠于此地。

在巍巍的马鞍山下，悠悠的天城河旁，人们无时无刻不铭记着英雄，仰慕着英雄。

1952 年，天锡乡人民政府派工作人员与民兵一道，将所有牺牲在这片土地上的 13 位烈士的遗骸集中收殓后装在一口大棺材里，32 个壮汉铆足了劲一口气抬上了马道子烈士陵园，其时上千人参加了祭奠活动，乡亲们特意带上家里酿造的上好的苞谷酒，在庄严而肃穆的仪式中，将酒摆满了烈士墓的四周，以此祭奠这些永远的英雄。

2014 年 8 月，天城镇新修的烈士陵园建成，县、乡人民政府将烈士的忠骨移葬于此墓。是年，湄潭县人民政府立碑铸字"忠烈之士 撼天恸地 恭立此碑 是为永记"。

红色的血脉在搏动，烈士的英灵激励着后人，天城镇烈士陵园所在地德荣村，将这段历史融入村庄里的每一个灵魂里，感恩烈士们用生命与鲜血换来的太平盛世。

2021 年 9 月，在第 7 个烈士纪念日来临之际，德荣村村民为铭记历史、感恩先烈、教育后人，赓续根脉。县文联派驻的乡村振兴指导员敖成勇，驻村第一书记姜兰与当地的有识之士吴顺福、李清贵、谭雄模、李森国等一起草拟捐资兴建全村 4 个地方的红色纪念碑倡议书，为烈士殉难的地方立碑纪念。本村村民踊跃捐资镌立此碑，以志缅怀。在 1 个月的时间里就收到 320 多户村民捐款 4.44 万元，在全国第 8 个烈士纪念日，天城镇德荣村选择的 4 个地点的烈士纪念碑工程如期完成，并于 9 月 29 日举行了全镇有 300 余名干部群众参加的烈士祭奠活动。德荣村的村民自发地带了"湄窖""怀庄""董酒""习酒"和茅台镇所生产的瓶装白酒等，到 4 个地点的烈士纪念碑前进行祭奠，所属的金马、白鹤林、德智坝、红寨等村民又自发组织捐款，在几条通组路沿线栽花植树。特别是率先行动的金马村民组，30 多户人家自筹资金近 9000 元，采购了 6000 余株花卉苗木，花了近半个月时间，将金马组青草窝至猫田沟红军烈士纪念碑参观沿线 3.26 千米的道路两旁，全部植上花卉苗木。

英雄们的理想与追求就是能让老百姓过上富足而安稳的日子，今天，这种日子已经实现了，而且比陶渊明在《桃花源记》中所描绘的桃花源还要安逸幸福得多。

80 多年后，纵然商潮滚滚，物欲横流，小镇的人民依旧在心底里珍藏着那份感恩的真情为你们立碑祭扫。噼里啪啦的鞭炮声，斜风细雨里飘荡的清明吊，告慰着你们铮铮的魂灵，而这方热土，如今是这样一幅欣欣向荣的昌盛景象，这里天蓝云白，重山叠翠，交通顺畅、产业兴旺，人民安居乐业。

倘若你们地下有知，亦可含笑于九泉了。

石牛山上壮志飞

钟金万

　　遵义市播州区枫香镇北部高山纵横，构成了一幅山高谷深的山区图景，煞是迷人。这里主要以大娄山脉西段的九龙山、石牛山为主。九龙山主峰位于青坑村与龙王村交界处，海拔 1537 米，是镇镜最高峰。它的南面有 9 条山脊飞泻而下，酷似九龙下山，山名因此而来。石牛山位于苟坝村东面，是苟坝、纸房二村的分水岭，主峰海拔 1494.5 米。山上有一巨石，酷似一头巨牛，当地人称之为"石牛菩萨"，时常有人前往烧香挂红，礼拜菩萨，因此得名"石牛山"。

　　石牛山主峰下 10 米处，有一溶洞，高 10 米、宽 20 米、深 4 米，名叫"石牛洞"。石牛山麓是苟坝村小水湾，这里住着一户姓肖的穷苦人家。女主人姓熊名钰，性格倔强，生性开朗，却疾恶如仇，好打抱不平。

　　熊钰出生在枫香区枫元村一个贫苦农民家庭，排行老二，人称熊二姐。熊二姐是一个苦命的人，她 20 岁嫁给邻村七里沟农民刘合兴，生育两个儿子，长子刘贵，次子刘喜。丈夫刘合兴去世后，又逢甲子、乙丑年（即 1924 年、1925 年）大灾荒，次子刘喜又被活活饿死。年仅 13 岁的长子刘贵，不得不外出逃荒，也因病无钱医治而死亡。不得已，孑然一身的

苟坝会议会址（熊洪潘摄）

熊钰只得跟苟坝村小水湾的肖泽龙再婚。二人相依为命，靠耕种 3 亩薄地苦苦度日，不知道哪一年才是他们翻身出头的日子。

1935 年 3 月上旬，中国工农红军长征来到苟坝村。可是，不少贫困百姓受到国民党反动派的蛊惑，躲进了深山箐林之中。红军在年老体弱百姓中做思想宣传工作，这些百姓看到红军纪律严明，而且态度和蔼，便传呼带信去深山箐林。几个钟头后，躲进深山箐林的青壮年男女陆续回来了。穷苦百姓见了红军，犹如见到自己的亲人一样，纷纷向红军诉说国民党反动派、地主劣绅的罪恶和"干人"（血汗被榨干了的穷苦人）浑身的不幸与痛苦。红军对老百姓进行百般安慰后，把党的政策、红军的主张完全告诉了他们，还分头到各村寨去宣传动员，召开群众大会，号召"干人"团结起来，积极投身革命——打土豪、分浮财，壮大革命的队伍。经过一天时间，各村寨"干人"都选出了自己的代表。这些代表全部来到苟坝街上出席代表大会，建立了苟坝抗捐委员会。

家住小水湾的熊钰听了红军的思想宣传，又看见苟坝住有不少女红军，很受鼓舞，内心顿时燃起了希望之火。她非常想当一名英姿飒爽的红军女战士，但红军官兵告诉她，苟坝需要成立抗捐委员会，希望她留下来做一些具体的工作。于是，熊钰就主动帮助红军办米、煮饭、打土豪、分浮财，而且还光荣地被选为苟坝抗捐委员会的一名委员。

一天，红军在苟坝村水口寺召开群众大会，动员"干人"团结起来，跟反动派做斗争。红军说："不打倒国民党反动派，天下就不得太平；不打倒土豪劣绅、黑恶势力，穷苦百姓就不得安生；不推翻'三座大山'、翻身做主人，'干人'百姓就不得幸福的好日子。"熊钰一想正是这个道理，这正是穷苦人家为什么世世代代都贫穷的根本原因。于是，她立即站起来举手高声喊出了发自内心的口号："打倒国民党反动派！""打倒吃人的旧社会！""打倒万恶的剥削阶级！"接着，红军又边讲边问："土豪、民团哪里去了？"熊钰站起来回答道："上石牛山了，那里有个大洞。"又问："谁给我们带路？"这时，"干人"们都指着性格倔强而又十分开朗的熊钰说："她最勇敢！"

熊钰见大家都这么信任自己，也想为大家做一点力所能及的实事，就毫不推辞地回答道："要得，我来给红军官兵带路！"

熊钰带着红军队伍登上石牛山，吓得躲藏在洞中的土豪劣绅仓皇逃跑。红军见坏人全部躲进了深山箐林，又见他们准备好的饭菜满洞飘香，不仅有桌有凳，有酒有肉，而且这时又正是吃晚饭的最佳时机，就号召大家一起坐下来吃了晚饭再下山，来个"一客不劳二主"，还节约咱们的物资。熊钰见了土豪劣绅留下的几桌酒菜，正好表达一下全体"干人"对共产党及红军官兵的感激之情，就说："今天我借花献佛，代表所有'干人'敬红军兄弟一杯，感谢你们跟着共产党，带领我们打土豪、分浮财、闹革命！"红军官兵认为白酒既有温补活血的作用，又能提神壮胆、鼓舞士气，加之熊钰委员不辞辛苦，带着队伍登山，盛情难却，全都一饮而尽了。接着，熊钰又以苟坝抗捐委员会委员的名义，敬了红军官兵一杯。她说："我是一个普普通通的农家妇女，感谢共产党及红军官兵在我们苟坝成立抗捐委员会，还推荐我当选委员，给了我崭新的政治生命和难得的服务机会，我再敬共产党及红军官兵一杯。"见大家再次一饮而尽后，熊钰似乎更加激动了。她说："酒壮英雄胆，血涌壮志燃。为了革命成功，为了人民解放，为了翻身做主，让我再敬伟大的共产党及亲人红军一杯吧！"此时此刻，遵义西部的高山箐林中仿佛吹来了一缕温暖的春风，瞬间成为浩荡之势，吹得所有的人热血沸腾，豪情洋溢，顿时热泪滚滚，活力无限。

不久，红军为了继续远征，决定三渡赤水，离开了枫香。

真是天有不测风云，人有旦夕祸福！没几天，苟坝抗捐委员会熊钰同志，就被国民党枫香区区长刘焕章指使的民团抓捕了。他们以"通共"的罪名，在花茅田（今花茂）上场口将熊钰残忍地杀害了。这一年，熊钰同志虽然刚满 45 岁，但她短暂的生命却赢得当地百姓无限的怀念。

从此，熊钰这个女杰的名字就像九龙山、石牛山一样高高耸立在人民的心中。

千人石的红军坟

钟金万

说起"千人石"这个地名，有一段极为美丽的传说。在遵义的乡村，有很多山坳和有垭口的路段，都有所谓的"马草"，被一些人称为"韩婆婆"。行人过路，都要在那里丢下一些树枝、木叶、青草等。有的说："随手上'马草'，走路当马跑。"有的说："不这样做，就会得什么病，走不起路，怪费力的。"

相传，鲁班的妻子姓韩，人称"韩婆婆"。那时，鲁班天天都要出门去给别人做木工活路，"韩婆婆"在家里种庄稼，料理家务。每天，鲁班回来得很晚，"韩婆婆"都要起来给他开门，总要问："你今天在哪里做活路嘛？"

"九百里远的桃花寨。"

"尽开玩笑！"韩婆婆不高兴了，她说："昨天问你，你说1000多里路程，今天问你，你又说900里……"

"你不信？"鲁班拍拍衣服，正经地说，"我呀，骑了匹飞快的马呢。"

韩婆婆走出门去找了半天，哪里有什么马呢？只在檐下摆着一只木匠用的"脚马"，不由得心里一怔："难道他骑的是这个马呀？"

一个夏天的夜晚，闷热极了。韩婆婆正闩上门在屋里抹汗，鲁班就回来了。她听到丈夫喊开门的声音，就赶忙跑过去拉开门，见鲁班才从"脚马"上跳下来。

"啊！哎呀……"

"还不信吗？马行万里不歇气呢！"鲁班乐呵呵地说着就走进屋去了。

韩婆婆禁不住一阵惊喜，只觉得夜里的风凉爽得异常舒服，竟忘了自己的身上一丝不挂，就奔出门来了。她的双脚往"脚马"上一踩，只听"呼……唰啦……"一响，"脚马"就飞升起来了，往远方飞奔而去。

"哎呀呀！我的衣……"韩婆婆知道自己没有穿衣服正在着急时，她已经离家九百九十里远了。

飞呀，飞呀，直到叫鸡开声，鲁班师傅的法术失灵，"脚马"才在一个不知名的山坳上着了地。

天渐渐亮了。韩婆婆站在刺草覆盖的小路上又羞又怕。啊！越怕越倒霉，那三五成群的人从远处走过来。眼看人们从两头走来，她一着急，就朝崖石上狠狠地一头撞去，顿时脑浆四溅，一命呜呼了。人们四方打听，才知道撞死在路边的人是鲁班的妻子韩婆婆，于是忙给她弄些树枝、青草来遮住遗体。从此以后，凡是从那里经过的人，都用树枝、青草来丢在那里，以表示对鲁班的尊敬和对韩婆婆的爱护。

这个故事在民间流传甚广。

洪关乡太阳坪千人石垭口，自古以来就是从小坝场到泮水、岩孔、金沙的必经之地，当地人也叫"上马草"。传说鲁班从山脚下上到此地时，十分疲惫，坐下来休息，离开时还遗忘了一具木马。当地人知道是鲁班留下的，便肃然起敬。为了不让"马"饿着，上山时就从山下捡起一块石头，当作"马草"，到了垭口丢给木马，以图保佑一家平安，诸事顺利。

因此，在当地还传唱着一首顺口溜："上马草，上马草，我给（kie，播州区西乡方言，去之意）得迟，来得早；给不好，来得好。"据说，所捡的石头，要在手中焐热了，丢在垭口才会灵验。

千百年来，来来往往的人们到了这里，都会扔一块焐热的石头在这垭口，日积月累，就堆积成了一座人工小山头了，被誉为"千人石"。

1935 年 3 月 14 日，国民党中央军周浑元纵队得悉中央红军的主力没有向打鼓新场前进，就通知国民党第二十五军军长王家烈残部，在以鲁班场为中心的各地主要关卡阻击红军，等待国民党其他中央军和各地军阀的围追堵截。红十三团、红十团接到中共军委的命令后，立即从遵义县岩孔乡（今毕节市金沙县）经干河坝（今属泮水镇）、小坝场（今属洪关乡）向仁怀县（现已改为仁怀市）五马镇前进，经过泮水、洪关交界处的太阳坪千人石下侧 50 米的缓坡地带、小坝场皂角树遭到敌人伏击。敌我双方迅速展开激战长达两小时，红军牺牲二三十人。在这里伏击红军的是黔军王家烈部属周相魁一部。

在这里，为什么会牺牲这么多的红军呢？原来，千人石的地形极为特殊。从干河坝上到太阳坪，只有一条壁立陡峭的山间小路，而且千人石是一个易守难攻的垭口，有"一夫当关，万夫莫开"之说。加之守敌在垭口处居高临下，以逸待劳，红军却没有任何掩体，而且必须按时参加鲁班场的战斗，只有强攻，因此牺牲才会这么大。

牺牲在这里的红军被当地群众掩埋在千人石下侧面朝泮水镇的方向。过去还能看见坟边的石头，现在草长得太高了，几乎看不见坟头了。

后来，据掩埋红军遗体群众的后人们介绍：当时参加掩埋红军遗体的群众有陈亮斋、李明顺、李金平、李少清、李树清、赵树清、钟海云、钟树兰等人。至于是谁牵的头，来组织这次人道主义的掩埋活动，已经没有人知道了。但是，要掩埋二三十具遗体，没有一定的丧葬习俗是绝对不可能的，因为民间的丧葬习俗早已根深蒂固。

当时，主持掩埋红军遗体的那个群众还是会看"龙脉"和懂得一点"风水"的。他之所以选择千人石下侧面朝泮水镇方向的那穴宝地来挖掘墓穴，主要是这里人来人往，既有群众常丢的已经焐热的石头，又能让百姓永远记住红军长征的目的是什么，而且墓地的视野极为开阔，目的就是要让牺牲的红军看到天下的劳苦大众得解放！

千人石是一穴难得的"风水宝地"呀。安葬时，这位群众还在墓前烧起了香烛、符纸，并在红军墓地洒了一圈酒，在墓前为红军烈士敬献酒食果品。至于放没放鞭炮，已经没有人记得起来了。但是，掩埋了红军遗体的群众都喝了几口当地的苞谷酒。这些群众说："红军是为了贫苦群众翻身做主人才牺牲的，所有的贫苦百姓都是红军遗体的丧家，今后条件好转了，逢年过节，他们都会准备酒、肉、饭和香、蜡、纸、烛祭祀红军先烈，表达百姓的感恩之情，缅怀之意。"

"赵精中案"始末

钟金万

贵州省博物馆至今仍珍藏着一份当年在懒板凳（今播州区南白街道白锦社区）发布的打土豪的布告。《遵义县南白镇志·典型案例·民国案例》对这件事作了专题采录。

在《遵义县南白镇志·民国案例·赵精中案》里，记录着这样一张《中国工农红军福州政治部布告》（以下简称《布告》），内容是这样的："据当地工农群众密报，陈蒋灵是地主阶级，遵照苏维埃法令，没收其全部财产分发给工农劳苦大众，并令陈蒋灵缴罚款大洋贰佰元，限明日送来本部（驻地懒板凳），特此布告。"落款是两行文字，上一行是"仰同志赵精中协往勒追"，下一行是"公元一九三四年一月十三日"。

布告上的"福州"是红三军团当时的代号，落款的时间应为1935年1月13日。《布告》的格式是在江西印制的，标明为"一九三四年"，在使用时只填了月、日。《布告》中的赵精中生于1906年，被杀害于1934年腊月十六，是懒板凳桶子堰（今已停止使用的南白高速公路收费站附近）人。

1935年1月9日，红军来到遵义县（今播州区）懒板凳时，赵精中积极带领贫苦群众，主动配合工农红军四处开展革命工作，包括清算懒板凳附近的陈孟杰（即《布告》上点名的陈蒋灵）等七八户土豪劣绅，有力地打击了懒板凳一带的反动势力。

赵精中以卖麻糖为业。1935 年 1 月 9 日，红三军团到达懒板凳场后，赵精中积极参加打土豪、分浮财的革命斗争，于腊月初九，带领红军官兵到附近的白家湾（今龙坑街道谢家坝）打土豪，将地主陈蒋灵家的衣物、首饰没收后全部分给了贫苦百姓。腊月十六（1 月 20 日），即红三军团离开后的第二天，陈蒋灵就率领数十名帮凶将赵精中捆走。走到土寨（今和平村境）时，陈蒋灵及其父陈泽之令帮凶用梭镖在赵精中的身上乱捅乱戳，鲜血流了数里。走到白家湾新房子时，保警队副队长李渊伦唯恐赵精中不死，又抢起马刀砍了数刀，然后将赵精中碎尸后弃之荒野。

1935 年 7 月，革命积极分子赵精中的母亲赵熊氏，在转入地下工作的南四区革命委员会的支持帮助下，向国民党遵义县法院控告土豪劣绅陈蒋灵"私捕擅杀，率众迭掳"，杀害赵精中的反动罪行，但陈蒋灵却以"赵精中率共掳抢，赵熊氏砌词妄控"为词进行反诉。8 月 9 日、20 日，国民党遵义县法院开庭审理此案时，蓄意偏袒陈蒋灵等人，以"两造争执剧烈，原告未能拿出被告杀人的证据为由，判决候令区复查再夺"。于是该案就这样被搁置下来。1936 年 1 月 6 日，赵熊氏再次控告陈蒋灵，强烈要求国民党县法院依法惩办私捕擅杀主谋及其帮凶。国民党县法院不得已，于 2 月 20 日再次开庭审理此案，最后的判决是："本案赵熊氏之子赵精中，于去岁加入共产党，抄虏陈孟杰等各家且有罚条一张，上有'仰同志赵精中勒追'字样。由此考查，足见该氏子精中实有加入共产党嫌疑。为免除双方拖累起见，特判陈蒋灵、陈泽之、陈兴益三人共出大洋 50 元，给原诉人赵熊氏作生活之费，了结此案。"

赵熊氏不服，徒步到省城贵阳去告状，结论为"维持原判"。这样，赵熊氏分文未得，饮恨死亡在回家的半路。

原来，这起诉状是懒板凳历史上的第一个人民政权——南四区革命委员会秘密谋划和暗中支持的。南四区革命委员会的主任是张德元，副主席兼区长是李玉成，委员有罗三星、李敬云、李恒光、李华清等人，杨吉轩是农民协会的主席。

红三军团转移后，南四区革命委员会领导着田无一丘、土无一块的贫苦农民继续革命，开展工作。懒板凳一带的贫苦百姓，在已经转为地下活动的南四区革命委员会的领导下，不厌其烦地教育启发贫苦百姓"闹翻身、求解放"，必须按照红军讲的指导思想"打土豪、分田地"，才能迎来"当家做主人"的革命道理和幸福日子。

1935年7月的一个晚上，一位姓李的委员提着两瓶白酒来到赵熊氏家，说："精中同志不幸遇害，区革委十分悲痛，您老节哀啊！"然后，李委员又摆出民间祭奠的香案，再在土碗里倒上白酒，说："现在革命正处于低潮，区革委为精中同志报仇的事，只有靠您老人家了。来，这第一碗酒，我首先祝精中同志一路走好！他是革命的英雄！"言毕，李委员将碗里的白酒倒掉后，他顿了顿，又倒上酒说道："这第二碗酒，祝革命早日成功，我们一定惩办凶手，为精中同志报仇！"李委员在倒第三碗酒时，早已热泪盈眶的赵熊氏老人在心里这样说道："儿啊，你没有白白离开我们，区革委惦记着你呢！你为老赵家争了光！人活一世，图的就是有人惦记！你值了！"接着，她接过李委员手里的白酒，对着神龛大声说道："这第三碗酒，我儿就开心喝吧！区革委没有忘记你啊，我的儿！你喝吧，喝了它，你既是人间的英雄，也是鬼中的豪杰！"

后来，李委员得到赵熊氏肯定的回答后，立即返回南四区革命委员会秘密住所，汇报了赵熊氏老人决心为子报仇的坚决态度。区革委仔细研究后，首先确定请人代写"人命关天"的状子，接着安排赵熊氏亲自去国民党法院递交诉状，同时广泛发动贫苦百姓为赵熊氏打官司加油打气。

这就是赵精中的母亲赵熊氏，向国民党县法院控告陈蒋灵犯下杀人罪，将官司打了三次仍不服，再去省城讨说法被"维持原判"，最后死亡在回家路途的来龙去脉和始末经过。

这就是南四区革命委员在红军转移时，区革委的张德元、李玉成和游击队的李天云、陈海云等一批革命青年，也跟着红军长征去了，但其他留下来的班子成员仍在发动群众继续革命。

"赵精中案"就是遵义县南四区革命委员会组织发动群众有礼有节地与国民党反动派进行革命斗争的生动证明，也是《遵义县南白镇志》为什么收录这一案例的重要原因——"革命故事不能忘，红色基因永传承"。

血洒南截坝的王友发烈士

周　君

　　王友发，江西泰和人，长征时任红九军团政治部地方工作部部长。1935 年 2 月 27 日，党中央决定以桐梓赤卫队为基础，组建遵湄绥红军游击队，王友发调任游击队政委。1935 年 4 月，遵湄绥红军游击队在湄潭凉水井与敌展开激战，因敌众我寡，被迫分散突围。5 月下旬，王友发领着部分红军游击队员在绥阳小关乡山羊口处与国民党蒋丕绪部遭遇，激战后被打散。负责阻击的余分队长带领 12 名战士，撤到绥阳黄羊台、红籽坝一带，继续与敌周旋。王友发则带着一位姓邱的战士突围后，来到湄潭洗马乡双合村的南截坝。后被国民党区长陈应春带地方武装杀害于关坎脚马和清家房后岩腔下面的田埂上。

　　据刘贵芳老人（男，今年 93 岁，湄潭县洗马镇南截坝人）介绍，早年，因生活所逼，他父亲刘成斋和母亲秦仁远从正安那边搬迁到南截坝来，有点文化和经济头脑的父亲，靠从老家带来的一点积蓄，在街头开了个客栈兼营小生意为生。1935 年 5 月的一天，红军游击队在分水垭那边被湄潭县长杨干夫带人阻击后，转移到山羊口一带，又遇国民党军伏击，队伍被打散。那天傍晚，周身血迹、衣服褴褛的王友发带着小邱疲惫不堪

（周君提供）

地走到南截坝街头问路，我父亲见他们虽操着外地口音，但说话和气，知道是杨干夫带着区、乡的那帮人干的，见天色已晚，同情之心便油然而生，好心收留他俩住下来，随后他与王友发交谈得知情况后，便找到当地的体面人物冯兵出面找乡长孙伯林，想给那两人弄个路条，让他们在回家的路上方便些。不料第二天中午，孙伯林听了冯兵的报告后，就立即带人赶来南截坝我家，让我父亲把人交出来。幸亏我父亲提前十多分钟听说孙伯林是带着乡丁来的，预感到有危险，急让王友发他们从后门出去躲避，才免遭一劫。孙伯林没有如愿以偿地抓到红军游击队到区里领赏，便恼羞成怒地说我父亲是招匪，犯有私通"共匪"罪，要把我父亲抓走。我母亲一听急了，拉着孙伯林又哭又闹，幸亏街上左邻右舍听见哭闹声后及时赶来，围堵着孙伯林跟他们论理，不让抓走我父亲，孙伯林一见来人太多，才没敢把我父亲捆绑走。

那天下午，王友发和小邱又悄悄回到我家，为不拖累我家和安全起见，他们把随身携带的一把七星刀留给我父亲，抵留宿生活费用。我父亲说太贵重了不要，王友发听后幽默地对我父亲说："这多余的，就留下作个纪念吧！"说完便离开了我家，往后面的大山里走去。

那把七星刀，我父亲一直视若珍宝。几年后，因生活所迫，才用两斗米将刀卖给山那边豆田湾的杨炳南。解放后，杨炳南因被划为地主，那刀又被旺家山的民兵连长黄德全拿去，黄德全死后，我去过旺家山几次，想把它买回来，可都没有问到头，从此就下落不明。

那天下午，王友发带着小邱，趁天还没有黑，互相搀扶着往街后三堰口那边的大山里去了。

王友发烈士之墓（周君提供）

　　家住在岩口湾关坎脚小河边上的马和清，那天下午，吃过晚饭，见天已擦黑，他便把晾在院里的衣服收后，想早点关门休息。突然看见离他不远的田埂上，有两个人正一拐一拐地朝他走来，看样子，那两人应该是走了不少路！他急忙喊出已经进屋了的十多岁的儿子马绍成。父子二人一道便迎了上去，并冲着那两人问道："你们是干什么的？要去哪里？天都快黑了，还在外面。"一个微弱的声音从田埂那边传了过来："老乡，我们是红军游击队，受伤后从街那边过来，这会儿实在是走不动了，想讨口水喝。"马和清一听说是红军游击队，才松了一口气，但他仍不放心地又问道："那你们知不知道前段时间打鱼泉沟区公所的那些红军？"站在田埂上的王友发立即回答道："老乡，你说的可是湄潭的鱼泉沟区公所吗？若是，那便是我们打的。"

　　马和清一听，知道眼前这两个操外地口音的人不会说假话，不是坏人，便立即让他们进屋。那天晚上，倦怠的王友发和小邱在马和清家吃过饭后，当王友发从衣袋里掏出一块银圆递给马和清准备离开时，马和清立即站起身来，伸手推拒道："我知道你们红军是好人，是帮助我们穷人的，年前你们的大部队来湄潭，还在鱼泉沟成立了抗捐会呢！随便弄点东西给你们吃，怎么能够收你们的钱呢？"

　　当王友发把他俩的遭遇向马和清说后，马和清很同情他们，叹息地劝说道："既然是这样，那你们就不要走了，我家这里山大偏僻，不如就在这里躲几天，待这阵搜捕的风声过后再走吧！"他俩一见马和清真诚相劝，便答应留下。他们吸取了留宿南截坝街上遇险的教训，在马和清家里住了两天后，为便于遇事能及时安全撤走，便主动与马和清商量，搬到他家房侧后水井上边的岩腔下住。

　　尽管是春天，但深夜的岩腔下，仍比较冷。马和清知道情况后，也感到为难，家里又没有多余的棉被，再抱些稻草到岩腔下面吧，又怕目标太大，被人发现。无奈之下，便想出了一个喝酒驱寒的方法。据刘贵芳老人介绍，那天从不喝酒的马和清提着瓶子，到南截坝街上买了一大瓶烧酒回去，便引起了南截坝的土匪头子秦兴成的注意，尽管马和清和王友发、小邱他们做得很小心隐秘，但是没过两天，就被秦兴成闻出了王友发他们的踪迹。秦兴成知道那些红军游击队手里有枪凶得很，不好惹。为了能安全地得到赏钱，他便一边派人盯梢，一边又派人到鱼泉沟向陈应春区长告密。

那天下午，陈应春接到报告后，与区保警队长文吉廷一起，连夜带着30多名保警队员，悄悄摸到马和清家四周的山头上，将马和清家及水井岩腔一带都包围起来。

当天傍晚，马和清为王友发和小邱送饭去后，就在岩腔下听王友发摆他们在江西打土豪劣绅、分田地的事。后来见夜深了，就与他们一道，在岩腔下睡，待天亮枪声响起时，为时已晚。王友发撑起身来，见岩腔左侧下面的视野较为开阔，而且下去后，跑过一个小田坝，便是一片茂密的竹林，那竹林一直延靠到后面的大山，王友发心想，只要能跑进竹林，那就有脱险的可能。很快，他扭头对小邱和已经被吓得不知所措的马和清说道："我在前面开路，你们跟紧点，跟着我往下边竹林里跑，只要能跑进竹林就好办啦！"说完提枪带头就朝岩腔下面的小田坝冲去。王友发在前面边打边跑，小邱和马和清在后面紧紧跟上，当王友发跑到田坝土埂旁，正翻跃上埂时，突然觉得胸前一热，脚下无力，立刻就仰跌在了土埂上。他咬着牙吃力地侧过身去，卧趴在土埂上，又继续举枪击毙了两个从侧面追跑过来的保警队员后，扭头冲着紧跟身后不远的小邱和马和清喊道："别管我，继续往竹林那边跑。"说完头一埋，趴在地上不动了。

正在山堡上指挥的区长陈应春，见那位红军游击队员被打倒后又撑起身来，击毙了他两个人，不由得倒吸了一口凉气，自言道："跟老子好凶啊！临死都还要拉上两个垫背的。"文吉廷很快就带着几个保警队员扑过去，把还没有跑进竹林的小邱和马和清围堵抓住捆着拉走。

刘贵芳说："那天他们都跟着大人跑去关坎脚看热闹，但被陈区长派人把守着不让进去。后来枪声响过后，看见把马和清和那位叫小邱的红军游击队员捆绑着拉出来后，才放我们进去。此时王友发已被打死在岩腔下面的小田坝土埂上了。"

事后，王友发被马绍成和马志良挖坑掩埋在了他牺牲的地方。与他一道的小邱，那天被陈应春抓去后，先关押在万天宫，下午就押回鱼泉区公所，不久也惨遭杀害。马和清被陈应春以窝藏"共匪"红军罪，关押一段时间，才被放回来。

1953 年，鱼泉区革命烈士陵园建好后，将王友发烈士的尸骨从马清和家旁边迁入鱼泉区烈士陵园内重新安葬。据刘贵芳老人回忆，迁坟那天，他跟着南截坝的好多人都去看了。坟掏开后，在里面还发现一枚刻有"王有发"字样的手指私章。今年 80 岁的南截坝街上老人王兴贵也回忆说："迁坟时，我还在读小学，那天我也跟着大家跑去看热闹！坟挖开后，说是在里面找到一枚戴在手指上刻有'王有发'字样的铜质印章，听说那枚印章当天就被送到县里去了。"

寻找台小子

湘　客

　　红军第五次反"围剿"失败，迫使红军放弃革命根据地，被迫从江西于都、瑞金等地出发，开始举世闻名的二万五千里长征，途中遭国民党围追堵截，损失惨重。1935 年 1 月 15 日至 17 日，中共中央在遵义召开了政治局扩大会议，确立了以毛泽东为代表的新的中央正确领导，把党的路线转到了马克思列宁主义的轨道上来。在中国革命的危急关头，挽救了党，挽救了红军，挽救了中国革命。这一消息很快在红军战士中传开。驻守在茅台镇的红军，纷纷举杯庆祝，成为一生中不可磨灭的记忆。

　　茅台镇盘桓在赤水河畔，山清水秀，酿酒的第一原料是水的质量，好水酿好酒，1918 年茅台镇出品的酱香白酒在巴拿马万国博览会获得金奖。也就是说茅台人酿的酒，味纯、酱香、无杂味。从此，红军战士走到哪里，开口就说茅台酒好喝，茅台酒当然包括台小子的作坊和茅台当地大小酒窖的酒。这个无形广告传遍中国大地的每一个角落。

　　话说红军未米之前，台小子与台妹子在赤水河边不期而遇，两人一见钟情，私订终身，约定第二年的端午正式婚娶。他们准备扩大作坊，酿出更多的好酒，同时也希望婚后的日子像酒一样香醇美满。

他们沉浸在山盟海誓的美好愿景之中。可是万万没想到，一支国民党的军队开进了茅台镇，说是红军来茅台，奉命安抚民众，保赤水河畔百姓平安。

这支队伍中的长官腰间挂着手枪，手里握着烟枪，又黑又老，活像一只瘦猴子，看样子也不是什么好货。原来这位国民党长官是土匪出身，还是个好酒好色好赌之徒，生性刁怪，无恶不作。有一天，他在赤水河边转悠，发现了长得楚楚动人的台妹子，命手下将台妹子"请"进军营，勒令台小子送来好酒伺候并强行索要酿酒秘方。瘦猴子跷着二郎腿，厚颜无耻地对台妹子说："等秘方到手，你陪兵哥哥喝几杯酒，喝完进洞房。"

站在一旁的台小子，看到心上人受到如此侮辱，气得火冒三丈，恨不得上前一把拔出瘦猴子腰间挂着的手枪，一枪结果他的性命。台小子想硬拼只有死路一条，佯装同意，便走过来为瘦猴斟酒助兴：我亲手酿的酒，喝了不上头，不赶茶，喝了我酿的酒都说好。

瘦猴子举杯豪饮，三杯五盏顺着喉咙往下滑，直滑得两腿发软连整个身子滑进了桌底下。台小子见状，迅速解开台妹子的绳索，卸下瘦猴子别在腰间的手枪，准备离开这是非之地。

突然大门敞开，瘦猴子的警卫班闯进大厅，举起枪对准台小子和台妹子，准备扣扳机。

只听见"叭叭"几声枪响，倒下的不是台小子和台妹子，而是瘦猴子的地痞兵。

原来，在这千钧一发之际，红军先头部队开进了茅台镇，救下了台小子和台妹子。两人非常感激，决定将最好的酒送给红军疗伤。最后，台妹子劝台小子去当红军，她表示一定在赤水河边等他凯旋，如果一辈子都不回来，她就等他一辈子。

台小子含泪告别了心爱之人，随着红军大部队走了，一直没有音讯，也没有任何消息。

这台妹子并非姓台，按古习俗女子婚嫁随夫姓。虽只有婚约，尚未婚嫁。她表示生为台家的人，死为台家的鬼。人们便对该女子以台妹子相称。

青青赤水河，悠悠茅台镇。后来有人发现台妹子也参加了红军，与丈夫联手共同抗日……

2017 年，曾鹏先生与几位朋友参加一次红色旅游，偶尔在阵亡烈士名录中发现了台小子、台妹子的英名。

曾鹏回来后和丁贤刚、许佑忠、曾宏、宋小飞、曾山等好友不约而同地产生一个念头：寻找当年台小子的酿酒秘方，传承爱国理念，重振台小子精神。功夫不负有心人，经过 4 年寻觅打拼，终于梦想成真，着手成立亘久酒业责任有限公司，打出茅台台小子系列酒。

这个凄美的爱情故事，深深融入液如凝脂、酱香醇厚、绵柔顺滑的酒液里，激励着勤劳勇敢的亘久员工……

茅台添新丁，亘久赤水情；
醉美台小子，举杯酬众亲。

（作者系湖北省石首市文化和旅游局职工）

浴血"苞谷烧"

伍恩群

很多人对四渡赤水战役耳熟能详，但对红军四渡赤水期间，川黔交界处发生过一场特殊的农民起义——石顶山起义却知之甚少。石顶山起义是长征途中唯一一次以策应红军为目的的武装起义，主要为了牵制敌人，减轻中央红军三渡赤水被追击的压力而发起的起义。

石顶山，有着特殊的地理位置。位于四川省泸州市合江县五通镇石顶山村。处于合江、叙永、赤水三县交会处，从纳溪打鼓镇、合江九支镇、赤水四洞沟都可到达。这个盆地边缘的大山沟深路险、林密岩高非常适合游击作战。1934 年，按照泸县中心县委的安排，李亚群、杨其生等一批中共地下党员来到川南黔北交界的赤水地区，从事策反川军与地方团防武装的工作，准备时机成熟举行武装起义，以配合苏区红军的行动，建立根据地。

为了发动更多的群众参加起义，杨其生化名何以若，人们称之"何三哥"，何三哥以袍哥身份在五通、金宝山、洞坝等地做团防策反工作和发动群众工作。在调查中得知赤水大同场山上一个叫大石盘苗寨的地方，那里聚居了不少苗族同胞。他们对川黔交界周边山林环境地势熟悉且性格无比彪悍，因长期受到恶霸地主的欺压剥削，早心生不满，如果将其吸纳过来，是不可多得的战斗力。于是他扮成收山货的商人翻山越岭，深入周围农村与贫苦汉、苗族同胞交朋友，用浅显通俗的语言结合发生在身边活生生的事例做动员。杨其生的启发宣传，让很多受尽折磨想摆脱剥削与压迫的苗族同胞看到了希望。每次杨其生收山货，总要在猎人王合廷家里歇脚。王合廷这人疾恶如仇，好打抱不平，枪法精准，是当地猎户首领，颇有威信。苗胞们因长年累月在高山生活，气候偏寒，干活狩猎，男人常酒不离身，以酒御寒、壮胆、疗伤……因此，差不多家家都会酿酒。黔北山上多产苞谷，酒通常以苞谷为主料酿制成苞谷酒，日常及待客饮用，这种酒度数高，喝了后感觉烈酒烧心，浑身血液沸腾，当地人叫"苞谷烧"和"烧酒"。闲时寨里打猎的人爱聚一起喝酒吹嗑子（聊天），杨其生便借着收山货在王合廷家喝烧酒的机会，把王合廷家变成了发展先进分子的秘密据点。

1935年2月，红军在川黔边境土城一渡赤水，进入川南，拟在泸州、宜宾之间北渡长江。国民党川军大批部队开往长江北岸堵截红军，红军当时情况危急。中共泸县中心县委为配合中央红军的战略行动，批准在川黔交界的石顶山举行武装起义的计划。王合廷在接到杨其生派人带来准备起义的消息后，以打猎为由头，一面整理打猎用的鸟枪和置办火药，一面相互告诫，在接到何三哥派人送来起义时间之前，保守秘密。

1935年3月10日，石顶山武装起义爆发。起义队伍的名称为"川滇黔边区工农红军游击纵队"（简称游击纵队）。领导这次暴动的主要领导人是杨其生（化名何以若，云南盐津人）、李亚群（化名李清泉）及余德彰（化名赵欲樵）。游击纵队下辖2个中队、2个赤卫队，共计200多人。一中队队长冯剑魂，二中队队长杨其生（兼），青年赤卫队的第一队队长王合廷，第二队队长谭子清。为解决起义队伍枪支弹药短缺的困难，当天游击队召开军事会议，决定夜晚袭击大洞场团防局，由王合廷率领以苗族鸟枪队组成的第一赤卫队担任后卫与警戒。按照苗族习俗，鸟枪队临行前喝碗"苞谷烧"壮行，并把苗家自制的用"苞谷烧"泡特殊药材的防蛇虫、消肿止痛、治跌打损伤的药酒分发给其他游击队员。

晚 10 时，游击纵队与王合廷率领赤卫队集合起来，队长杨其生向战士们宣布了行动计划、行军纪律、口令及夜晚行军的标识。随后部队乘着夜色穿山越岭，经过急行军，于鸡叫二遍时抵达大洞场。此时，驻在大洞场的大同区团防武装因红军转战远离赤水而集中在区公所大庙内睡大觉。部队随即按计划展开，王合廷按照计划把赤卫队员分别布置在通往县城的主要路口进行警戒，掩护随部队前来的宣传股的同志将事先准备好的传单散发到各家门口，将"穷人不打穷人！""我们是穷人的队伍，是为穷苦人打天下！""打倒贪官污吏、土豪劣绅！"等标语张贴在场上主要街道。大洞场团防武装在游击队的突然打击下，很快成为俘虏，仅逃掉团防队长等少数几人。在返回路上，杨其生对俘虏进行教育后，将其释放。此役部队共缴获 30 多支枪和 2000 多发子弹，在无一人伤亡的情况下撤出大洞场，还抓住臭名远扬的地主刘丕平，重返石顶山。

王合廷与苗族赤卫队队员在公审会上对刘丕平长期压迫剥削苗汉贫苦农民、鱼肉乡邻的罪行进行控诉，后根据与会群众的要求，将大地主刘丕平立即当众处决并把其财产分给乡亲们。分到粮食、衣物的乡亲们兴高采烈，像过节一样，苗族同胞们更是自动拿出存酿的苞谷烧，军民同乐，庆贺起义游击队的胜利。

11 日下午，各路起义军会师石顶之月台山。12 日，成立"川滇黔边区工农红军游击队"。杨其生、赵欲樵和其他同志领导着游击队转战川南黔北。他们同仇敌忾、浴血奋战、视死如归穿行于川黔的高山低谷、丛林竹海之间，歼散兵、杀密探、毁渡口、捣船只，使国民党军无法接近长江、赤水河岸，更别想过江、过河。游击队神出鬼没，打土豪、杀恶霸，开仓扶贫，威名大增，深得民众之心，让敌军甚是忌惮。鸟枪队更是利用自身优势，率队在大同、石顶的深山老林与敌人周旋，伺机消灭敌人。王合廷他们用"苞谷烧"秘制的药酒在交通不便、伤药缺匮、缺衣少食的游击战里发挥出了积极的用处，驱寒祛湿、活血化瘀，既防了蛇虫之患又成了伤员消肿止痛、消毒良方，游击队员大为称赞。经过了五通、大同、石顶山、牛尾干、牛王坳等地的多次战斗，游击队在川滇黔边境革命苏区产生了深远的影响。

为了将游击队扼杀于摇篮之中，以巩固自己的统治地位，川黔两省军阀纷纷调集部队与地方团防武装向石顶山聚集，从四川打鼓场、五通场和赤水大洞场三个方向对石顶山实施"围剿"。敌人在与游击队的数次对战里，摸清了游击队的活动范围，在川黔边界的山林进行长时间搜索，面对人数多于自身几十倍的敌人步步紧逼，游击队活动回旋之地日益缩小，粮食、弹药补给困难，药品用尽，王合廷等苗族同胞所带的药酒也用光了。与上级党组织联系中断，得不到粮弹增援，到了月底，游击队仅有百余人。此时，王合廷也因旧病复发行动困难。面对强敌压境之势，川滇黔边区工农红军游击队召开反"围剿"会议，决定采取隐蔽措施保存自己。让王合廷带领赤卫队暂时不与大队一起行动，回家待形势好转，大队再通知重新集结归队。按照上级的命令，王合廷和赤卫队员们一起与游击队的同志依依不舍告别，穿山越岭回家隐匿，等待时机东山再起。没想到，不久后，等来了一个天大的噩耗。

4月上旬的一天上午，游击队在牛王坳被川军和泸州肖镇南清乡大队包围，游击队与数十倍的敌军激战两小时。这次战役中，游击队司令员杨其生不幸中弹，壮烈牺牲。政委李亚群、政治部主任赵欲樵等不足 10 人突出重围。藏匿在大同深山养伤的王合廷得知消息后悲痛不已，拿出自酿的"苞谷烧"举过头顶，以此祭奠杨其生英魂。青山处处埋忠骨，一坛烈酒敬英魂。在王合廷心里，这个把他带上革命征途的"何三哥"一直活着，并且在激励着他，为革命事业坚持到底，他等待着形势一好转，大队通知时便重新集结归队。

不久后，有人传闻，在赤水宝源乡的高山密林之中，又出现了游击队的身影，带头的人，腰间一壶苞谷烧，手提猎枪，枪法精准，正是王合廷。

（作者系贵州省赤水市居民）

红军司务长牺牲之谜

张宗荣

1935 年 1 月 9 日，中央红军第一军团攻克娄山关，占领桐梓县城后，先头部队继续向新站、松坎、酒店垭方向挺进。

1 月 16 日，二师占领松坎后，并派先头部队前往酒店垭，阻击川军南进。二师六团（团长朱水秋，政委王集成）在酒店垭、羊角佬、观音桥一线击溃川军两个团，歼敌 300 余人。17—18 日，红一军团在松坎整编。

此时，松坎盐务督销局綦岸联防大队大队长江均全率盐防队一直在川黔交界的茅坝坪一带躲藏。

1 月 21 日早上，红一军团离开松坎，向綦江石壕前进。红一军团8000 多人以红一师做前卫，红二师做后卫，经箭头垭到达石壕，向习水挺进。

据曾在水辽小学教过书的谈文奎介绍，九龙山土地庙墙上曾留下 2 副红军标语，为"打倒屠杀贵民的贵州军阀王家烈！""行动起来，暴动起来，实行不交租不纳税！"落款均为"红政宣"，为隶书。

当最后一个后卫连队在箭头垭短暂休息，午饭后继续向石壕前进。这时，一名红军战士发现街上赵炳斋的面馆里有苏区纸币，在从箭头垭到石壕途中就向首长报告。于是留下一名红军司务长和一名红军炊事员返回检查清点归还借用老百姓的物品，并用银圆兑换苏区纸币。

正当红军司务长走到箭头垭街上赵炳斋面馆归还借用的箩箕和兑换苏区纸币时，江均全指派副大队长江怀安、参谋江永安带领杨安州、杨立刚等盐防兵20余人尾随而至，将箭头垭街上赵炳斋房屋团团围住。在寡不敌众的情况下，红军司务长和炊事员奋勇还击。炊事员为掩护司务长被击中，身负重伤后被盐防兵拖到门外即刻牺牲，司务长也不幸落入盐防兵之手。

盐防兵搜去红军司务长的挎包、饭盒、银圆和苏区纸币后，将司务长捆在箭头垭场头"醒酒碑"上进行殴打。要他交代红军的组织情况、行军路线、作战部署及姓名、职务。司务长受尽折磨后，一言不发，怒视敌人。

红军司务长牺牲处（黄光荣提供）

为牺牲的红军司务长修建的烈士纪念碑（黄光荣提供）

据尧龙山镇箭头村团结组杨贤初介绍：箭头垭位于川黔两省交界，立有界碑。清时商贸繁华，经常有"酒疯子"闹事，便立"醒酒碑"于交界处。"醒酒碑"高约 2 米，宽约 1 米，厚 0.2 米，刻有"醒酒碑" 3 字，上端钻有两个洞，直径约 0.05 米，专用于拴"酒疯子"的辫子。

当天傍晚，盐防兵又将司务长捆绑拖到茅坝坪牛角尖，吊在农民赵兴伍家坝子的一棵树上。尽管盐防兵用尽种种酷刑，司务长受尽百般折磨，仍未向盐务兵吐露一个字。

1 月 22 日，江怀安指使江永安、杨安州、杨立刚等人将司务长捆绑

酒店垭红军司务长战斗的地方（张宗荣提供）

后送到茅坝坪盐防队队长江均全处，将司务长杀害，并将司务长的耳朵割下，用竹尖挑起示众。

两位红军严守纪律、英勇牺牲的光荣事迹在黔渝边上广为传颂。现已在贵州省桐梓县尧龙山镇箭头垭、重庆市綦江区石壕镇茅坝坪和石壕苗儿山修建3座红军烈士纪念碑，以纪念在此牺牲的两名红军烈士，让后人祭奠。

据松坎盐务督销局綦岸税警队副队长江怀安供述：这天，正值箭头垭赶场，税警队队长江均全（天坪人）指派他去箭头垭，去接在箭头垭赶场的赵兴建的女人，当江怀安率队来到箭头垭后，才得知红军大部队已离开箭头垭向石壕方向前进，仅有两名后勤人员未走，指使中队长江永安（天坪人）、杨安州（天坪人）、杨烈刚（乐坪人）等20多名税警，带10多支长短枪，将箭头垭街上包围，两名红军被堵在赵炳斋面馆内，司务长和炊事员正准备从后门脱险时，炊事员被杨安州击中后身负重伤，被拖到门外即刻牺牲。司务长被税警队活捉，接着，江怀安因去接送赵兴建的女人，又指使江永安、杨安州、杨烈洲、杨烈纲等人将司务长捆绑，牵到茅坝坪江均全队长处，同谋将司务长打死，并将司务长的耳朵割下用竹尖挑起示众。

1957 年 4 月，桐梓县人民法院以江怀安为匪抢劫判处其有期徒刑 2 年。随后，桐梓县人民检察院又以隐藏反革命罪恶再次向桐梓县人民法院提起刑事诉讼，并于 1957 年 11 月 9 日提供证实材料。

1957 年 11 月 22 日，经桐梓县人民法院审理查明：被告江怀安曾任伪盐务队附、自卫队附等职，一贯仗势欺压人民，打骂群众。于 1934 年腊月（农历）我红军过境时，江怀安带领盐丁追击箭头垭，有盐丁杨安州将住在赵炳斋家的红军炊事员一人打死，并将事（司）务长一人活捉，江怀安指使盐丁江永安、杨安洲送交队长江均全后，江均全将红军司务长杀害，并将耳朵割下示众。解放后又隐藏反革命罪恶，混入松坎搬运工会任职。

桐梓县人民法院根据以上事实，认定江怀安解放前仗势欺压人民，带队袭击我红军，打死红军炊事员 1 人，将活捉的红军司务长交队长江兴（均）全处死，江怀安应负指挥带队之责。解放后长期隐瞒反革命罪恶不交代，混入松坎搬运工会后，又进行破坏，情节是严重的。1957 年 11 月 26 日，重新作出判决：撤销〔57〕刑字第 1 号判决，改判有期徒刑 5 年。

江均全，绰号豺狗，尧龙山镇沿岩人，因与匪首张华清有私怨，1935 年 3 月 11 日，被张华清截杀于韩家店回老家沿岩的路上。解放后，匪首张华清在水牛塘牛舌岩被解放军击毙。盐防队参谋江永安被判处死刑。

编 后 记

在遵义市政协五届四次全会上，政协委员普遍反映，遵义市政协文史委编纂了《一往情深遵义辣——红军长征与遵义辣椒的故事》，这本书很好，把弘扬长征精神、遵义会议精神和宣传遵义特色产业做到了很好的结合，具有很深的意义。为此建议再编一本"红军长征与遵义酒相关的故事"的文史书籍，进一步弘扬红军长征精神，传承遵义优秀历史文化。这个提议得到了广大政协委员的赞同和响应。2022年，恰逢党的二十大胜利召开，为了进一步弘扬伟大建党精神、长征精神和遵义会议精神，不忘初心，牢记使命，传承红色基因，讲好遵义故事，经向市政协党组和分管主席报告，市政协决定编纂此书。于是，在年初向各县（市、区）政协和部分文史专家、文史爱好者发出了征稿函。到2022年6月止，共收到稿件140多篇，选用了其中86篇。

由于2022年新冠肺炎疫情仍然严重，给资料收集工作带来很大困难。但广大文史爱好者克服各种困难，抱着求真、务实的态度，亲临红军长征经过地实地采访，或查阅大量文献资料，取得很多珍贵的第一手资料，为该书的成功编纂奠定了良好基础。在本书编纂过程中，得到政协各位领导的关心、支持，并给予悉心指导，也得到各县政协的大力支持，积极组织人员进行采访和撰稿工作。刘懋青、刘杰、陈晓旭参与了改稿工作，之后，所有稿件全部集中由主编进行审改、整理编辑及插图、统一体例文风等工作。

该书进入出版程序之后，编辑进行了认真细致的修改打磨和三审三校工作，主编对书稿文字及图片进行了充实和完善。经专家的审查和论证，书名定为《鱼水情深——遵义红色故事》，进一步反映了红军和遵义人民的鱼水情谊。在编辑过程中，部分作者、摄影爱好者、美术家和其他人员提供了图片资料。此书也得到遵义市党史研究室、遵义党史学会等单位的大力支持。在此，向关心、支持、帮助该书编辑出版的单位和个人表示衷心的感谢！

由于时间仓促，搜集的资料有限，反映的内容不一定全面，错漏之处在所难免。不当之处，敬请大家批评指正！

2022 年 12 月 14 日

图书在版编目（CIP）数据

鱼水情深：遵义红色故事/遵义市政协文化文史与学习委员会编.--北京：中国文史出版社，2023.8
ISBN 978-7-5205-4288-3

Ⅰ.①鱼… Ⅱ.①遵… Ⅲ.①民间故事—作品集—遵义 Ⅳ.① I277.3

中国国家版本馆 CIP 数据核字（2023）第 174229 号

责任编辑：梁　洁　装帧设计：杨飞羊

出版发行：中国文史出版社

社　　址：北京市海淀区西八里庄路 69 号　邮编：100142

电　　话：010-81136601　81136698　81136648（联络部）
　　　　　　010-81136606　81136602　81136603（发行部）

传　　真：010-81136677　81136655

印　　装：北京新华印刷有限公司

经　　销：全国新华书店

开　　本：787mm×1092mm　1/16

印　　张：24.75

字　　数：350 千字

版　　次：2024 年 1 月北京第 1 版

印　　次：2024 年 1 月第 1 次印刷

定　　价：98.00 元
